Du même auteur :
Au Nom de l'Harmonie, tome 1 : Zéphyr
Au Nom de l'Harmonie, tome 2 : Miroir
Au Nom de l'Harmonie, tome 3 : Descendance
Au Nom de l'Harmonie, tome 4 : Souffle de Vie Partie 1
Au Nom de l'Harmonie, tome 5 : Souffle de Vie Partie 2

Working Love (série Love #1)
Wacky Love (série Love #2)
Wilfully Love (série Love #3)

Olivia Sunway

ISBN : 9782490913213
Dépôt légal : aout 2023
Imprimé par BoD
© Temporelles 2023
Temporelles
52 rue Louis Baudoin
91100 Corbeil Essonnes

Chapitre 1

Christian était le genre d'homme qui ne pensait qu'à son boulot. Pendant son adolescence, il traînait avec Kevin, son meilleur ami, et autant dire qu'ils n'étaient pas du tout attirants. Ils ressemblaient plus à des geeks intellos qu'à des athlètes sexy. De quoi faire fuir n'importe quelle fille. C'est pourquoi Christian s'était toujours plongé dans ses centres d'intérêt, puis son travail en grandissant, ne prêtant que peu d'attention à la gent féminine. Oui, Christian était encore vierge.

Pendant longtemps, ça ne l'avait pas trop inquiété, mais plus les années passaient, plus cette situation le rendait nerveux. Il essayait tant bien que mal de garder ce problème bien enfoui dans son esprit. S'il avait eu assez d'assurance, Christian aurait pu sortir dans un bar, un soir, boire quelques verres et brancher une fille pour se débarrasser de ce problème, mais ce n'était pas le cas. Au fond de lui, il avait peur de finir seul et de ne jamais connaître les joies d'une relation intime avec une femme…

Cela n'empêchait pas Kevin de le traiter d'extraterrestre. Car s'ils avaient eu le même parcours, ce dernier s'étant trouvé une passion pour la musique, et plus particulièrement pour son groupe de rock, Kevin avait eu son lot de groupies. Jessica avait été sa première copine, celle qu'il n'oublierait jamais…

En parlant de Jessica…

Depuis que cette dernière travaillait dans sa société, Christian n'avait jamais passé une seule journée calme. C'était une vraie tornade qui ne cessait de le provoquer. Surtout quand ils étaient en présence des autres employés. En privé aussi, d'ailleurs. En fait, elle se permettait des choses à la limite du respect dès qu'elle le voyait… Des centaines de fois, il avait eu envie de la renvoyer, mais il se retenait toujours en pensant à Kevin, qui était encore éperdument amoureux d'elle.

Même si Christian comprenait que ça avait été son premier amour, cette fille était une garce sans cœur, comme la surnommaient la plupart des salariés de l'entreprise. Il avait fait l'impasse sur les vidéos osées dont le gardien lui avait fait part et sur une tonne d'autres choses aussi. Comme le fait qu'elle le tutoie et l'humilie sans arrêt devant ses subordonnés. Elle n'avait aucune limite et aucun savoir-vivre.

Malgré tout, au bout de plusieurs années, Christian avait développé une certaine affection pour cette femme particulière. Dans le fond, elle n'était pas méchante. Elle était juste sans filtre et ne se souciait pas des répercussions que ses paroles pouvaient provoquer.

Grâce à sa grande bouche, il avait vite vu qu'elle avait du potentiel en mettant toujours le doigt sur ce qu'il fallait pour convaincre un nouveau client. C'était pour cela qu'il lui avait donné cette promotion. Désormais, elle pourrait l'accompagner et analyser le potentiel de ses futurs contrats. Parce que, si Jessica était souvent insupportable et chiante, il fallait lui reconnaître des capacités hors normes lorsqu'il s'agissait de négocier.

Son prochain voyage s'annonçait prometteur. Ce serait le premier où il serait accompagné. De plus, Jessica étant une belle femme, elle pourrait probablement distraire ses clients et les faire signer n'importe quoi. Il s'en voulut un peu d'avoir ce genre de pensées sexistes, mais c'était un bonus non négligeable, si tant est qu'elle n'ouvre pas la bouche pour les insulter.

Christian s'installa devant son ordinateur en sirotant son café du matin. Comme il venait tout juste d'arriver, il cliqua sur sa boîte mail, mais son PC planta, l'empêchant de voir les derniers messages importants qu'il attendait. C'était récurrent, ces derniers temps, et ça commençait à l'agacer. Énervé, il contacta le service informatique. Cela faisait plusieurs jours qu'il les appelait pour des problèmes divers et variés. Il était à deux doigts de jeter son portable pour en demander un neuf !

— Service informatique, bonjour, Éloïse à votre écoute. Que puis-je faire pour vous, monsieur Peterson ?

Christian était toujours surpris lorsque son interlocuteur reconnaissait son numéro de poste.

— Bonjour Éloïse. Je crois que ça va devenir une habitude…, soupira Christian. Je vous appelle tous les jours. Mon PC vient de se transformer en sapin de Noël. Nous sommes pourtant en plein mois de juin… Plusieurs voyants clignotent et il émet des bips incessants…

— Je vois, répondit-elle en retenant un rire. Avez-vous toujours le contrôle du PC ?

— Négatif.

— D'accord. Laissez-moi vérifier deux, trois trucs… Et maintenant ?

— Toujours pas.

Il y eut quelques secondes de silence, puis Éloïse reprit :

— Je vais devoir venir sur place pour rechercher la panne.

Christian soupira de nouveau.

— Est-ce que ce sera long ? J'ai une réunion dans trente minutes.

— J'arrive tout de suite. J'envoie également une demande pour vous apporter un nouvel ordinateur, si besoin.

— Très bien, à tout de suite.

Et il raccrocha. Depuis quelques mois, il ne tombait plus que sur des femmes, alors qu'avant, c'était plutôt le contraire. Il se promit de faire un tour au service informatique par simple curiosité. C'est vrai qu'aujourd'hui, les femmes travaillaient dans tous les secteurs d'activité. Souvent, elles étaient même très compétentes et n'avaient rien à envier aux hommes. Christian pensa immédiatement à Jessica, qui excellait dans son domaine, même si Martin était également un bon élément.

Le téléphone de Christian se mit à sonner, le tirant de ses pensées.

— Oui ? dit-il en décrochant.

— Monsieur Peterson, Éloïse, du service informatique, vient d'arriver, l'informa Babeth, sa secrétaire, dont le comptoir se trouvait juste avant le bureau de Christian.

— Très bien, faites-la entrer.

La porte s'ouvrit doucement et une belle blonde entra dans le bureau de Christian. Les cheveux mi-longs bouclés avec de légères mèches d'un joli blond, elle portait également de grosses lunettes noires qui lui donnaient un air très sérieux. En temps normal, Christian était assez insensible à la gent féminine, mais cette fille… Il n'arrivait pas à détacher son regard de ses yeux noisette. De plus, sa chemise à carreaux noirs et blancs, ainsi que son jean clair, détonnaient avec le tailleur strict de Christian. Pourtant, malgré son look décontracté, elle était magnifique et presque hypnotique.

— Bonjour, Monsieur Peterson, dit-elle en s'approchant du bureau. Je peux jeter un œil ?

Elle désigna l'ordinateur de Christian et il fit de son mieux pour se ressaisir.

— Heu… oui, bien sûr, bredouilla-t-il en lissant sa cravate pour se donner une contenance.

Il se leva maladroitement et s'écarta de son siège pour laisser passer Éloïse. Il ne savait pas très bien ce qu'il lui arrivait, mais il avait une sorte de bouffée de chaleur et son cœur battait un peu trop vite à son goût. Il se sentait étrangement mal à l'aise et il n'arrivait pas à détacher ses yeux de cette femme.

Heureusement, elle était concentrée sur l'ordinateur et s'affairait à résoudre le problème, sans remarquer le trouble de son PDG. Elle aussi était très investie dans son travail. Toutefois, lorsqu'elle eut terminé et qu'elle se releva du fauteuil hors de prix, elle avisa le comportement bizarre de son patron. Les rares fois où elle l'avait vu, il semblait très sûr de lui, presque inaccessible. Pourtant, à cet instant précis, il avait l'air malade…

— Vous vous sentez bien ? s'enquit-elle en le dévisageant.

Christian se fit violence pour retrouver une attitude convenable, mais il n'y arrivait pas.

— Heu… Oui. Tout va très bien…, bafouilla-t-il avec hésitation.

Éloïse fronça les sourcils, mais n'insista pas.

— Votre PC est de nouveau opérationnel. Vous pouvez appeler ma ligne directe la prochaine fois. Ce sera plus facile pour résoudre votre problème si c'est la même personne qui s'en occupe. Mais je vais quand même créer un dossier complet si quelqu'un d'autre intervient.

Christian sentit une vague de chaleur irradier son visage à la simple pensée de la revoir. Heureusement que sa peau sombre masquait ses joues rougissantes. En tout cas, il l'espérait vraiment. Il était terrorisé à l'idée d'être démasqué.

— Oui, bien sûr. Merci, Éloïse. Vous pouvez disposer.

— C'est le 1033, ajouta-t-elle tout de même, juste au cas où.

Christian hocha la tête, n'écoutant qu'à moitié ce qu'elle lui disait. Il était trop obnubilé par son visage magnifique et les sensations qu'il essayait de cacher tant bien que mal. Il n'avait jamais été dans une telle situation et c'était déstabilisant.

Quant à Éloïse, elle se demanda pourquoi son patron avait l'air si bizarre aujourd'hui, mais ne se douta pas un seul instant du trouble qui l'habitait. Elle le salua brièvement avant de repartir.

Au moment où la porte du bureau se refermait, Christian se laissa tomber sur son fauteuil. Il ne savait pas quoi penser de tout ça. Cela faisait trop longtemps qu'il s'était transformé en bourreau de travail, et avait fait une croix sur les femmes, qu'il n'avait jamais pensé être troublé par quelqu'un. Encore moins, une de ses employées...

Depuis des années, il passait ses journées à travailler comme un fou, pratiquement jour et nuit. Son poste ne lui laissait que peu de temps libre et, jusqu'à maintenant, ça lui avait toujours convenu.

Il n'eut que quelques minutes de répit avant que la porte de son bureau ne s'ouvre d'un coup, laissant apparaître Jessica. Babeth l'invectivait en lui courant après, mais Jessica lui claqua la porte au nez.

— Salut Christian ! dit-elle avec un grand sourire. C'était qui cette blonde que je viens de voir quitter ton bureau ?

— Jessica ! grogna Christian. Combien de fois dois-je te le répéter ?! Je suis le PDG de cette boîte, bordel ! Tu ne peux pas entrer dans mon bureau comme si c'était le tien !

— Oui, oui, je sais…, râla-t-elle en levant les yeux au ciel.

Christian croisa les bras sur sa poitrine en toisant Jessica. Bien qu'il fasse son possible pour l'intimider, il savait que c'était peine perdue, mais il continuait d'essayer.

— Et arrête de faire ça dès que je te fais la moindre remarque !

— C'est bon ? Tu as terminé ? Parce que j'ai une bonne nouvelle, figure-toi !

Jessica s'avança vers le bureau de Christian pour y jeter un dossier.

— Je viens de recevoir le contrat de la compagnie aérienne ! se réjouit-elle.

Christian écarquilla les yeux.

— Comment tu as fait ça ? Ils étaient catégoriques sur leurs conditions…

Jessica esquissa un sourire malicieux.

— J'ai épluché leurs clauses et contourné la plupart d'entre elles en trouvant des compromis intéressants pour les deux parties.

— Très bien… Félicitations, mais ce n'est pas parce que tu es compétente que ça te donne le droit de m'humilier.

Jessica s'installa dans le fauteuil en face de Christian et croisa ses longues jambes fines.

— Donc, c'était qui cette blonde ? éluda-t-elle.

— Éloïse du service informatique. Elle est venue réparer mon PC. Rien de transcendant. D'ailleurs, j'ai une réunion dans quelques minutes. Alors, si tu veux bien retourner à ton poste…

— D'accord, comme tu veux…, soupira-t-elle en se levant.

— Et sois gentille avec Babeth, s'il te plaît. Ne la titille pas !

Jessica se contenta d'adresser un sourire et une moue malicieuse à Christian. Comme si elle lui disait silencieusement : mais, bien sûr, cours toujours…

Du coup, Christian lui fit les gros yeux. De toute façon, c'était la seule chose qu'il faisait lorsque Jessica dépassait les bornes. Il n'avait pas encore trouvé comment la gérer et c'était problématique. Il devrait peut-être en toucher deux mots à Martin…

Toutefois, il balaya vite cette idée. Inutile de recommencer à s'immiscer dans la vie privée de ces deux-là. La dernière fois avait été une sacrée catastrophe et il s'en voulait toujours d'avoir écouté les idées farfelues de Kevin.

Christian récupéra le dossier que Jessica avait posé sur son bureau et se dirigea vers la salle de réunion où les actionnaires du groupe l'attendaient déjà. Il devait les rassurer sur la croissance du marché et l'avenir de l'entreprise, et ce nouveau contrat tombait à pic !

Quatre heures plus tard, ils se faisaient livrer des plateaux-repas gastronomiques en continuant à débattre sur les budgets, la visibilité dans la presse, la stratégie commerciale et bien d'autres choses encore…

La réunion dura toute la journée et fut épuisante, comme toutes les réunions hebdomadaires des actionnaires. Il y en avait toujours une bonne vingtaine sur place sur les mille qui pouvaient suivre la conférence en ligne. Ce n'était jamais les mêmes qui étaient présents, pour assurer un roulement permanent et accueillir tout le monde au moins une fois par an. Heureusement, Babeth faisait un compte rendu détaillé, en visionnant la conférence une fois qu'elle était terminée, et l'envoyait à tous les actionnaires. Ceux qui n'avaient pas pu y participer pouvaient ainsi être toujours informés de l'évolution de l'entreprise.

Quand la réunion se termina enfin, il était 18 h passées. Christian étant épuisé, il s'empressa de rentrer chez lui. Toutefois, en quittant son bureau, il repensa à Éloïse et fut de nouveau troublé, sans comprendre pourquoi cette femme l'avait déstabilisé.

Durant le trajet en voiture qui menait jusqu'à son appartement de 100 m² à Brétigny-sur-Orge, il se tritura les méninges pour découvrir ce qui s'était passé avec Éloïse. Le pire, c'était qu'elle avait des traits physiques similaires à Jessica et ça le perturba encore plus. Elles ne se ressemblaient pas vraiment, mais elles étaient toutes les deux grandes, minces et blondes. La comparaison s'arrêtait là, puisque Éloïse n'avait rien fait pour l'humilier en ouvrant la bouche, tandis que Jessica ne manquait jamais une occasion de le faire. À croire que ça l'amusait ou qu'elle ne s'en rendait vraiment pas compte.

Il fallait qu'il éclaircisse ce point rapidement, surtout si elle partait avec lui pour son prochain voyage d'affaires.

Une fois garé dans son parking souterrain, Christian accéda à son appartement attenant au box. Il était au rez-de-chaussée et bénéficiait d'une belle terrasse. L'endroit était lumineux et peut-être un peu trop grand pour une seule personne, surtout lorsqu'il s'agissait de faire le ménage. Heureusement, il était très maniaque. Contrairement à Kevin, qui était d'une nature très bordélique, Christian adorait faire le ménage. Ça le détendait, mais il ne l'avouerait jamais...

Christian posa ses clés sur le comptoir de sa cuisine américaine et détacha sa cravate pour se mettre à l'aise. Il laissa ses chaussures vernies devant l'entrée et rejoignit sa grande salle de bain pour se faire couler un bain. C'était une sorte de petit rituel pour se ressourcer après sa longue journée de travail. Surtout lorsqu'il était en réunion toute la journée et qu'il devait montrer des chiffres, comme aujourd'hui.

Il passa vingt bonnes minutes à se prélasser dans l'eau chaude avant qu'elle ne refroidisse. Le temps nécessaire pour décompresser avant que sa mère, Marie-Louise, ne l'appelle, comme tous les soirs depuis qu'il avait quitté le nid familial. Pour sa défense, elle était célibataire depuis qu'il avait quatre ans. Son père n'était pas une bonne personne et Marie-Louise avait préféré le quitter avant de s'enfermer dans l'enfer d'une relation toxique. C'est comme ça qu'ils avaient abandonné la Martinique pour se retrouver dans le sud de la France. Toutefois, sa mère avait mis un point d'honneur à lui enseigner la culture de son île. De fait, il était devenu très croyant et suivait la religion évangélique avec assiduité, ne ratant jamais la messe du dimanche.

De toute façon, il n'avait pas envie d'entendre les sermons de sa mère s'il avait le malheur de manquer les paroles du prêcheur, même si, depuis qu'il s'était exilé en région parisienne pour trouver un travail qui lui convenait, elle n'en saurait pas grand-chose.

Christian eut à peine le temps de se sécher, de s'hydrater avec une crème à la noix de coco et de s'habiller que son téléphone sonna, affichant la photo de Marie-Louise. Une belle femme de couleur, très coquette et sophistiquée.

— Bonsoir, Maman, tu as passé une bonne journée ?

Marie-Louise sourit en entendant la voix grave et chaleureuse de son fils. Puis, elle commença à lui raconter sa journée en détail, ne laissant pas une seule seconde à Christian pour en placer une. Comme d'habitude, il l'écouta d'une oreille distraite, en faisant un peu de ménage.

Bien que sa mère soit un moulin à parole, il aimait l'entendre chaque soir. En même temps, il vivait seul et il trouvait agréable de pouvoir parler avec quelqu'un quand il rentrait chez lui.

Une fois que la conversation se fut tarie, sa mère lui souhaita une bonne soirée et il raccrocha. Puis, il se prépara un repas équilibré et dîna devant une série policière.

Vers 23 h, il reçut un autre coup de téléphone. C'était Zoé, sa cousine qui séjournait parfois dans sa chambre d'amis, avant de repartir pour l'étranger où elle faisait des défilés.

— Je m'apprêtais à me coucher, commença Christian.

— Désolée, c'est juste que notre avion vient d'atterrir et qu'on aimerait passer la nuit chez toi, enchaîna Zoé.

— On ? râla Christian.

— Kristen et moi… Elle boude un peu Kevin en ce moment et on peut dormir dans la même chambre.

— Vous arrivez dans combien de temps ? soupira Christian.

— Vingt minutes. Merci, mon cousin !

— La prochaine fois, préviens-moi à l'avance, bougonna-t-il.

— Promis ! s'écria-t-elle joyeusement avant de raccrocher.

Comme Christian était quelqu'un de très ordonné, il prépara sa chambre d'amis et sortit une paire de draps propres avant l'arrivée de ses invitées. Il aimait changer les draps lorsqu'ils n'avaient pas servi pendant un moment.

Ensuite, il envoya un message à sa cousine pour la prévenir de ne pas faire de bruit et de fermer la porte derrière elle. Il préférait se réfugier dans sa chambre avant leur arrivée plutôt que de subir l'invasion de ces deux tornades à une heure si tardive.

Chapitre 2

Le lendemain matin, ce fut l'odeur agréable du café qui réveilla Christian. Après un moment de flottement, il se rappela qu'il n'était pas seul et se leva avec énergie pour rejoindre la cuisine.

— Bonjour, mon cousin ! s'écria joyeusement Zoé en lui tendant une tasse de café fumante.

Il sourit en la prenant.

— Alors, quoi de prévu aujourd'hui ? enchaîna Kristen.

Christian haussa les épaules. Il n'était pas très bavard, mais il savait que ces deux pipelettes se chargeraient de faire la conversation.

— Parce qu'on voulait t'emmener à une expo où il y a des tonnes de filles canons ! continua Zoé en prenant son cousin par le bras. Alors, ça te tente ?

Christian pinça les lèvres et afficha une moue blasée.

— Zoé…, soupira-t-il. Ça ne m'intéresse pas.

— Je sais que tu ne penses qu'à ton travail, mais tu devrais avoir une femme dans ta vie. Une autre que ta mère, je veux dire.

Kristen pouffa et Christian se dégagea de la prise de sa cousine pour croiser les bras sur son torse en la toisant avec contrariété.

— Si tu continues à me chambrer, tu vas finir à la porte, la menaça-t-il en s'efforçant d'être intimidant.

Zoé imita une bouche qui parle avec sa main en répliquant.

— Et blablabla. Arrête un peu, je sais pertinemment que tu ne ferais jamais ça. Tu m'aimes trooooop, rigola-t-elle.

Kristen continuait de pouffer entre deux bouchées de tartines de confiture et Christian ne put s'empêcher de la taquiner.

— Je ne suis pas sûre que ce soit permis dans ton régime, Kristen.

Elle lui fit les gros yeux sans cesser de s'empiffrer. Puis, elles s'en allèrent enfin à leur exposition. Au moment où la porte se referma derrière elles, Christian lâcha un soupir de soulagement.

Quand il voyait comment se comportaient Kristen et sa cousine, il n'avait aucune envie d'habiter avec une femme. Il aimait trop sa tranquillité et l'ordre qui régnait chez lui lorsque ces deux furies n'étaient pas là. Même s'il devait reconnaître que leur présence apportait une touche de chaleur et de bonne humeur à son foyer qu'il appréciait. Mais il ne l'avouerait jamais.

Christian n'avait pas beaucoup de passions à part son travail. Il était un peu trop rigide sur son hygiène de vie, car il voulait vivre longtemps et en bonne santé. Ses seules activités, en dehors du ménage, se résumaient à quelques séances de footing et l'entretien de ses bonsaïs. Parce que, oui, Christian adorait tout ce qui touchait aux jardins zen et au Japon. Dans son salon, il avait une magnifique collection d'arbres nains, dont un magnifique érable rouge d'une dizaine d'années. Il avait même un mini jardin zen avec un petit râteau qu'il s'amusait à ratisser de temps à autre.

Bien sûr quand il n'était pas au boulot, il vérifiait ses mails tous les quarts d'heure pour traiter les urgences, quelle que soit son activité du moment. Autant dire qu'il travaillait pratiquement 24 h sur 24 h.

Et comme il adorait son travail, même si c'était épuisant et stressant, il attendait avec impatience que le weekend passe pour retrouver son bureau.

*****

Le lundi matin, lorsque Éloïse arriva à son bureau, elle retrouva ses six collègues avec qui elle discutait et rigolait beaucoup. Éloïse venait tout juste d'arriver dans le service informatique de cette société de composite. Ce qui l'avait frappée au premier abord, c'était l'ambiance conviviale qui régnait dans l'open space. Lors de son entretien, elle avait eu un très bon feeling avec son manager. Chose qui s'était confirmée à sa prise de poste.

À vrai dire, le jour où elle avait découvert son bureau et ses collègues, elle avait eu le pressentiment qu'elle resterait dans cette entreprise pour longtemps. Et elle espérait que ce serait le cas.

D'ailleurs, lorsque son chef, Mathieu, lui avait présenté Marie, une magnifique femme brune aux yeux verts qui apportait une touche de chaleur, elle avait eu une sorte de coup de foudre pour cette fille. Un coup de foudre amical, bien sûr. Mais elle s'était dit que travailler à côté d'elle serait vraiment agréable. Puis, il y avait eu Kelly, une belle blonde aux yeux bleus pétillants avec des ongles fluorescents. Une fille calme, travailleuse, mais bavarde quand on parlait d'un sujet qui l'intéressait. Elle s'habillait toujours à la cool et avait un charme naturel.

Ensuite, elle avait fait la connaissance de Juliette, une jeune fille assez discrète avec de longs cheveux roux. Elle était sympathique lorsqu'on prenait la peine de lui adresser la parole. Toujours habillée avec classe, elle faisait son travail avec passion. Marion, par contre, c'était la nana simple, mais rebelle. Elle avait une coiffure asymétrique assez courte, d'une teinte pourpre. Son nez arborait un piercing sur le côté gauche et elle ne mâchait pas ses mots. Tout ça inquiétait un peu Éloïse, car ce genre de personnalité créait souvent des conflits.

Et pour finir, la personne la plus extravagante de ce petit groupe : Evelyne. Une petite ronde d'une cinquantaine d'années qui ne disait que des gros mots. Heureusement, elle était drôle aussi, mais Marie et elle n'arrêtaient pas de se taquiner et de s'envoyer des vannes. Autant dire que l'ambiance était bonne entre deux appels de dépannage informatique.

D'ailleurs, il y avait pas mal de passages dans leur bureau. Beaucoup de personnes venaient leur faire un petit « coucou » dans la journée. Encore plus lorsque les filles apportaient des friandises à grignoter. Ces jours-là, Mathieu se faisait une joie de venir piquer dans leur stock. Et dès qu'il recevait une mauvaise nouvelle de la direction, de Christian en l'occurrence, il faisait une double razzia.

Même si le PDG était un homme très classe et plutôt beau gosse, Éloïse avait tout de même quelques à priori sur lui. Il ne venait jamais leur rendre visite. Alors, lorsqu'il se pointa dans leur bureau ce lundi matin, elle en resta bouche bée. Et vu le silence ambiant, elle n'était pas la seule à être surprise.

— Bonjour, commença Christian d'un ton formel.

Il regarda l'ensemble des employées en remarquant qu'il n'y avait plus que des femmes, comme il s'en était douté. Puis il reporta son attention sur Éloïse en dissimulant son impatience. Il aurait dû appeler, mais il n'avait pas pu résister. Depuis vendredi soir, il ne pensait qu'à la revoir, même si c'était complètement saugrenu et qu'il ne devait en aucun cas dévoiler cette nouvelle lubie à quiconque, encore moins à l'intéressée.

Tout le monde lui répondit avec un certain malaise, même Éloïse qu'il continuait à observer de la plus discrète des façons.

— Éloïse, vous pouvez venir dans mon bureau quelques minutes ?

Elle se leva d'un bond, semblant embarrassée, et Christian se rendit compte que son ton et sa demande pouvaient être tendancieux, surtout dans cette société où les ragots allaient bon train. Et il était hors de question qu'une rumeur naisse entre Éloïse et lui à cause de ses propos.

— Pour mon problème d'ordinateur, crut-il bon d'ajouter alors que tout le monde regardait Éloïse s'approcher de Christian, prête à le suivre docilement.

— Oui, bien sûr, acquiesça-t-elle.

En fait, Christian n'aurait peut-être pas dû ajouter cette phrase, car il sentait que ses employées trouvaient sa façon de se justifier un peu bizarre et inhabituelle.

Pour éviter de s'enfoncer davantage, il préféra ne rien ajouter et s'engagea dans le couloir en vérifiant qu'Éloïse le suivait bien. Mais, contrairement à ce qu'il aurait voulu, elle n'était pas à côté de lui, mais sur ses talons, avec une attitude discrète et studieuse, propre à ce qu'il avait déjà observé d'elle. Son ventre bouillonnait. Christian mourait d'envie de lui parler, d'engager une conversation moins banale qu'un « bonjour » adressé à la cantonade. Il serra les poings, en se faisant violence pour ne pas faire de conneries. Et, surtout, pour ne pas la toucher, même s'il en crevait d'envie.

En fait, il avait déjà fait n'importe quoi en arrivant ce matin. Il n'aurait jamais dû se rendre au service informatique et encore moins débrancher son câble d'alimentation de la station d'accueil de son PC portable, juste pour la faire venir dans son bureau. Juste pour la voir et contempler sa silhouette menue, ses cheveux dorés et ses beaux yeux noisette pleins de profondeur. Et même si elle était toujours habillée avec une chemise qui ressemblait à celle d'un bucheron et d'un jean délavé, elle n'en était pas moins hyper sexy.

Christian n'en revenait pas d'avoir ce genre de pensées pour une de ses employées. C'était complètement débile et il n'avait pas le temps pour ça. Il voulait continuer à développer son entreprise et rien d'autre !

Il était tellement obnubilé par Éloïse qu'il ne prêta aucune attention à Babeth lorsqu'il passa devant le comptoir d'accueil. Quand il entra dans son bureau, Éloïse sur les talons, l'ambiance était un peu trop tendue à son goût. Le silence était pesant et Éloïse semblait très mal à l'aise. Peut-être était-ce à cause de lui ? Son corps était crispé à l'extrême pour se retenir de dire ou de faire quelque chose de débile qu'il regretterait aussitôt.

— Alors, quel est le problème, cette fois ? s'enquit Éloïse avec douceur.

Sa voix lui arracha un frisson. Son estomac se comprima tant il s'efforçait de garder une attitude normale. Comme la première fois qu'il l'avait vue, il sentit une bouffée de chaleur lui irradier le visage.

Bordel ! Il espérait vraiment que son malaise ne se remarquait pas mais, à en croire l'attitude d'Éloïse, c'était loin d'être le cas.

— C'est… heu… la souris et l'écran ne fonctionnent plus.

— Je vois, dit-elle en se précipitant vers la station d'accueil reliée à son PC portable.

Elle appuya plusieurs fois sur le bouton Power de la station d'accueil, puis tira le câble d'alimentation pour trouver la prise et se pencha en avant pour la rebrancher. La vue de son postérieur moulé dans un jean ajusté donna des sueurs froides à Christian. Il tira un peu sur le nœud de sa cravate et se retint de défaire le premier bouton de sa chemise, tant il se sentait oppressé.

— C'était juste débranché, rien de grave, déclara Éloïse en se tournant vers Christian.

Lorsqu'elle avisa son expression, elle fronça les sourcils en le dévisageant avec inquiétude.

— Est-ce que vous allez bien ? questionna-t-elle ensuite, comme la première fois qu'elle s'était rendue dans son bureau.

Ça allait devenir une habitude s'il lui demandait de venir dépanner son ordinateur tous les jours. Et ce n'était pas ce qu'il voulait. Peu importait que ce sentiment inconnu lui vrille les entrailles, il ne pouvait pas faire n'importe quoi. Il risquait tout de même de se faire accuser de harcèlement…

— Heu… oui, je…

Mais une furie blonde s'engouffra dans son bureau à cet instant.

— Dis donc, Christian, je croyais qu'on devait se voir à 9 h pétantes pour ce nouveau client dont on a parlé vendredi. Tu n'es jamais en retard d'habitude, lâcha Jessica en avisant Éloïse près de son supérieur.

Christian se figea, puis ouvrit la bouche, mais Jessica ne lui laissa aucune chance d'en placer une.

— C'est cette blonde de l'informatique qui te met dans cet état ? Tu m'as l'air bien tendu, ajouta-t-elle en le taquinant.

— Jessica ! s'exclama Christian un peu trop fort.

— Je vais vous laisser, balbutia Éloïse, ne sachant plus où se mettre.

Elle n'avait pas vraiment compris l'allusion de celle que l'on surnommait la garce sans cœur, mais elle sentait qu'elle devait déguerpir au plus vite, sous peine de recevoir son courroux.

— Oui, heu… merci, Éloïse.

— Mais tu bégayes en plus ? renchérit Jessica.

— La ferme ! grogna Christian alors qu'Éloïse quittait son bureau au pas de course.

Une fois qu'elle fut partie, Jessica croisa les bras sous sa poitrine, les doigts crispés sur le dossier qu'elle tenait.

— Alors comme ça, tu aimes les blondes ?

Elle s'approcha en lui lançant un regard inquisiteur, puis posa le dossier sur le bureau de Christian. Son comportement était à la limite de la décence lorsqu'elle fit glisser une main sur son pectoral musclé. Il s'écarta d'un pas en arrière dans un réflexe.

— Je peux savoir ce qui te prend ? bougonna-t-il, confus.

— Pourquoi, on n'a jamais couché ensemble ? se plaignit Jessica en faisant la moue.

Christian fronça les sourcils, estomaqué par ses propos déplacés.

— Tu plaisantes ?!

— Pas du tout. Tu es tout à fait mon style. Ton corps est à tomber et tes yeux... oui, tes yeux sont tellement magnifiques.

— Tu t'es droguée avant de venir, ce matin ?

— Mais pas du tout ! Pourquoi tu n'acceptes jamais mes compliments sur ton physique ? Je suis mille fois plus belle que cette blondasse habillée comme une plouc !

Christian ferma les yeux en prenant une profonde inspiration pour conserver son calme.

— Pour commencer, lorsque je t'ai rencontrée, tu sortais avec Kevin et il t'aime toujours. Non que j'aie besoin de me justifier, mais bon... Deuxièmement, je ne fais jamais attention aux femmes, ça ne m'intéresse pas. De toute façon, elles ne me regardent pas... et troisièmement, tu sors avec Martin.

Jessica écarquilla les yeux. La seule chose qu'elle avait entendue était le deuxièmement.

— Mais bien sûr qu'elles te regardent. Tu as le physique d'un dieu grec, tu gagnes bien ta vie et, en plus, tu t'habilles en costume tous les jours. Crois-moi, c'est assez aphrodisiaque, si tu veux mon avis. Et, la cerise sur le gâteau, ton parfum est envoûtant.

Christian dévisagea Jessica en tombant des nues.

— C'est… Une blague ? Tu plaisantes ? Enfin… Je n'ai jamais plu aux femmes et…

Elle lui adressa un regard sévère.

— Mais dans quel monde tu vis ? s'exclama-t-elle.

Christian ne savait pas quoi répondre parce que depuis son adolescence désastreuse en termes de conquête féminine, il n'avait pas vu son corps se transformer. Il avait simplement fermé les yeux sur cet aspect de sa vie.

— Depuis combien de temps es-tu célibataire au juste ? demanda-t-elle ensuite.

Christian serra les mâchoires. Il finit par se ressaisir.

— Tu n'es pas venue pour parler de ma vie amoureuse ou me faire des avances, il me semble, éluda-t-il.

Jessica plissa les yeux, déterminée à en savoir plus.

— J'aimerais juste savoir comment tu me trouves.

Il fronça les sourcils, sachant pertinemment que sa réponse pourrait déclencher une catastrophe nucléaire.

— Tu es très jolie, Jess, et tu le sais.

— « très jolie » ? s'offusqua-t-elle. La plupart des hommes que je croise me qualifient de « bombe ». Tu es sûr que tu n'es pas gay ?

Christian leva les yeux au ciel, blasé par cette conversation.

— Non, je ne suis pas gay, grogna-t-il. Pourquoi faut-il que tout le monde pense que je suis gay ?

— Peut-être parce qu'on ne t'a jamais vu avec une fille… Bon, et cette blonde qui vient de quitter ton bureau, comment tu la trouves ?

Soudain, le visage de Christian s'illumina et un sourire naquit sur ses lèvres.

— Elle est… magnifique.

— QUOI ?! Mais elle ne ressemble à rien, s'écria Jessica, vexée.

Christian faillit se boucher les oreilles pour ne plus l'entendre piailler.

— Bon sang, Jessica ! Arrête de te comporter comme si tu étais jalouse, c'est n'importe quoi ! Si tu continues, je vais aller en toucher deux mots à Martin.

En entendant ces paroles, Jessica devint livide et se calma immédiatement.

— Désolée…, balbutia-t-elle, gênée tout à coup.

Christian rajusta sa veste de costume pour se donner une contenance et s'assit sur son fauteuil en faisant signe à Jessica de prendre place en face de lui. Elle s'exécuta et regarda le dossier posé sur le bureau. Même si le sujet semblait être clos, Christian ne put s'empêcher de poser une question qui remit de l'huile sur le feu.

— Tu me trouves vraiment canon ?

— Bien sûr que oui, soupira Jessica en faisant la moue.

Christian l'observa encore un moment, ne sachant pas si elle mentait ou si elle lui disait la vérité, car personne ne lui avait jamais fait ce genre de compliment.

— Tu ne me crois pas ? renchérit-elle, un peu surprise.

Christian avala difficilement sa salive et cacha son embarras en attrapant le dossier sur son bureau. Ensuite, ils parlèrent enfin boulot et Jessica n'évoqua plus son corps d'Adonis ni ses yeux ni son parfum. Pourtant, les mots de Jessica ne cessaient de tourner en boucle dans l'esprit de Christian.

Se pouvait-il qu'il soit beau et qu'il plaise aux femmes ?

Non, cela ne l'intéressait pas, il voulait simplement que son entreprise prospère et une femme lui aurait mis des bâtons dans les roues. Malgré tout, le visage d'Éloïse s'imposa à lui et il la revit marcher avec lui dans le couloir. Puis la vision de ses fesses moulées dans un jean délavé lui provoqua de nouveau une bouffée de chaleur incontrôlable.

Alors que Jessica lui parlait toujours, il desserra discrètement sa cravate et fit sauter le premier bouton de sa chemise.

— Quelque chose ne va pas ? demanda Jessica lorsqu'elle remarqua le trouble de Christian.

Il se racla la gorge.

— Non, tout va bien, balbutia Christian d'une voix un peu trop enrouée à son goût.

Il était tellement mal à l'aise qu'il ne savait plus où se mettre. En plus, Jessica ne le croyait pas vraiment mais, pour une fois, elle n'insista pas et continua sa présentation sur le nouveau client qu'elle venait de faire signer.

Chapitre 3

Lorsque Éloïse rejoignit son poste au service informatique, tous ses collègues la regardèrent avec suspicion. Ce fut Évelyne qui entama les vannes quand elle se rassit sur sa chaise.

— Je ne savais pas que tu étais si proche du boss.

Tout le monde pouffa en attendant la suite.

— Il semble rencontrer beaucoup de problèmes avec son ordinateur, en ce moment, répliqua Éloïse en faisant mine de ne pas comprendre les sous-entendus.

— C'était quoi le problème, cette fois ? questionna Marie qui voulait toujours être au courant des derniers potins.

— Il n'avait pas branché ses câbles, un classique, sourit Éloïse en se moquant gentiment de son PDG.

— Si ça se trouve, il a fait exprès de tout débrancher pour que tu viennes dans son bureau, suspecta Évelyne qui adorait amuser la galerie avec ce genre de suppositions.

Comme prévu, tout le monde s'esclaffa.

Si Éloïse avait su que c'était la vérité, elle aurait peut-être moins ri mais, pour l'heure, elle n'en savait rien, alors elle balaya cette idée improbable. Même lorsqu'elle avait entendu la garce sans cœur faire des allusions douteuses, elle n'avait pas compris. Après tout, pourquoi un PDG comme Christian s'intéresserait à elle ?

Ce fut à ce moment-là que leur manager entra dans l'open space, mais les rires ne s'arrêtèrent pas pour autant.

— On a planqué nos friandises ! l'attaqua avec humour Marion. Pas la peine d'essayer de nous dévaliser, on ne lâchera rien !

— En plus, on a du nougat de Montélimar et il est divin, renchérit Kelly pour le taquiner un peu.

— Vous plaisantez ! s'offusqua Mathieu avec un sourire en coin.

— C'est moi qui l'ai ramené, capitula Marie.

Elle sortit le paquet de son tiroir et fit la distribution à tout le monde.

— J'en ai bien besoin après toutes les merdes qui me tombent dessus, soupira Mathieu avec fatalité.

Malgré l'air abattu de leur responsable, l'équipe savait bien qu'il trouverait les bonnes solutions après cette pause bien méritée. Parfois, Mathieu leur racontait les problèmes auxquels il faisait face et, la plupart du temps, c'était à cause des procédures inadaptées entre les différents services.

Éloïse ne put s'empêcher de penser que Christian semblait implacable dans son travail et demandait des objectifs difficiles à atteindre. Paradoxalement, il avait l'air de se faire marcher sur les pieds par Jessica. Certaines rumeurs disaient qu'il n'avait aucune autorité sur elle parce qu'ils couchaient ensemble. Pourtant, il était de notoriété publique que Jessica était en couple avec son collègue Martin. Éloïse n'aimait pas les bruits de couloirs et préférait se faire sa propre idée sur les gens. Mais, cette fois, elle ne savait pas quoi penser de tout ça.

En même temps, ça ne la regardait pas et elle avait d'autres choses à gérer, comme son petit frère de 18 ans dont elle s'occupait depuis la mort de leur mère et l'abandon de leur père, dix ans auparavant.

À l'époque, elle venait tout juste d'avoir son bac et elle se retrouvait pratiquement à la rue avec un enfant à charge. Ça avait été un vrai cauchemar ! Mais cette situation l'avait obligée à se dépasser pour trouver un revenu, afin de déménager dans un studio, tout en continuant ses études par correspondance. Alors, elle s'était naturellement tournée vers un travail qui pouvait s'effectuer à distance, comme l'informatique. Elle était très douée en codage et en dépannage, et les offres ne manquaient pas dans ce domaine. Les entreprises acceptaient toutes de négocier leurs conditions vu le peu de personnes qualifiées sur le marché.

Durant ces dix dernières années, elle avait mis sa vie de côté. Elle s'était concentrée essentiellement sur son travail et l'éducation de son petit frère, qui grandissait à une vitesse folle, mais qui était de plus en plus mignon et protecteur avec elle. Ils se serraient les coudes et se vouaient une confiance aveugle. Ils étaient aussi très complices.

À par lui, elle n'avait pratiquement pas d'amis. Même si elle adorait ses collègues, elle les voyait rarement en dehors du boulot et, quand c'était le cas, elles parlaient un peu trop du boulot justement. Mais peut-être que cela changerait par la suite. Maintenant que Toni était plus grand, elle pouvait enfin se concentrer sur ses projets personnels.

D'ailleurs, sa vie amoureuse était inexistante aussi. Elle n'avait jamais eu la tête à sortir avec quelqu'un. Sa situation était bien trop compliquée. Et comment expliquer à un jeune de 20 ans qu'elle avait un enfant à charge ? Alors, elle avait laissé ce côté de sa vie jusqu'à maintenant.

Bien sûr, il lui arrivait d'avoir des histoires sans lendemain, mais ça ne lui apportait plus autant de satisfaction qu'avant. Elle commençait à en avoir assez de tous ces hommes interchangeables. Désormais, elle recherchait plus de profondeur.

Aujourd'hui, le studio était devenu un peu étroit, mais avec un seul salaire pour deux, c'était compliqué. Avec de la chance, dans deux ou trois ans, ils pourraient déménager et trouver un appartement plus grand pour avoir chacun leur intimité.

Lorsque Éloïse rentra dans son studio, elle défit ses baskets pour mettre ses chaussons, puis se rendit dans la pièce principale à la recherche de son frère. Quand elle le vit, elle se figea. Toni était en train d'embrasser une fille à pleine bouche sur leur canapé. Elle tenta de se ressaisir, ferma les yeux sans faire de bruit. Elle devait partir pour lui laisser de l'espace, même si elle ne savait pas où aller...

Malheureusement, Toni se rendit compte de sa présence au moment où elle prenait la fuite.

— Éloïse ? Tu ne devais pas rentrer à 17 h 30 ? s'étonna son frère, confus.

Elle se tourna de nouveau vers lui, le malaise de cette situation lui faisant rosir les joues.

— Il est 17 h 30..., marmonna-t-elle, gênée. Mais ne t'en fais pas, je vais aller boire un verre avec une copine.

— C'est qui ? chuchota la magnifique brune au teint mat à côté de lui, alors que ses jambes étaient toujours entremêlées à celles de son frère.

— C'est ma sœur, répondit-il enfin.

La brune la salua timidement.

— Désolé, je n'ai pas vu l'heure passer...

— C'est pas grave, profitez. Je vais sortir, insista Éloïse.

Elle se précipita vers la porte, remettant ses chaussures aussi vite que possible. Elle ne voulait pas que son frère soit privé des joies des premiers amours et elle ferait tout son possible pour qu'il appréhende cette période de sa vie de la plus normale des façons.

Pour passer le temps, elle se promena dans une galerie commerciale, admirant tous les vêtements coûteux qui lui faisaient envie et en profita pour faire quelques courses pour le dîner.

*****

Après un lundi chaotique à ne cesser de penser à Éloïse dès qu'il avait quelques minutes de libres, Christian ne savait plus quoi faire pour aller la voir sans que cela ne paraisse suspect. En ce mardi matin, il n'arrivait pas à se concentrer sur son travail. Dès qu'il regardait son ordinateur, il pensait à elle et à ce qu'il pourrait casser pour la faire venir dans son bureau. C'était pathétique et pas du tout déontologique. Mais comment en était-il arrivé là ? Il ne l'avait vue que deux fois et n'avait échangé que deux coups de téléphone avec elle.

Pathétique…

N'y tenant plus, il fit une chose qu'il n'avait encore jamais faite. Il appela Kevin pour lui demander conseil.

Pendant que la sonnerie résonnait, Christian tapotait son bureau du bout des doigts. Il savait que Kevin n'était pas réveillé à cette heure-ci, mais il ne pouvait pas attendre. Il avait besoin d'un garde-fou et, pour le moment, Kevin était la meilleure option. Hors de question qu'il se confie à Jessica. Qui savait ce qu'elle irait raconter aux autres…

Lorsque la sonnerie retentit dans le vide pour la troisième fois consécutive, il recommença, harcelant sans vergogne son meilleur ami.

— Putain, j'espère que c'est grave, ronchonna une voix ensommeillée à l'autre bout du téléphone.

— C'est à propos d'une fille.

Il y eut un énorme blanc, suivi d'un bruit de quelque chose qui tombe, se casse, puis la voix de Kevin bien réveillée ensuite.

— Répète ?

Christian ferma les yeux, un peu honteux d'abord ce sujet qu'il avait tant banni par le passé.

— C'est une fille du service informatique.

— Continue, l'encouragea Kevin, curieux d'en savoir davantage.

— Elle… me fait bégayer et je n'arrête pas de penser à elle. J'ai tout le temps envie d'aller la voir, mais je n'ai pas vraiment le droit.

À sa grande surprise, Kevin explosa de rire.

— Est-ce que j'ai dit quelque chose de drôle ?! se renfrogna Christian, vexé. En plus, Jessica a dit que j'étais canon et qu'elle ne comprenait pas pourquoi je la repoussais tout le temps.

Le rire de Kevin s'arrêta net.

— Putain, c'est quoi ces conneries !!! hurla-t-il soudain, plus jaloux que d'habitude.

— Tu crois que c'est vrai ?

— J'espère que tu déconnes, mec…, marmonna Kevin d'une voix douloureuse.

Christian soupira.

— Elle ne m'intéresse pas, le rassura Christian, mais… Tu crois que je suis vraiment canon ? Je veux dire… depuis le lycée où toutes les nanas nous montraient du doigt en nous traitant de ringards et j'en passe, qu'est-ce qui a changé ?

— Pourquoi Jessica t'a dit ça ? Et depuis quand est-ce qu'elle te drague ? Je croyais qu'elle était amoureuse de Martin !

— Mince, je n'aurais pas dû te parler de ça, je pensais que tu avais tourné la page…

— Réponds à ma question, lui ordonna Kevin avec autorité.

— Elle ne me drague pas. Du moins, si elle l'a fait, je ne m'en suis jamais aperçu…

Kevin soupira avec fatalité.

— Elle est toujours avec Martin, le rassura Christian.

Il y eut un nouveau silence.

— Qu'est-ce qui a changé, Kevin ? répéta Christian qui ne comprenait pas vraiment les paroles de Jessica. Du reste, Jessica a sûrement dit ça pour me faire plaisir. Enfin, j'imagine…

— Elle dit toujours ce qu'elle pense, grinça Kevin. Et ce qui a changé, c'est peut-être ton corps d'athlète, ton fric et tes costumes chics.

— Elle m'a dit à peu près la même chose…, marmonna Christian, qui avait encore du mal à accepter la réalité.

— Jessica aime le fric, les hommes musclés et dans la trentaine. Tu coches toutes les cases, ronchonna Kevin, alors que les mots lui arrachaient la gorge.

Christian déglutit.

— D'accord, j'ai compris. Mais elle ne m'intéresse pas. Je suis désolé, mais elle est vraiment trop chiante et je ne touche pas aux femmes engagées dans une relation.

— Ça veut dire que cette fille de l'informatique est célibataire ?

— Je… Je n'en sais rien. Cette question ne m'a même pas traversé l'esprit. Si elle est en couple, qu'est-ce que je vais faire ? se lamenta Christian.

— Eh bien, je suis désolé de te dire ça, mais je crois que tu devrais plutôt demander des conseils à Jessica. Elle est experte dans ce domaine. Elle est peut-être chiante, mais c'est une bonne entremetteuse.

— Ce n'est pas vraiment ce que j'avais envie d'entendre, mais bon… Je vais y réfléchir…, répondit Christian, un peu contrarié.

Et il raccrocha. Cette conversation ne l'avait pas beaucoup aidé et il n'avait vraiment pas envie de parler de son béguin à

Jessica. Elle était trop impulsive et imprévisible. Il n'y avait qu'à voir comment elle l'avait humilié devant Éloïse en faisant remarquer qu'il bégayait.

Quelle garce !

Puis quelqu'un frappa discrètement à la porte de son bureau. Avec un espoir irraisonné, Christian se leva et se hâta d'ouvrir, mais il découvrit Babeth avec déception. Il aurait tellement aimé que ce soit Éloïse, même si elle n'avait absolument aucune raison de venir le voir...

— Monsieur Peterson, je voulais savoir si vous étiez disponible. Comme vous n'avez pas de rendez-vous dans votre agenda, j'ai pensé que c'était le bon moment pour vous interrompre.

Son ton était un peu timide et enjoué à la fois. Christian fronça les sourcils, attendant la suite.

— Qu'est-ce qu'il y a, Babeth ? Vous avez un problème ? J'espère que Jessica n'a pas encore fait des siennes, sinon...

— Non, non, pas du tout, le coupa Babeth en sortant la bouteille de champagne de derrière son dos. C'est pour mon pot de départ à la retraite. Je pensais qu'on pourrait peut-être trinquer ensemble avant que je parte.

— Oh, mais, oui, avec grand plaisir. Venez, entrez, l'invita Christian avec un sourire triste. Vous allez me manquer, Babeth...

Babeth alla chercher deux flutes et rapporta un plat de toast au saumon. Ils s'installèrent côte à côte autour de la petite table ronde, près du bureau, et Christian entama la bouteille avant de servir les verres.

— Vous m'avez gâté, Babeth, et je n'ai rien préparé pour vous... Je suis vraiment désolé.

— Ce n'est rien, Monsieur Peterson, je sais que vous ne pouvez pas vous rappeler de tout, c'est pour ça que je suis là.

Il lui sourit en levant sa coupe pour trinquer.

— C'est exact. Vous partez quand, déjà ?

Babeth baissa les yeux.

— Je pars ce soir, Monsieur.

Il ouvrit de grands yeux, estomaqué.

— Oh... J'avais totalement oublié. Est-ce que votre remplaçante arrive demain ? s'inquiéta-t-il.

— Normalement, oui. Elle s'appelle Elizabeth. Elle est très gentille et professionnelle, mais elle est encore jeune. Elle doit avoir à peu près votre âge.

Christian hocha la tête, en espérant que sa nouvelle secrétaire ne serait pas aussi insolente que Jessica.

— Merci, Babeth, pour ces 10 ans de service à mes côtés. Faites-moi penser à vous envoyer des fleurs et un cadeau.

— Très bien, Monsieur. Et merci pour tout. Vous êtes un PDG hors pair.

Ils grignotèrent et sirotèrent leur apéritif pendant une bonne demi-heure, discutant avec bonne humeur et se racontant quelques anecdotes rigolotes.

Lorsque Christian reprit son travail et qu'il ralluma son PC, ce dernier ne démarra pas. Contre toute attente, son cœur bondit dans sa poitrine à l'idée d'appeler Éloïse, qui lui avait donné sa ligne directe quelques jours plus tôt. Puis, il se figea.

Bon sang ! Mais qu'est-ce qu'il lui prenait ? Pourquoi réagissait-il comme ça ? C'était tellement inhabituel qu'il crut un instant qu'il était souffrant. Il mit quelques minutes à retrouver une respiration normale, malgré les pulsations de son cœur toujours un peu trop rapide à son goût. Avec une certaine impatience, il décrocha son téléphone, espérant qu'elle lui répondrait, puisque la plupart des personnes travaillant ici n'utilisaient plus leur combiné, mais passaient toutes par un logiciel de messagerie instantanée professionnel.

Pendant qu'il entendait la tonalité, son cœur s'emballa de plus belle et une bouffée de chaleur l'envahit. Il se sentait fébrile tout à coup et se demanda s'il ne couvait pas quelque chose, comme la grippe ou… le Covid.

— Éloïse Goldammer, service informatique, que puis-je faire pour vous aider, Monsieur Peterson ?

En entendant la voix d'Éloïse, douce et chaleureuse, le malaise de Christian augmenta et il perdit tous ses moyens. Le pire c'était qu'elle savait que c'était lui à l'autre bout du fil. Il n'avait pas anticipé ce point. Même s'il le savait, il ne s'en était pas souvenu et ça l'avait pris au dépourvu.

— Monsieur Peterson ? Est-ce que vous m'entendez ?

— Heu… oui, je…, bégaya-t-il avant de se racler la gorge. Mon PC ne s'allume plus.

— Est-ce que vous avez essayé de brancher le chargeur avant de l'allumer ? Il n'a peut-être plus de batterie, ça arrive parfois.

Christian déglutit, priant pour que son PC soit hors service, bien qu'il ait des documents extrêmement importants sur son bureau. Bien sûr, il savait qu'il fallait tout mettre sur le réseau, mais c'était bien plus pratique d'enregistrer tous ses fichiers en local.

Encore une fois, il se trouva pathétique…

Avec appréhension, il brancha son chargeur, attendit quelques secondes, puis pressa de nouveau la touche Power. Et le miracle se produisit, l'écran s'alluma et Windows chargea normalement une fois qu'il eut entré son mot de passe.

La déception lui comprima la poitrine.

— C'était bien ça, dit-il avec amertume. Tout semble fonctionner correctement. Merci pour tout, Éloïse.

Cette fois, il était tellement en colère contre lui-même qu'il articula parfaitement chaque mot.

— À votre service, Monsieur Peterson. Passez une bonne journée.

— Merci, de même.

Et ils raccrochèrent. Pourtant, Christian n'arrivait toujours pas à se concentrer sur son travail. L'envie de voir Éloïse, qu'il savait dans le même bâtiment que lui, était trop forte. Kevin ne l'avait pas aidé dans cette histoire et il ne savait pas si en parler à Jessica était une bonne idée. Mais est-ce que se confier à elle serait pire que d'aller voir Éloïse avec des prétextes louches et bidon ? Entre les deux, le moindre mal restait quand même Jessica. Enfin, si tant est qu'elle tienne sa langue.

Justement, quand on parlait du loup…

La furie blonde entra en trombe dans son bureau et, pour une fois, Babeth ne tenta même pas de l'arrêter. Sans doute parce que c'était son dernier jour de travail.

— Christian ! Je viens d'apprendre qu'une nouvelle secrétaire arrive demain ?! s'écria-t-elle.

Christian plissa les yeux en la fixant. Il ne comprenait pas où elle voulait en venir.

— Oui, et alors ? Ça devrait te faire plaisir puisque tu ne supportes pas Babeth…

— Mais… Il paraît qu'elle est jeune, elle est probablement sublime et…

— Jessica…, soupira Christian en se pinçant l'arête du nez. Arrête avec tes sautes d'humeur. Tant qu'elle est aussi compétente que Babeth et qu'elle n'est pas aussi chiante que toi, tout ira bien.

Chapitre 4

— PARDON ?! hurla Jessica, hors d'elle. Je ne suis pas chiante !

— Oui, bon… autre chose ? reprit-il.

En cet instant, Christian se promit de ne pas se confier à elle, malgré sa situation compliquée et son besoin irrépressible de se rapprocher d'Éloïse.

— Oui, continua-t-elle en prenant place dans le fauteuil face à Christian et en croisant les bras sur sa poitrine. Il y a une rumeur qui circule à ton sujet…

Christian ferma les yeux et serra les dents.

— Accouche, asséna-t-il ensuite.

— Il paraît que tu en pinces pour la nana de l'informatique. Éloïse, c'est ça ?

— Bordel ! jura Christian. Mais comment ils peuvent savoir ? Je ne l'ai dit à personne…

Jessica esquissa un sourire victorieux.

— En fait, c'était une question piège, rigola-t-elle. Et tu es tombé dans le panneau.

— Comment ça ? s'impatienta Christian.

— Tu ne m'aurais jamais dit la vérité, alors il fallait bien que je trouve un moyen de savoir.

Christian grogna.

— Si tu as fini de me faire perdre mon temps, retourne travailler ! râla-t-il.

— Mais je viens juste de commencer et je veux tout savoir, maintenant.

Elle le regarda avec de grands yeux pétillants, à l'affût du moindre détail croustillant. Christian soupira, dépassé par les événements, comme à chaque fois avec Jessica.

— Pourquoi est-ce que tu veux savoir ? se méfia-t-il tout de même.

— Parce que tu as l'air aussi doué que Martin pour draguer une fille, à croire que tu es puceau, rigola-t-elle. Et ce serait dommage qu'elle te déteste ou qu'elle ne le sache jamais…

Christian cacha son malaise du mieux qu'il le put et se contenta de garder le silence en fixant l'écran de son ordinateur.

— Ce ne sont pas tes affaires, Jessica. Et pour la millième fois, je suis ton patron, pas ton pote !

— Arrête, tu sais que j'en connais un rayon sur les femmes et que je pourrais t'aider, plaida-t-elle.

Malgré sa résignation, la proposition de Jessica le tentait beaucoup trop à son goût. Toutefois, il se fit violence pour garder la ligne de conduite qu'il s'était fixée.

— Mais avant, j'aimerais savoir ce qu'elle a de plus que moi. Je suis quand même beaucoup plus jolie, non ? Elle ne prend même pas soin d'elle, franchement…

Encore une fois, Christian faillit perdre patience.

— Jessica, si tu es là pour la critiquer, je ne suis pas près de te faire confiance pour m'aider.

Elle le fusilla du regard, les bras toujours croisés sur sa poitrine.

— Mais tu me trouves jolie, oui ou non ?

— Oui, bien sûr que tu es jolie, soupira Christian, ne sachant plus quoi faire pour qu'elle arrête avec ça.

— Alors, pourquoi tu ne t'es jamais intéressé à moi ?

— Oh, bon sang, on en est encore là ?

— Réponds-moi !

— Parce que je ne m'intéresse à aucune femme, Jessica. Tu n'as pas encore compris ? Ce n'est pas ma priorité…

— Alors, pourquoi elle ?

Il ferma les yeux, excédé.

— J'en sais rien… C'est juste comme ça, il paraît que c'est un truc chimique, les hormones et toutes ces conneries. Mais, je vais être clair, même si cette fille m'attire, elle reste une de mes employées et je ne peux pas sortir avec elle. Ce n'est pas déontologique et je n'ai pas envie de me faire attaquer pour harcèlement. Donc, je compte sur toi pour m'aider à surmonter ce problème. Vu que tu as l'habitude des relations hommes-femmes.

Ils se dévisagèrent quelques secondes, avant que Jessica ne lâche une nouvelle bombe.

— J'irai lui en toucher deux mots, pour savoir ce qu'elle pense de toi et du fait que tu sois son PDG.

Christian se leva brusquement en tapant le plat de ses mains sur son bureau.

— Si tu oses faire ça, je te jure que je te renvoie ! s'écria-t-il hors de lui. Ne t'immisce pas dans ma vie privée ni dans ma relation avec Éloïse.

Elle le toisa en se levant lentement.

— Tiens donc, ce serait pourtant un juste retour des choses vu ce que tu m'as fait lorsque j'ai commencé à sortir avec Martin.

Christian serra de nouveau la mâchoire.

— Il me semble que je me suis excusé et que vous avez tous les deux reçu une grosse prime pour me faire pardonner.

Jessica pinça les lèvres.

— Tu n'as pas intérêt, Jessica, reprit Christian, face à l'air supérieur de cette furie blonde. Je ne plaisante pas, je n'hésiterai pas à te renvoyer, même si ça me fout dans la merde !

Et pour la première fois depuis qu'il l'avait embauchée, elle capitula.

— Très bien, soupira-t-elle. Et j'espère que ta nouvelle secrétaire ne sera pas trop jolie, je n'aimerais pas que Martin soit distrait par une autre femme.

Dérouté par ce brusque changement de sujet, Christian secoua la tête.

— C'est ça, laisse-moi travailler maintenant et, s'il te plaît, sois gentille avec Babeth pour son dernier jour.

La moue de Jessica lorsqu'elle sortit ne le rassura qu'à moitié, mais il s'en contenta. Et, contre toute attente, il réussit à se reconcentrer sur son travail.

*****

Dans l'open space d'Éloïse, l'ambiance était aux rires et à la bonne humeur. Alors quand, pour la première fois, la garce sans cœur passa leur dire bonjour, cela mit un certain froid.

— Salut tout le monde, commença Jessica avec entrain.

Elle savait que si Christian apprenait qu'elle était venue au service informatique, il pèterait les plombs, mais Jessica ne pouvait s'empêcher de jouer les entremetteuses. Et, quoi de mieux que de se rapprocher d'Éloïse pour y arriver ?

Cette dernière lui répondit machinalement, de façon assez neutre, car elle ne savait pas ce que Jessica voulait. Mais sa réputation de garce sans cœur lui intimait de se méfier de cette femme.

— La nouvelle secrétaire de Christian arrive demain, il y aura un petit déjeuner pour l'accueillir et je suis venue vous demander ce que vous aimez, enchaîna Jessica.

Les remerciements fusèrent, tandis que Jessica ne quittait pas Éloïse du regard.

— Et toi, qu'est-ce que tu préfères ? s'enquit Jessica en s'adressant à Éloïse.

— J'aime toutes les viennoiseries, je ne suis pas difficile, répondit-elle, en se retenant de préciser qu'elle adorait les tartines de confiture.

— C'est noté, rendez-vous demain matin à 9 h, devant le bureau de Christian, se réjouit Jessica, bien qu'elle redoute le savon que ce dernier ne manquerait pas de lui passer.

Mais, c'était pour son bien, même si elle était un peu jalouse qu'il s'intéresse à une femme aussi insipide qu'Éloïse.

Lorsque Jessica fut partie, les conversations fusèrent. Évelyne et Marie ne manquèrent pas de questionner Éloïse sur sa soudaine popularité auprès de la direction.

— Mais qu'est-ce qui se passe en ce moment ? pouffa Marie.

— À croire que le grand patron a soudain pris connaissance de notre service depuis qu'il a des pannes d'ordinateur, renchérit Évelyne.

Toutes les autres s'esclaffèrent.

Comme convenu, le lendemain matin, toute l'équipe du service informatique se rendit devant le bureau du PDG pour accueillir la nouvelle secrétaire. Il était tout juste 9 h, il n'y avait encore rien d'installé et personne à l'horizon.

— Elle avait bien dit 9 h ? s'inquiéta Évelyne qui était très à cheval sur les horaires.

— Oui, répliqua le reste de l'équipe en chœur.

Puis, quelqu'un arriva enfin. Le bruit de chaussures claquant sur le carrelage retint toute l'attention du service informatique. C'était Christian qui venait tout juste d'arriver. Lorsqu'il découvrit Éloïse à quelques mètres de lui, il s'arrêta net et la détailla de la tête aux pieds sans discrétion. C'était tout simplement plus fort que lui. À son grand désarroi, il resta muet, ne réussissant pas à se ressaisir, tant il était surpris et sous le coup de l'émotion. Son cœur battait trop vite et sa respiration était trop rapide, comme à chaque fois qu'il la voyait.

— Bonjour ! s'impatienta Évelyne.

Puis, les autres suivirent et Christian détacha enfin ses yeux d'Éloïse pour saluer tout le monde.

— Est-ce que nous avions une réunion ? demanda-t-il ensuite. D'ailleurs, Mathieu, il faudra que tu m'expliques ce qui est arrivé à tous les hommes qui travaillaient dans ton service…

Mathieu s'approcha tranquillement de Christian avec un air de conspirateur.

— J'ai dû pousser tous les beaux gosses vers la sortie pour en finir avec les crises de jalousie de mon mari…

Christian lui adressa un regard perplexe.

— Jessica nous a invités au petit déjeuner organisé pour la nouvelle secrétaire, les interrompit Éloïse d'une petite voix timide.

En reportant son attention sur Éloïse, Christian serra les dents et ferma les yeux un instant. Il ne pouvait tout simplement pas péter les plombs devant ses employés. Encore moins devant Éloïse…

Il devait se ressaisir et paraître normal. Il se fit violence et, pour réussir à retrouver son calme, il imagina tout ce qu'il ferait à Jessica pour la sanctionner.

Quelle garce !

— Oui, bien sûr…, marmonna-t-il en avançant jusqu'à son bureau. Je vais prévenir Jessica que vous êtes arrivés.

Lorsqu'il referma la porte derrière lui, il s'empara de son portable avec colère. Comme elle ne répondait pas, il appela

Martin dans la foulée. Celui-ci décrocha presque immédiatement.

— Est-ce que Jessica est avec toi ? gronda Christian, hors de lui.

— Ah… elle m'a dit que tu serais sûrement en pétard aujourd'hui, mais elle n'a pas voulu m'en dire plus. Est-ce que c'est grave ?

— Passe-la-moi, avant que je pète un câble !

— Elle est partie à la boulangerie avec Elizabeth.

— Bordel ! jura Christian.

— Elle ne devrait plus tarder, maintenant. Je lui dirais de te rejoindre au plus vite.

Christian soupira, excédé.

— Ce ne sera pas nécessaire, puisqu'elle doit se rendre devant mon bureau pour le petit déjeuner qu'elle a organisé pour Elizabeth…

— Oh, c'est juste ça, alors ?

— Pas tout à fait, je vais lui tordre le cou !

Martin ne put s'empêcher d'esquisser un sourire.

— C'est à propos d'Éloïse, c'est ça ?

Christian se sentit soudain trahi de savoir que Martin était déjà au courant. Il perdit tous ses moyens et la panique l'envahit.

— Qui… qui d'autre est au courant ? s'inquiéta-t-il. Elle a déjà tout raconté à tout le monde ?!

— Non, juste moi et Lisandro. Et peut-être Charline aussi…

Christian serra encore une fois les dents.

— Cette histoire ne regarde personne d'autre que moi ! Elle n'a pas intérêt à le répéter à quelqu'un d'autre, sinon…

La porte du bureau de Christian s'ouvrit d'un coup, révélant une Jessica toute pimpante et souriante.

— Surpriiiise ! s'écria-t-elle en brandissant ses sachets de viennoiseries.

— Elle vient d'entrer dans mon bureau. Je te laisse, mais je ne te garantis pas qu'elle en ressortira vivante ! grogna Christian avant de raccrocher.

D'une humeur massacrante, il attrapa les sachets que Jessica tenait, lui ordonna de rester dans son bureau et en ressortit pour disposer le tout sur une petite table. Il se fit violence pour paraître affable et proposa à tout le monde de se servir. Puis, il rejoignit Jessica d'un pas lourd et mécontent. Il ne prêta aucune attention à sa nouvelle secrétaire, d'ailleurs. Il était trop obnubilé par les initiatives de son employée indomptable.

— Qu'est-ce qui t'a pris ?! hurla-t-il alors que Jessica le toisait en croisant les bras sur sa poitrine.

— Tu sais que tout le monde t'entend ? Ce n'est pas très rassurant pour Elizabeth de t'entendre me hurler dessus alors que je lui ai brossé un super portrait à ton sujet...

— Génial ! grinça Christian. Et qu'est-ce que tu lui as dit au juste ? Que je te passais tous tes caprices ?!

Jessica lui fit de gros yeux incrédules.

— Tu plaisantes ?! s'insurgea-t-elle. Je suis ta meilleure employée, je te rappelle.

Christian se ressaisit rapidement, car il savait que s'il provoquait Jessica de cette façon, cette dispute serait phénoménale. De plus, il n'avait pas envie qu'Elizabeth se sente mal dès son premier jour à cause des imbécilités de Jessica.

— Tu sais que j'ai fait ça pour que tu puisses voir Éloïse sans inventer des prétextes louches ? reprit Jessica, un peu agacée. Tu devrais me remercier au lieu de me crier dessus !

Christian serra encore une fois les dents. Il avait un peu mal à la mâchoire à force d'être constamment poussé à bout par cette furie blonde. Pourtant, il ne savait pas quoi répondre à ça et il était hors de question qu'il la remercie. Ça l'aurait encouragée à continuer tout ce cirque. Lui qui voulait être discret…

— Elle ne va pas rester longtemps, alors tu devrais te calmer et aller la rejoindre avant qu'il ne soit trop tard, renchérit Jessica, d'un ton plus doux.

— Et tu ne trouves pas ça un peu bizarre de n'inviter que le service informatique ? s'inquiéta-t-il ensuite.

Pour toute réponse, Jessica soupira et ouvrit la porte du bureau pour l'obliger à passer à l'action.

Christian pinça les lèvres et hocha imperceptiblement la tête, avant de rejoindre les autres. Ils le dévisagèrent un instant, car ils avaient tous entendu les cris de Christian. Ce dernier se sentit un peu mal à l'aise de découvrir tous ces regards inquisiteurs. Le pire fut quand Jessica sortit à son tour. Elle se rapprocha d'Elizabeth avant de se tourner vers Christian.

— Voici ton nouveau patron, enchaîna-t-elle. Ne t'en fais pas, je suis la seule sur qui il crie.

— Jessica ! s'insurgea Christian.

— Tu vois ? renchérit-elle en souriant de façon insolente.

Christian ferma les yeux une seconde pour accuser le coup. Pourquoi fallait-il toujours que cette femme l'humilie à longueur de journée ? Qu'avait-il fait pour mériter ça ?

Pendant ses tergiversations, Elizabeth s'était approchée de lui pour se présenter.

— Ravie de vous rencontrer, Monsieur Peterson, et merci pour cet accueil.

Il jeta un regard incisif à Jessica avant de reporter son attention sur sa nouvelle secrétaire.

— Bienvenue dans l'entreprise, j'espère que vous vous y plairez, temporisa Christian en lui serrant la main.

Elle lui adressa un sourire chaleureux qu'il se sentit obligé de lui rendre. Puis, il prit un croissant pour cacher sa colère et mordit dedans à pleines dents. Il en avait presque oublié Éloïse tant il avait été pris dans le tourbillon de ses émotions. Mais lorsque ses yeux se posèrent sur elle, il se figea encore une fois, complètement hypnotisé par cette femme. Comme elle n'avait rien pris, il attrapa le sachet de pains au chocolat et se rapprocha d'elle pour lui en proposer.

— Merci, Monsieur Peterson, dit-elle en se servant, n'osant refuser.

— Merci à vous pour votre aide précieuse, répliqua-t-il sans réfléchir.

Et il accentua ses paroles par un sourire un peu niais. Marie, qui était souvent le centre de l'attention, se rapprocha d'eux pour solliciter également une des viennoiseries que Christian tenait. Il ne la regarda même pas et lui donna simplement le sachet, ce qui la vexa un peu. Comme il continuait de fixer Éloïse de façon insistante, cette dernière se sentit obligée d'engager la conversation.

— Merci de nous avoir invités, dit-elle timidement.

— C'était mon idée, intervint Jessica en envoyant discrètement un coup de coude dans les côtes de son patron.

Celui-ci sursauta et la toisa avec colère.

— Désolée, mais je dois t'emprunter Christian quelques minutes, ajouta-t-elle en lui agrippant le bras pour le traîner jusqu'à son bureau.

— Qu'est-ce que tu fais ?! grinça-t-il en essayant de résister.

— Je te sauve la mise. Tu la fixes avec des yeux de merlans frits et un sourire débile. Tu vas te faire démasquer ! chuchota-t-elle. Et tout le monde te regarde bizarrement, même Elizabeth.

Christian se crispa, mais suivit docilement Jessica. Il n'avait pas envie de déclencher des rumeurs sur son béguin parce qu'il ne savait pas être discret en sa présence…

Une fois dans son bureau, la porte fermée, Christian se laissa tomber dans son énorme fauteuil et se prit la tête entre les mains.

— Qu'est-ce que je vais faire ? Comment on fait pour ne plus rien ressentir dans ce genre de situation ? se lamenta-t-il.

Contre toutes attentes, Jessica explosa de rire.

— Je ne vois pas ce qu'il y a de drôle ! se renfrogna Christian en relevant les yeux vers elle.

— Malheureusement, il n'y a rien à faire. Je ne voulais pas sortir avec Martin, tu sais… Je le détestais au début, d'ailleurs… mais, mon attirance envers lui en a décidé autrement, et, maintenant, tout se passe bien, dit-elle en haussant les épaules.

— Ça ne peut pas m'arriver, Jessica… Je suis le PDG de cette boîte… c'est une employée… Elle va m'attaquer pour harcèlement, c'est sûr. Et l'entreprise va couler…

Jessica s'avança vers Christian et lui caressa tendrement l'épaule pour le rassurer.

— Ne sois pas si pessimiste. Aucun mec avec qui j'ai couché ne m'a attaquée pour harcèlement. Ce n'est pas la politique de l'entreprise…

— Mais tu es une femme, Jess. Tu ne comprends pas ? Quand on est un homme, tout est différent dans ce genre de situation.

Chapitre 5

Devant le bureau de Christian, les conversations allaient bon train. Elizabeth faisait connaissance avec ses nouveaux collègues tandis que Marie et Évelyne interrogeaient Éloïse sur l'attitude bizarre de leur patron.

— Il veut coucher avec toi, c'est sûr, intervint Marie. Sinon, il ne t'appellerait pas tous les jours pour des problèmes avec son ordinateur.

— N'importe quoi…, rigola Éloïse, tandis que les autres en remettaient une couche.

— Christian est ce genre de patron ? s'inquiéta Elizabeth. Ils couchent avec ses employées ?

Éloïse ressentit un certain malaise. Elle ne pensait pas que la nouvelle secrétaire se mêlerait de leur conversation. Encore moins qu'elle poserait ce genre de question.

— Non, pas du tout ! intervint Martin qui avait tout entendu et qui arrivait tout juste pour piquer une ou deux viennoiseries.

Il voulait aussi rejoindre Jessica qui lui manquait dès qu'elle était loin de lui, même s'il essayait de ne pas trop le lui montrer.

La plupart des filles se retournèrent sur lui pour le reluquer. Il fallait reconnaître qu'il était vraiment canon en costume, dans le genre premier de la classe, mais avec une allure athlétique. Il avait continué la boxe et son corps était maintenant bien plus musclé qu'avant.

Elizabeth en profita pour se présenter comme la nouvelle secrétaire de Christian. Ils se sourirent chaleureusement. Et ce fut la première chose que Jessica vit lorsqu'elle sortit du bureau de Christian. La jalousie la consuma et elle se précipita vers

Martin pour le saisir par la taille, telle une sangsue marquant son territoire.

— Martin n'est pas disponible, malheureusement.

— Jessica ! s'insurgea l'intéressé, tandis qu'Elizabeth les regardait, un peu confuse.

— Oh… Je n'avais aucune intention de…, balbutia-t-elle, mal à l'aise.

Martin décrocha sa copine collante avec agacement.

— Jess, on est au travail. Arrête de faire ça, s'il te plaît.

— Pourquoi ? Tu as honte de moi ? s'indigna-t-elle.

Martin soupira. Il croisa furtivement le regard de Christian qui revenait vers eux. Durant ce laps de temps, il eut le temps de lire les mots que murmurait son patron : « Quelle emmerdeuse… »

Martin ne put s'empêcher de sourire, ce qui agaça un peu plus Jessica.

— Je rêve ! s'exclama-t-elle en le toisant, ce qui ramena le regard de Martin sur elle.

— Ma puce arrête de t'énerver pour si peu. Tout le monde sait que je t'aime et que je suis dingue de toi, même si tu es une sacrée emmerdeuse, rigola Martin.

Christian ne put s'empêcher de s'esclaffer, ce qui déclencha l'hilarité générale, pour le plus grand malheur de Jessica.

Elle se renfrogna, piqua un paquet de viennoiseries et s'enfuit pour retourner dans son bureau d'un pas rageur.

Christian s'approcha de Martin pour lui tapoter affectueusement l'épaule.

— Je crois que tu vas passer un sale quart d'heure, compatit-il.

Martin haussa simplement les épaules.

— J'ai l'habitude. Elle ne boudera pas longtemps.

— Eh bien, intervint Elizabeth. Je ne pensais pas qu'elle était si… impulsive et caractérielle. Elle avait l'air si gentille avec moi, ce matin…

— Et vous n'avez encore rien vu, soupira Christian. Mais ne vous inquiétiez pas, elle n'a aucune raison de s'en prendre à vous. Elle est surtout comme ça avec son entourage proche.

Élisabeth dévisagea son nouveau patron, ne pouvant retenir la réplique suivante.

— Oh… vous êtes proches, alors…

Christian pinça les lèvres, car il s'en voulut d'avoir confessé ce genre de chose à une inconnue. Il espérait qu'elle ne serait pas aussi commère que sa première secrétaire, celle juste avant Babeth, qui prenait un malin plaisir à raconter ses moindres faits et gestes à toute l'entreprise. Néanmoins, il faisait confiance à Babeth dans son choix de remplacement.

— Oui, on peut dire ça, acquiesça tout de même Christian.

Avec tout ça, il n'avait même pas eu le temps de profiter de la présence d'Éloïse. Il était déjà 10 h et la plupart des viennoiseries avaient été englouties. L'équipe informatique s'apprêtait à retourner dans leur service.

— Merci pour le petit déjeuner, le remercia Éloïse ainsi que tous ses collègues.

Il ressentit une sorte de douleur à la poitrine en voyant cette femme superbe repartir. Pendant un instant, il crut qu'il était en train de faire une crise cardiaque, mais Martin vint lui porter secours sans le savoir.

— Quelque chose ne va pas ? s'inquiéta-t-il.

Lorsque Christian avisa Martin, la douleur s'estompa comme par magie.

— Je ne sais pas…

Puis, il reporta son attention sur Éloïse et sa poitrine se comprima de nouveau.

— Bordel ! jura-t-il en posant une main sur son cœur.

Martin l'observa en fronçant les sourcils, tandis qu'Elizabeth se précipitait vers son nouveau patron.

— Monsieur Peterson, est-ce que tout va bien ? s'affola-t-elle, visiblement démunie face à la situation.

— Oui, merci Elizabeth. Vous pouvez regagner votre bureau, je vous rejoins dans quelques minutes.

Puis, il s'adressa à Martin.

— Viens avec moi.

Christian ne savait pas à qui s'adresser et, même si Martin n'était peut-être pas la personne idéale, il avait le mérite d'être là. Ce dernier le suivit sans comprendre. Lorsqu'il referma la porte derrière lui, Christian déversa un flot de paroles incompréhensibles.

— Comment on fait pour ne plus ressentir ça ? Qu'est-ce qui m'arrive, bon sang !

— Heu… que se passe-t-il, au juste ? bafouilla Martin.

— Cette fille, Éloïse, elle me rend dingue ! Je suis sûr que Jessica t'a déjà tout raconté, de toute façon…

Martin regarda vers la porte.

— Peut-être que je devrais lui demander de venir. Je ne suis pas sûr de bien comprendre ni de pouvoir t'aider…

Christian soupira, complètement déboussolé.

— Pourquoi personne n'est fichu de m'aider ?! Ce n'est pourtant pas si compliqué. Ce genre de situation arrive tout le temps, non ?

Martin avala difficilement sa salive, car il ne voulait pas contrarier son patron. Même s'ils étaient plus ou moins amis, il ne voulait pas risquer de subir sa vengeance. Il en avait vu suffisamment lorsqu'il voulait les séparer, Jessica et lui, au tout début de leur relation.

— Je suis nul en conseils, Christian. Je t'assure qu'il vaut mieux en parler avec Jessica, même si c'est une emmerdeuse, doublée d'un caractère de cochon.

En réalisant qu'il était en train de s'effondrer devant un de ses employés, Christian se ressaisit aussitôt.

— Ne l'appelle pas ! paniqua-t-il en se redressant pour se donner une contenance. Je devrais pouvoir m'en sortir. Je vais mieux. Désolé pour ce petit moment de faiblesse...

Martin lui adressa une moue compatissante.

— Il n'y a pas de problème. Je vais rejoindre Jessica, maintenant. Je suis sûr qu'elle m'attend de pied ferme. Je me demande ce qu'elle me réserve, d'ailleurs...

Christian hocha la tête et Martin sortit du bureau en laissant la porte ouverte. Lorsque Christian se leva pour la refermer, il se souvint qu'il devait former Elizabeth. Il sortit à son tour pour rejoindre sa nouvelle secrétaire qui l'attendait à son poste. Elle semblait calme et patiente, ce qui le soulagea quelque peu.

— Pardonnez-moi, Elizabeth, j'ai eu un léger contretemps. Je vais pouvoir vous expliquer vos responsabilités, même si je suis sûr que Babeth vous a préparé des tonnes de procédures pour répondre à toutes mes demandes.

Elle acquiesça avec un sourire sympathique. Durant l'heure qui suivit, ils passèrent en revue toutes les tâches qu'Elizabeth devait gérer. La façon dont cette dernière semblait tout comprendre soulagea Christian. Elle avait l'air aussi compétente, voire plus, que Babeth.

*****

Au moment où Martin rejoignit Jessica, il la trouva assise à son bureau en train de s'empiffrer d'un pain au chocolat.

— Jess…, commença-t-il, d'une voix douce, en s'approchant d'elle. Arrête de te mettre dans des états pareils. Ça ne rime à rien…

— Mais pourquoi elle lui plaît et pas moi ? Elle ne ressemble à rien ! se plaignit-elle, la bouche encore pleine.

À ces mots, Martin se figea et la dévisagea.

— De quoi tu parles ? s'inquiéta-t-il.

— Christian n'a jamais voulu de moi, alors que je suis irrésistible !

Elle parlait sans réfléchir, ne se doutant pas un seul instant qu'elle était en train de faire du mal à son petit ami.

— Tu es jalouse d'Éloïse…, murmura Martin en sentant ses jambes se ramollir.

Il avait l'impression qu'on venait de le frapper à coups de massue.

— Bien sûr que je suis jalouse de cette blonde insipide ! Elle ne prend même pas soin d'elle, mais qu'est-ce qu'il peut bien lui trouver, franchement ?

Une fois son pain au chocolat terminé, elle mordit dans un croissant à pleines dents.

— Et toi, qu'est-ce que tu trouves à Christian ? Je croyais que tu voulais une relation exclusive avec moi. En fait, je suis juste ta roue de secours parce que Christian n'a jamais voulu de toi, c'est ça ? Je comprends mieux, maintenant… Ce n'était pas Kevin le problème, lorsqu'il s'est mis en travers de notre relation, lâcha Martin. Tu sais quoi ? Débrouille-toi avec Christian, je vais démissionner et trouver un autre boulot, comme ça, tu pourras être tranquille !

Il attrapa sa veste et s'enfuit sans demander son reste. Parce que Martin était le genre d'homme à prendre la fuite au moindre problème. Il détestait les affrontements, encore moins les échecs.

En le voyant disparaître, Jessica arrêta sa crise de boulimie. Elle reposa tout sur son bureau et se leva précipitamment pour rattraper Martin. Elle réalisait enfin qu'elle lui avait dit n'importe quoi, tout ça à cause de son égo.

Avec ses talons aiguilles et sa jupe crayon, elle eut du mal à atteindre la voiture de Martin avant qu'il ne démarre. Pourtant, sa volonté était telle qu'elle redoubla d'efforts pour l'empêcher de s'enfuir.

Lorsque Martin la vit courir vers lui, la colère qu'il ressentait s'estompa un peu. Mais elle n'allait pas s'en tirer comme ça. Au moment où elle atteignit sa voiture, il démarra le moteur. Comme la furie qu'elle était, Jessica réussit à ouvrir la portière de Martin et s'engouffra dans l'habitacle pour retirer la clé. Trop surpris par son geste, il n'essaya même pas de l'en empêcher.

Ils se dévisagèrent une minute, puis Jessica fit le tour de la voiture pour s'installer du côté passager. Durant le silence qui suivit, elle se tritura les mains, ne sachant comment lui expliquer la situation.

— Depuis quand es-tu amoureuse de Christian ? demanda soudain Martin, la boule au ventre et les larmes prêtes à couler.

— Je ne suis pas amoureuse de lui, lâcha Jessica dans un souffle. C'est juste que personne ne m'a jamais résisté, sauf lui. Je ne comprends pas pourquoi… Et, maintenant, il s'intéresse à une blonde insipide alors que je suis mille fois plus jolie qu'elle.

— Mais qu'est-ce que ça peut te faire, bon sang ?! Je ne te suffis pas ? Je croyais que tu m'aimais, mais quand je t'entends parler, j'ai des doutes. Et je déteste quand tu me fais ressentir ça, Jess…

Elle ferma les yeux et prit pleinement conscience de son erreur. Contre toute attente, elle s'effondra en silence.

— Je suis désolée, pleura-t-elle. Je ne voulais pas…

Elle attrapa la main de Martin pour la serrer fort entre ses doigts. Elle était si chaude et si douce à la fois. La culpabilité lui vrilla les entrailles et elle pleura de plus belle, tandis que Martin restait de marbre. Il ne savait plus comment réagir, mais lui aussi ressentait une peine immense après ce qu'elle lui avait dit. Néanmoins, il resserra sa main autour de la sienne et appuya sa tête contre le dossier du siège en fermant les yeux. Quelques larmes lui échappèrent aussi.

Ils pleurèrent quelques minutes ensemble, silencieusement, puis Jessica bougea pour s'asseoir sur les genoux de Martin. Elle avait besoin de l'enlacer et de le serrer contre elle.

— Qu'est-ce que tu fais ? s'étonna-t-il, la voix encore enrouée par le chagrin.

— Je veux juste un câlin…, murmura-t-elle avec tristesse.

Martin acquiesça et l'entoura de ses bras. Jessica se laissa tomber contre son torse et enfouit son visage dans son cou en respirant profondément son odeur irrésistible. Leurs respirations s'apaisèrent en même temps, tant ils avaient besoin de cette proximité. Tant ils s'aimaient…

— Ne refais plus jamais ça, gronda Martin, sans cesser de la serrer contre lui.

Elle hocha la tête et embrassa tendrement son cou.

— Promets-le-moi, insista-t-il.

— C'est promis, dit-elle d'une toute petite voix.

Martin soupira et profita encore un instant de leur étreinte. Puis, ils retournèrent discrètement à leur poste, bien que les commères du coin fumeurs n'aient certainement loupé aucune miette de leur dispute…

*****

Une fois de retour dans leur open space, les collègues d'Éloïse commencèrent leurs médisances. Même si Éloïse aimait bien rigoler avec elles, elle essayait toujours de rester neutre lorsqu'elles inventaient des théories farfelues sur leur patron et autres chefs de l'entreprise.

— Tu ne l'as pas trouvé bizarre, le PDG, tout à l'heure ? questionna Évelyne, toujours en quête de bêtises à raconter.

Éloïse haussa les épaules.

— Pas plus que d'habitude. En plus, il a été sympa avec nous. Il n'y avait aucun autre service au petit déjeuner. On a été privilégiés.

— Justement ! renchérit Kelly. Il avait vraiment l'air sous ton charme. Je crois que si Jessica n'était pas intervenue, il serait encore en train de te sourire bêtement.

Elle afficha un air malicieux pour appuyer ses propos.

— Mais, arrêtez avec ça ! s'époumona Éloïse, qui se sentit soudain mal à l'aise.

Elle n'aimait pas qu'on déblatère sur sa personne. Et puis, qui aimait ça, de toute façon ?

Le silence qui suivit fut un peu froid, mais Juliette le rompit, au grand étonnement de ses collègues.

— Moi, la personne que j'ai trouvée bizarre, c'est Jessica, justement.

C'était assez rare qu'elle donne son avis. C'est pourquoi tout le monde se tourna vers elle pour la dévisager.

— Ouais, cette garce sans cœur…, renchérit Marie, qui ne l'appréciait clairement pas.

— Toujours en train d'attirer l'attention et d'en faire des tonnes. Elle m'agace, ajouta Évelyne.

En réalité, très peu de personnes appréciaient Jessica. La plupart de ceux qui la détestaient ne comprenaient pas comment Christian faisait pour la supporter. Et ne parlons même pas de Martin qui vivait pratiquement avec elle.

Heureusement, Mathieu, qui s'était éclipsé quelques minutes dans son bureau, intervint pour couper court à leurs tergiversations. Après un petit briefing de quelques minutes et la disparition d'une poignée de friandises, tout le monde retourna à son poste pour travailler. Et rigoler, bien sûr. Toutefois, Éloïse ne prit pas part à leurs plaisanteries, car elle ne saisissait pas pourquoi ses collègues s'acharnaient sur Christian et elle. Après tout, le service informatique était aussi là pour lui et il paraissait normal qu'il se rapproche d'une seule personne pour gérer ses soucis d'ordinateur.

Même si elle avait envie de prendre le taureau par les cornes et d'envoyer bouler ses collègues, Éloïse était d'un naturel bien trop timide pour oser faire une chose pareille. Alors, à la place, elle se contenta d'être plus réservée que d'habitude, préférant se concentrer sur son travail.

À la fin de la journée, elle avait abattu une grande quantité de tâches et elle était assez fière d'elle. Avant de partir, elle envoya un SMS à son petit frère pour le prévenir qu'elle allait bientôt rentrer. Elle ne voulait pas renouveler l'expérience de la dernière fois et tomber nez à nez avec sa copine. Encore moins assister à leurs baisers enflammés.

Cette fois, Toni lui assura qu'elle pouvait rentrer sans problème et qu'il s'était arrangé pour ne plus lui imposer ce genre de situation. Dorénavant, ils se retrouveraient chez sa copine.

Soulagée, Éloïse se dépêcha de retourner à son appartement. Elle rêvait de prendre une douche bien chaude pour se détendre et oublier cette journée un peu bizarre. Elle espérait que ses collègues auraient oublié cette histoire avec son patron d'ici demain.

Après avoir décompressé dans l'eau chaude, Éloïse s'adonna à une de ses passions. Elle sortit sa table de mixage, ses platines et son casque de DJ. La musique était une des seules choses qui lui permettait de s'évader. Certains aimaient lire, regarder des films ou même jouer à des jeux vidéo mais, elle, elle aimait mixer.

Avec impatience, elle brancha tout son matériel puis posa son casque sur ses oreilles. Elle lança la première musique, pas trop fort pour ne pas gêner ses voisins. Elle adorait caler les tempos entre eux et créer de nouveaux morceaux. Elle ferma les yeux, ressentant les vibrations de la musique dans tout son corps.

Chapitre 6

Christian venait de passer une de ces journées merdiques ! Il était sur les nerfs et cela ne lui arrivait que très rarement. Il était encore dans son bureau, en train de faire les cent pas. Le seul point positif, c'était sa nouvelle assistante qui semblait fiable et aussi compétente que Babeth. C'était un poids en moins sur ses larges épaules. Mais quand il repensait à ce petit déjeuner organisé par Jessica, il avait des envies de meurtre ! Elle l'avait tellement ridiculisé qu'il lui en voulait à mort. Enfin, pas littéralement. Mais cette fille était un nid à emmerdes. Elle ne pouvait pas faire dans la discrétion, il fallait toujours qu'elle en fasse des tonnes et qu'elle lui en mette plein la poire.

Il n'avait même pas profité de ce moment pour se rapprocher d'Éloïse, bien qu'il sache que c'était mieux ainsi. Même si son corps ne semblait pas d'accord avec sa raison, il fallait qu'il trouve un moyen d'apaiser cette attirance irrationnelle.

Sa montre hors de prix affichait 18 h. Il voulait partir, mais il ne savait pas où aller. La seule chose qu'il redoutait était de se retrouver seul chez lui… pour la première fois de sa vie. Avant cette histoire, il adorait la solitude. Il ne comprenait pas ce soudain revirement. Qu'est-ce que cette fille lui avait fait pour qu'il réagisse de cette façon ?

Si sa mère habitait près de chez lui, il lui aurait sans doute rendu visite, mais elle était restée dans le sud. Elle y avait toujours vécu après être partie de la Martinique.

Puis, contre toute attente, Jessica entra comme une furie. Une habitude qu'il n'arrivait pas à lui faire passer. Enfin, c'était surtout qu'il ne savait pas comment l'en empêcher et ce n'était pas sa nouvelle assistante qui y ferait grand-chose…

— QUOI ?! hurla Christian, à bout de nerfs.

Jessica lui fit de gros yeux étonnés et croisa les bras sur sa poitrine. Elle eut au moins la décence de refermer la porte derrière elle.

— Eh bien, on dirait que tu n'es pas dans ton assiette…

— Qu'est-ce que tu veux ? s'impatienta Christian.

Jessica fit la moue et abandonna sa posture défensive.

— Je suis venue m'excuser…

Christian fronça les sourcils.

— Mais encore ?

Elle soupira avec fatalité.

— Je n'aurais pas dû t'emmerder avec Éloïse. Enfin, je n'aurais pas dû être si jalouse que tu t'intéresses à elle…

Il faillit s'étouffer.

— Jalouse ? répéta-t-il, dubitatif.

— Oui…

— Mais pourquoi est-ce que tu serais jalouse, Jess ? Tu as Martin et je croyais qu'il te rendait dingue. Enfin, tu as quand même été dire à Kevin que c'était le premier homme que tu aimais… Je ne comprends pas…

— Oui et c'est vrai. Tout ce qu'il y a de plus vrai, même… Je ne me rendais pas compte, c'est tout. Je pensais que je plaisais à tout le monde sans exception et ça m'a blessée de voir que tu préférais une fille comme… Éloïse, dit-elle avec amertume.

Christian la dévisagea avec incrédulité.

— Je ne comprends toujours pas, balbutia-t-il.

— Mais enfin, ce n'est pourtant pas compliqué ! Tu n'as jamais voulu coucher avec moi alors que tu t'intéresses à cette blonde insipide ! Elle ne sait même pas s'habiller. Bon sang, Christian ! Est-ce que tu es aveugle, ou quoi ?

Christian serra les dents et prit une posture plus assurée.

— Arrête de la dénigrer, je n'apprécie pas du tout. Et je t'ai toujours trouvée magnifique alors arrête avec ça, tu veux.

— Mais on n'a jamais couché ensemble…

— Mais enfin, Jessica… Tu es tellement chiante aussi que ça peut couper certaines envies, indépendamment du fait que je ne sors pas avec les ex des amis.

Elle se figea et ouvrit la bouche dans un « Oh » silencieux. Elle était tellement choquée qu'elle mit quelques secondes à répliquer.

— Je ne suis pas chiante !!! Pourquoi tu dis toujours ça ?

— Parce que c'est la vérité, Jess, soupira Christian. Même Martin le pense, mais il faut croire que ça ne le dérange pas… ou qu'il fait avec parce qu'il t'aime. Maintenant, arrête de me bassiner avec ces conneries et conseille-moi un endroit sympa où je pourrais me changer les idées. Je n'ai pas envie de rentrer chez moi…

Elle accusa le coup et resta silencieuse un long moment. Christian l'observa en ressentant une pointe de culpabilité. Il savait qu'elle était susceptible et qu'elle aurait dû mal à encaisser ses paroles, mais il fallait bien que quelqu'un la remette à sa place de temps en temps. Il estimait qu'elle ne se vengerait pas sur lui, car elle l'appréciait vraiment, contrairement à d'autres avec qui elle n'aurait aucun mal à entrer en guerre froide.

— Arrête de faire la gueule, Jess. Ce n'était pas méchant et je ne suis pas d'humeur aujourd'hui.

— Pourquoi tu es autant sur les nerfs ? Raconte-moi, enchaîna-t-elle en prenant place sur le fauteuil près du bureau.

Christian lâcha un soupir de soulagement et commença à se détendre. Il se rendait compte qu'il avait surtout besoin de parler de son problème à quelqu'un. Avec appréhension, il s'installa dans son fauteuil de bureau ultra confortable.

— D'abord, je t'interdis de répéter tout ce que je dirais entre ces quatre murs.

Elle leva les yeux au ciel.

— Ça va, ne sois pas si formel, ronchonna-t-elle.

— Je ne plaisante pas, Jess. Promets-le-moi.

— D'accord, soupira-t-elle. Tu as ma parole. Allez, accouche, maintenant.

Christian prit quelques secondes pour rassembler ses pensées avant de commencer à parler. Même s'il était réticent à l'idée de se confier à Jessica, elle restait la mieux placer pour l'aider. Alors, il lui raconta tout ce qu'il avait sur le cœur et lui expliqua ses mésaventures de ses années de lycée et comment il avait fini par renoncer aux femmes.

Lorsqu'il eut terminé, Jessica semblait estomaquée. Elle le dévisageait avec des yeux ronds emplis de stupeur, ce qui augmenta l'angoisse de Christian. Durant un instant, il se demanda s'il avait bien fait de lui raconter tout ça…

— Ne me dis pas que tu es encore puceau à 30 ans ? demanda-t-elle, abasourdie.

Christian contracta les mâchoires et resta muet, sentant l'humiliation arriver.

— Bon sang… ça veut dire que Kevin aussi ? J'étais sa première nana ? enchaîna-t-elle ensuite.

— Oui, lâcha Christian, soulagé qu'elle change de sujet.

Elle sembla déroutée et dans ses pensées encore un moment, avant de reprendre la parole.

— Je comprends mieux, maintenant…, souffla-t-elle enfin. C'est pour ça qu'il était si attaché à moi… Merde, alors, je n'ai vraiment pas été sympa avec lui…

— Ouais, tu peux le dire, renchérit Christian.

Elle lui adressa un regard assassin qui obligea Christian à rester sur ses gardes. Il ne savait pas encore comment elle allait réagir à tout ça ni comment elle comptait se comporter avec lui à l'avenir. Il avait très peur que ça parte en vrille et qu'elle l'humilie encore plus devant ses salariés, même si c'était difficile de faire pire que jusqu'à présent.

— Je pense que tu devrais d'abord sortir avec une fille dont tu n'as rien à faire pour coucher avec elle et t'entraîner un peu avant de t'intéresser à Éloïse.

— Bordel, Jessica ! Qu'est-ce que c'est que cette idée à la noix ? Et depuis quand es-tu aussi vulgaire ?

— Écoute-moi avant de tout refuser en bloc ! Et je ne suis pas vulgaire !

— Je ne plais pas aux filles…

— Nan, mais tu t'entends ?! Tu es canon, Christian. Tu vas m'écouter et faire ce que je te dis, ça te donnera un peu plus confiance en toi.

— Je veux bien t'écouter, mais je n'ai pas dit que je ferais tout ce que tu me conseilles.

Elle plissa les yeux.

— On verra, répliqua-t-elle, déterminée. Pour commencer, tu vas te changer et mettre un jean. Un truc plus cool, quoi. Ensuite, je vais t'emmener avec nous et on va passer un moment agréable dans un endroit où il y aura plein de nanas.

Christian réfléchit quelques instants, pesant le pour et le contre.

— Fais-moi confiance, insista Jessica. On va passer une bonne soirée.

— C'est qui « on » ?

— Martin, Charline et Lisandro. On sort souvent ensemble dans ce pub sympa, *Au bureau.*

— D'accord, je vous rejoindrai là-bas.
— Génial ! s'enthousiasma Jessica en se levant d'un bond.

Elle regagna la porte avec énergie.

— À tout à l'heure, alors, se réjouit-elle en partant.

Après cet échange inhabituel, Christian fut plus détendu. Jessica n'avait pas vraiment tort dans le fond. Il devenait urgent qu'il prenne confiance en lui. Par contre, de là à sortir avec des inconnues, il ne fallait pas exagérer.

Après quelques minutes à imaginer le pire, il se décida à quitter son bureau. Il salua Elizabeth sur son passage, puis rentra chez lui.

Lorsqu'il arriva enfin dans son grand appartement, il fut surpris d'y trouver Kristen et Zoé, sa cousine.

— Qu'est-ce que vous fichez encore là ? ronchonna Christian qui n'avait vraiment pas envie de leur dire qu'il sortait.

— Ouuh, le loup solitaire est de retour, se moqua Kristen, ce qui fit pouffer Zoé.

— Arrêtez avec ça, râla encore Christian.

Il retira ses chaussures et les posa à l'entrée avant de mettre ses chaussons.

— Tu es tellement maniaque, soupira Kristen qui était du genre bordélique.

— C'est sûr qu'à côté de Kevin, tu fais un peu trop maniaque, mais bon... il paraît que les opposés s'attirent, rigola Zoé.

Christian les rejoignit sur le canapé en déboutonnant le col de sa chemise.

— Vous ne m'avez pas répondu, insista-t-il. J'aimerais vraiment que tu me préviennes quand tu viens, Zoé. Tu sais que j'adore te recevoir, mais j'aime aussi ma tranquillité.

— C'est vrai, j'aurais dû te prévenir, mais on est là, maintenant. Tu crois que tu peux faire en sorte que Kevin sorte avec nous ce soir ? J'aimerais vraiment le voir, minauda Zoé en faisant sa tête de petite fille malheureuse.

Christian leva les yeux au ciel.

— Comme si je pouvais le tirer de sa tanière, tu sais comment il est… En plus, j'ai d'autres projets pour ce soir. Mais ne t'en fais pas, je trouverai quelque chose pour qu'il s'intéresse à toi.

— Mouais… comme si tu t'y connaissais en relation amoureuse, soupira Zoé.

— À part la traîner aux répètes, je ne vois pas trop comment l'aider, ajouta Kristen, un peu démunie par la situation de sa copine.

— On dirait qu'il ne me voit même pas, se plaignit encore Zoé.

— Je sais, compatit Christian. Bon, je dois me préparer.

Il se leva, pensant qu'il s'en tirerait avec cette simple phrase, mais c'était mal connaître sa cousine et Kristen.

— Comment ça ? Tu sors avec qui ? s'écrièrent-elles en chœur. Ne me dis pas que tu as un rencard ?

Elles le regardèrent toutes les deux avec deux yeux brillants d'excitation. Christian déglutit, car il ne savait pas comment se sortir de ce bourbier sans déballer toute la vérité. Le mensonge n'était pas du tout son fort.

— Je… Jessica m'a pratiquement forcé à l'accompagner avec Martin, Lisandro et Charline…

— Ah… Charline…, cracha Kristen. Je me demande encore ce que Lisandro lui trouve à celle-là.

Christian ne savait pas quoi répondre à ça. Les embrouilles, en général, le faisaient fuir comme la peste. D'ailleurs, il avait eu sa dose avec l'histoire entre Kevin, Martin et Jessica. Il n'aurait jamais dû s'en mêler et il regrettait encore ce qui s'était passé.

— Vous pouvez rester ici, si vous voulez, et allumer mon PC, le vidéo projecteur et le home cinéma. Les identifiants des sites en VOD sont sur le bureau.

— Trop cool ! s'écria Kristen.

— Oui ! En plus, la nouvelle saison d'*Emily in Paris* vient de sortir, se réjouit Zoé.

— Je vais commander de la glace et de quoi grignoter au drive pendant que tu prépares tout, continua Kristen, comme si Christian n'était plus dans la pièce.

Il soupira et s'enfuit avant que tous ces œstrogènes le contaminent. Pendant un instant, il avait eu peur que ces deux emmerdeuses veuillent s'incruster à sa soirée.

Après une douche rapide, il sortit de sa salle de bain, une serviette autour de la taille, et réfléchit à sa tenue. Il ne savait pas trop quoi porter. Tous ses vêtements se résumaient à des smokings et des chemises au style et aux couleurs variés. Bien sûr, il lui arrivait de mettre des jeans et de simples T-shirts mais, ce soir, il devait quand même se faire un minimum présentable et il ne savait pas vraiment ce que Jessica avait en tête.

— Christian ? appela soudain Zoé.

Elle entra dans sa chambre sans frapper et ne fit aucun cas de sa simple serviette autour de sa taille.

— Tu pourrais frapper…, ronchonna-t-il.

— Tu aurais un tire-bouchon ?

— Vous n'avez pas intérêt à vider ma cave comme la dernière fois ! râla-t-il.

— Juste une bouteille de Bordeaux rouge, trépigna Zoé en le suppliant.

Et Christian capitula, comme à chaque fois…

— À une seule condition.

— Je t'écoute, dit-elle en battant exagérément des cils.

— D'abord, promets-moi de ne poser aucune question.

Elle hocha la tête.

— Jessica m'a dit qu'on allait dans un pub. À ton avis, comment je dois m'habiller ?

En tant que mannequin, Zoé était une experte en mode.

Elle regarda Christian de haut en bas, puis farfouilla dans son armoire et en sortit un jean noir et un T-shirt à manches longues couleur écru.

— Ça, dit-elle en lui tendant le tout.

Puis elle plissa les yeux en le dévisageant.

— Tu as un rencard ou quoi ? demanda-t-elle, curieuse.

— Non, et tu as accepté de ne poser aucune question, je te rappelle.

— C'est vrai, mais je te trouve un peu bizarre aujourd'hui.

— Juste le boulot, éluda Christian. Merci pour le conseil. Allez, oust, la chassa-t-il en lui faisant signe de partir. Le tire-bouchon est dans le premier tiroir de la cuisine.

Elle sautilla vers la porte sans insister, trop pressée de rejoindre Kristen et le vidéo projecteur. Christian entendait déjà la voix aiguë d'Emily qui s'exprimait dans un français approximatif. Une fois seul dans sa chambre, il s'habilla enfin, mit quelques gouttes de parfum, puis s'inspecta dans la glace. Il ne savait pas si cette tenue plairait à Jessica, mais il espérait qu'elle n'en ferait pas des tonnes devant les autres.

Avec appréhension, il traversa son salon sans bruit. Heureusement, les deux emmerdeuses étaient absorbées dans leur série et ne le virent pas s'enfuir discrètement.

Il attrapa ses clés et ses papiers, enfila une paire de baskets et sortit enfin.

Une fois devant le pub, il se gara le plus près possible. Bien qu'il soit sorti des centaines de fois, notamment aux concerts de

Kevin et aux festivals, comme la Qlimax, il ne s'était jamais rendu dans un pub pour draguer des filles. Et il savait que Jessica insisterait lourdement pour qu'il se lance.

Avec une apparente nonchalance, Christian traversa le parking puis entra dans le pub, cherchant désespérément Jessica et les autres.

La musique d'ambiance était plutôt agréable et l'endroit semblait chaleureux. Comme Christian restait planté dans l'entrée, un serveur vint lui demander s'il souhaitait dîner ou juste prendre un verre. Bien qu'il soit d'un naturel confiant en toute circonstance, ce soir, Christian était tellement stressé qu'il ne savait pas quoi répondre. Heureusement, il aperçut enfin Jessica, au fond de la salle, qui fonçait droit sur lui.

— Je suis avec des amis, là-bas…, balbutia Christian.

Le serveur acquiesça et repartit vaquer à ses occupations, tandis que Jessica arrivait à sa hauteur. Elle l'étreignit spontanément.

— Tu es venu ! s'écria-t-elle, tout sourire. Et tu es super canon ! Viens, on est installés là-bas.

Christian fut surpris par toutes ces effusions. Jessica n'avait encore jamais été si tactile avec lui, bien qu'il sache qu'elle l'aime beaucoup.

— Arrête de dire ça…

Elle planta ses yeux gris perle dans ceux de Christian.

— Je dis juste la vérité, alors accepte-la.

Les paroles si directes de Jessica le mirent mal à l'aise, mais il la suivit sans ajouter quoi que ce soit, passant entre les tables bondées. Il salua Martin, Lisandro et Charline dès qu'il les rejoignit. Même s'il connaissait tout ce petit monde, il n'arrivait toujours pas à se détendre. Sans doute à cause des lubies de Jessica. Il savait qu'elle ne lâcherait pas l'affaire pour ce soir et l'obligerait à danser avec une fille quoi qu'il arrive. Tout ça le stressait beaucoup trop à son goût.

Heureusement, le repas se passa dans la bonne humeur et il rigola un peu quand Charline leur raconta ses dernières aventures avec Lisandro. Cette fois, elle l'avait traîné à un triathlon et il était un peu raide aujourd'hui du fait des nombreuses courbatures qu'il avait récoltées. Par contre, Charline semblait en pleine forme, comme à son habitude.

Pendant un instant, Christian pensa qu'il était tiré d'affaire et que Jessica ne mettrait pas son plan à exécution mais, lorsqu'ils eurent fini leur dessert, elle se leva pour aller sur la piste de danse. Le volume de la musique augmenta un peu et plusieurs personnes se joignirent à Jessica. Martin ne perdit pas une seconde pour montrer à tous ces hommes qui la dévoraient déjà des yeux qu'ils étaient ensemble. Il la prit dans ses bras et ils entamèrent un slow langoureux.

Puis Charline traîna Lisandro avec elle pour danser et Christian se retrouva seul à la table. Il hésita entre rentrer chez lui et aller sur la piste, bien qu'il ne sache absolument pas danser.

C'est là que Jessica revint à la charge, Martin sur ses talons.

— Qu'est-ce que tu attends pour nous rejoindre ? Il y a des tonnes de filles célibataires, lui dit-elle, les sourcils froncés comme pour le réprimander.

Martin reprit sa place autour de la table et sirota une gorgée de bière en les observant.

— Laisse-le tranquille, Jess.

— Non. Il doit trouver une nana et rentrer avec, ordonna-t-elle, les bras croisés sur sa poitrine, l'air déterminée.

Christian se frotta le front avec malaise.

— Tu crois vraiment que si je vais saluer une de ces filles, elle va me tomber dans les bras ? demanda-t-il sceptique.

— Absolument !

Martin leva les yeux au ciel.

— Jess, tout le monde n'est pas fait pour draguer, intervint-il. Rappelle-toi de ce qui s'est passé avec moi, par exemple. Malgré tous les conseils plus ou moins foireux de Lisandro, j'ai fait n'importe quoi et tu me détestais…

Jessica perdit soudain toute son assurance et fit la moue.

— C'est vrai… Bon, viens danser au moins.

— Je suis nul pour danser, Jessica, continua Christian.

— Mais, bon sang ! Fais un effort aussi, s'emporta-t-elle.

Martin fit un signe à Christian pour qu'il y mette un peu du sien.

— Très bien, soupira ce dernier. Je vais faire ce pas universel qui passe pour de la danse…

— Enfin, approuva Jessica.

Christian suivit donc Jessica et Martin sur la piste et se retrouva vite dans l'effervescence générale. Contre toute attente, il s'amusa, tandis que Charline et Lisandro effectuaient une danse de salon des plus épiques et que Jessica poussait sans arrêt des filles près de lui, pour le plus grand dam de Martin.

Chapitre 7

Au bout d'une bonne heure de danse et de rigolade, Christian voulut faire une pause et retourna s'installer à leur table. Ce qu'il n'avait pas prévu, c'est qu'une petite brune le suivrait.

— Je peux m'asseoir ? demanda-t-elle avec chaleur en lui adressant un regard plein de détermination.

Christian faillit en perdre ses mots.

— Heu… oui, bien sûr, balbutia-t-il en se laissant presque tomber sur sa chaise.

La brune s'installa juste à côté de lui, un peu trop proche à son goût, et posa sa main sur le dossier de sa chaise. Elle se pencha vers lui pour lui donner une vue imprenable sur son décolleté plongeant. Il déglutit péniblement et sentit une bouffée de chaleur l'envahir.

Bon sang ! il n'avait jamais été si près d'une femme. Enfin, pas dans ces conditions…

— Je m'appelle Brenda, mes parents étaient fans de Beverly Hills, se présenta-t-elle en gloussant.

— Christian, lâcha-t-il simplement, en faisant son possible pour paraître décontracté malgré le stress qui l'envahissait.

— Tu n'as pas l'air très bavard, plaisanta-t-elle.

Il détourna les yeux et but une gorgée de son Virgin Mojito.

— Je ne sors pas beaucoup. J'ai un travail assez prenant.

— Ah oui ? Tu fais quoi ?

— Je suis PDG dans une boîte de composite.

— Waouhhh ! s'extasia la brune. PDG… rien que ça…

— Oui… rien que ça… et je n'ai pas le temps de faire grand-chose d'autre. Et toi, tu travailles dans quoi ? la questionna-t-il en se détendant enfin.

— Oh, un truc chiant. Je fais de la facturation…

Il sourit.

— Je t'assure que PDG, c'est un travail assez chiant aussi, rigola Christian.

C'est à cet instant que Jessica surgit.

— Tu vois ? intervint-elle.

Puis s'adressant à Brenda :

— Dis-lui qu'il est canon.

Brenda fronça les sourcils et laissa échapper un petit rire qui trahissait son malaise.

— Jessica, arrête avec ça ! Retourne danser et laisse-moi respirer.

Elle leva les yeux au ciel.

— Allez, dis-lui comment tu le trouves, insista-t-elle lourdement.

— Eh bien, tu es vraiment pas mal, lâcha Brenda en le dévorant des yeux.

Christian déglutit, se sentant soudain intimidé tandis que Jessica levait un sourcil, satisfaite.

— Bien. Il est célibataire et il a un super appartement à seulement dix minutes d'ici.

— Bordel, Jessica ! s'écria Christian.

Il se leva d'un bond puis regarda Brenda.

— Vraiment désolé, ce n'est pas contre toi.

Ensuite, il se tourna vers Jessica.

— Si c'est pour te comporter comme une emmerdeuse, je rentre.

Et il s'enfuit, laissant la jolie brune derrière lui. Jessica tenta de le rattraper, mais il l'envoya bouler, préférant se précipiter vers sa voiture. Même si Brenda était sympathique et plutôt sexy, Christian n'avait aucune envie de s'aventurer dans une relation d'un soir. Il lui fallait du concret. Et il avait toujours imaginé sa première fois avec une fille qu'il aimait. Enfin, ça, c'était avant qu'il fasse une croix sur la gent féminine. Et il semblerait qu'Éloïse ait totalement chamboulé ses projets.

Sur le chemin du retour, il ne fit que penser à elle. Il aurait tellement aimé l'inviter à sortir…

La boule au ventre qu'il ressentait ne cessait de le malmener et il ne savait pas comment s'en débarrasser. Il aurait aimé discuter de sa situation avec quelqu'un qui le comprendrait mais, à part Kevin, qui n'était pas d'un grand secours, il n'avait personne…

Il s'apprêtait à retourner à son appartement quand il se rappela que sa cousine et Kristen avaient investi les lieux. Au dernier moment, il décida de se rendre chez Kevin. Après tout, il savait que son ami se couchait tard et qu'il pourrait certainement lui remonter le moral, même s'il ne serait pas de très bons conseils.

Avec morosité, Christian fit donc demi-tour pour rejoindre son ami. Bien sûr, il l'appela plusieurs fois sur le chemin, mais il ne décrocha pas. Christian espérait vraiment qu'il serait disponible, sinon, il allait devoir retourner chez lui et il se ferait probablement tirer les vers du nez pour raconter toute sa soirée. Il n'avait pas du tout envie de se confier à sa cousine. Encore moins à Kristen.

Lorsque Christian se gara, il hésitait toujours. Il resta quelques minutes à fixer la maison de Kevin avant de se décider à sortir de sa voiture pour aller toquer. Comme personne ne répondit, il tourna la poignée. Par chance, la porte n'était pas verrouillée.

Une fois à l'intérieur, il entendit le son de la basse emplir la maison et il comprit que Kevin était absorbé par la musique. Dans ces moments-là, il ne regardait jamais son téléphone. Il détestait être dérangé en pleine créativité. D'ailleurs, les partitions et tablatures qui étaient éparpillées sur la table attestaient de son travail acharné.

Malheureusement, les artistes étaient rarement payés à la hauteur de leur travail. Ils bossaient souvent 24 h sur 24 pour gagner des clopinettes. C'est ce qui énervait le plus Christian, qui gagnait des milliers d'euros par mois et qui travaillait pratiquement aussi dur que son ami.

Il descendit les quelques marches qui menaient au sous-sol, où Kevin avait aménagé un petit studio de répétition. Il observa un instant son ami, fasciné par la vitesse de ses doigts sur les cordes et par l'expression de son visage. Il avait l'air en transe, dans un univers lointain. Christian attendit que Kevin le remarque et s'assit sur l'avant-dernière marche de l'escalier pour le regarder. Cela l'apaisa énormément. Il se surprit même à fermer les yeux et à laisser son esprit vagabonder.

Puis d'un seul coup, la musique cessa et Kevin reposa sa basse d'un air contrarié.

— Qu'est-ce que tu fais là ? râla-t-il en adressant à Christian un regard peu amène.

Ce dernier haussa simplement les épaules et Kevin soupira en rangeant sa basse sur son trépied.

— C'est à cause de cette fille, c'est ça ?

— On peut dire ça. Mais c'est surtout à cause de Jessica. C'est une véritable emmerdeuse. Et je ne voulais pas rentrer chez moi, Kristen et Zoé ont investi les lieux. Tu sais comment elles sont quand elles sont ensemble…

— Oh, oui…, rigola Kevin. Bon, je t'offre une bière ?

— Ouais, accepta Christian en se relevant enfin.

Ils remontèrent en silence jusqu'au salon. Kevin attrapa deux desperados dans son frigo, puis en tendit une à Christian.

— Tu devrais fermer ta porte à clé, dit Christian avant de boire une gorgée de sa bière.

Kevin haussa les épaules et but une grande lampée.

— Bon, raconte-moi tout, enchaîna-t-il. Qu'est-ce que Jessica t'a encore fait comme misère ? Et tu n'as pas intérêt à me dire qu'elle te drague !

Il pointa sur Christian un doigt accusateur, appuyé d'un regard noir.

— Non, rassure-toi. C'est juste qu'elle me soule pour que je sorte avec une fille trouvée dans un bar, alors que je ne pense qu'à cette fille au boulot…

— Mais quelle emmerdeuse ! Elle ne peut pas s'occuper de sa relation avec son *Martin chéri*, plutôt ? grogna Kevin en buvant encore.

Ils passèrent le reste de la soirée à discuter, à parler musique, film, sport et aussi, à déblatérer sur Jessica qui leur en faisait voir de toutes les couleurs. Enfin, Kevin avait eu son quota et elle n'osait plus tellement venir l'embêter. Il commençait tout juste à tourner la page… En revanche, elle semblait s'acharner sur Christian, ce qui le faisait doucement rigoler, car il sentait que cette blonde sans cœur ne s'arrêterait jamais de se mêler des affaires des autres…

Lorsque Christian rentra enfin chez lui, il était beaucoup plus détendu et serein. Passer une partie de la soirée avec Kevin lui avait fait le plus grand bien. Pourtant, sa morosité refit surface quand il découvrit Kristen et Zoé affalées sur son grand canapé en cuir, des pots de glace vides un peu partout autour d'elles et deux bouteilles de vin entamées sur la table basse. Elles étaient endormies et Kristen ronflait. La série continuait de tourner sur le vidéo projecteur et il fut soulé de devoir passer derrière ces deux bordéliques. Il avisa le vin et retint un grognement lorsqu'il découvrit deux de ses meilleures bouteilles. Il restait à peine un verre dans la deuxième.

Il éteignit son ordinateur et tout le reste, remit la couverture moelleuse sur Zoé et Kristen puis rejoignit la cuisine, la bouteille toujours à la main.

Il se servit le dernier verre pour profiter un tant soit peu de ce breuvage délicieux. Par contre, il n'oublierait pas de remettre ces deux-là à leur place dès le lendemain. Elles ne perdaient rien pour attendre.

Avec fatalité, il dégusta le Bordeaux dix ans d'âge qui lui remonta un tout petit peu le moral. Il était très tard quand il s'endormit enfin.

Il se réveilla sur les coups de 10 h, ce qui ne lui arrivait pratiquement jamais. Avec angoisse, il vérifia ses mails sur son téléphone professionnel, bien qu'il sache qu'il ne doive pas travailler le dimanche. C'était tout simplement plus fort que lui. S'il y avait une urgence, il devait être opérationnel à n'importe quel moment. Heureusement, il n'y avait rien de particulier.

Se rappelant que Zoé et Kristen avaient investi son salon, il se leva rapidement et enfila un jean et un T-shirt pour être présentable lorsqu'il leur passerait un savon.

Il les trouva exactement comme la veille. Elles étaient allongées dans son grand canapé en cuir, la couverture tombant à moitié au sol. Au lieu d'aller les réveiller, il alluma la radio à fond. Le bruit de la musique couvrit un peu leurs grognements. Elles se levèrent enfin pour le fusiller du regard.

— T'es cinglé ou quoi ?! hurla Kristen en se bouchant les oreilles.

— Éteins ça tout de suite, renchérit Zoé, complètement déstabilisée par ce réveil en sursaut.

Christian baissa légèrement le son et croisa les bras sur sa poitrine.

— Rangez-moi tout ce bazar ! Il n'y aura pas de prochaine fois.

Zoé fit la moue et Kristen se leva mollement en essayant d'attraper un pot de glace vide qui traînait au sol près d'elle. Elle sursauta lorsque Christian lui balança un sac poubelle vide à la figure.

— Mais qu'est-ce qui te prend, Christian ? s'insurgea sa cousine.

— Il me prend que j'en ai marre que vous squattiez mon appart sans prévenir. Vous avez bu deux de mes meilleures bouteilles et vous avez foutu un bazar monstrueux !

— OK, c'est vrai, plaida Zoé. Je suis désolée mais, s'il te plaît, éteins ce truc…

Christian capitula pour la musique, mais il était décidé à aller au bout et à ne plus se laisser marcher sur les pieds par des femmes.

— La prochaine fois que vous voulez venir ici, prévenez-moi. Et rends-moi mes clés, ajouta-t-il en tendant la main vers sa cousine.

— Quoi ? Mais… pourquoi ? geignit-elle.

— Parce que c'est mon appart. Si jamais j'invite une fille ici et que vous êtes là en train de faire n'importe quoi, ça risque de poser problème…

Zoé écarquilla les yeux.

— Mon Dieu… Tu sors avec quelqu'un ?! s'écria-t-elle en se redressant d'un bond.

— Je comprends mieux, lâcha Kristen qui ramassait toujours les pots de glaces et les emballages de gâteaux éparpillés au sol.

— Non, je n'ai personne…, balbutia Christian, mal à l'aise.

Il s'en voulait d'avoir laissé échapper un truc pareil.

— Oh que si ! insista Zoé. Je suis sûre que Kevin est au courant…

— Je lui envoie un message, renchérit Kristen, aussi curieuse que sa cousine.

Christian se dépêcha de prendre son téléphone pour envoyer également un message à Kevin en catastrophe.

Christian : « Ne leur dis rien !!! »

La réponse arriva avant même qu'il ne réponde aux filles.

Kevin : « T'en fais pas, elles ne sauront rien. Mais depuis quand Zoé a mon numéro ? »

— Il m'a répondu ! s'enthousiasma soudain Zoé, avant de faire la grimace en lisant le message.

— Qu'est-ce qu'il dit ? demanda Christian, curieux de connaître la réponse de Kevin.

— Il nous a envoyé le même message, bougonna Kristen.

Christian s'impatienta et croisa les bras sur sa poitrine.

— Il a dit « arrêtez d'emmerder Christian ! », lut Zoé en faisant la moue.

— Tu as dû lui dire quelque chose, soupçonna Kristen.

Christian inspira profondément pour ne pas flancher.

— Pas du tout ! mentit-il d'un air coupable. Continuez à ranger et vous aurez peut-être le droit à un petit déjeuner. Et j'attends toujours que tu me rendes mes clés.

Zoé râla encore. Pourtant, elle fouilla dans son sac pour lui rendre le trousseau de clés.

— Merci, ajouta Christian en souriant.

— Est-ce qu'on pourra quand même refaire une soirée ici de temps en temps ? demanda Zoé en faisant une tête de chien battu.

— On verra…

— J'ai fini, intervint Kristen en posant le sac poubelle rempli aux pieds de Christian. On peut déjeuner, maintenant ? J'adorerais que tu nous prépares des pancakes à la banane et aux flocons d'avoine.

— Oh, oui ! Ils sont tellement délicieux, se réjouit Zoé.

Christian soupira.

— D'accord, céda-t-il.

Au moins, il avait eu le dernier mot, cette fois. Et, surtout, il avait récupéré ses clés. Maintenant, Zoé et Kristen devraient l'appeler pour le prévenir si elles décidaient de passer une soirée entre filles chez lui. Cela le soulagea beaucoup plus qu'il ne l'aurait cru.

*****

Ce matin-là, Éloïse était particulièrement joyeuse. Elle avait réussi à mixer toute la soirée de la veille et cela l'avait tellement détendue qu'elle avait gardé sa bonne humeur. Son frère avait passé la nuit chez sa copine, ce qui lui avait laissé suffisamment de temps pour se consacrer à sa passion. En temps normal, elle était toujours un peu frustrée de ne pas pouvoir mixer. Elle ne voulait pas déranger son frère, car c'était une passion un peu bruyante. Même si elle mettait son casque quand il était là, c'était quand même beaucoup plus agréable lorsque le son sortait de ses enceintes audiophiles. Un cadeau qu'elle s'était fait après avoir économisé pendant des mois.

Lorsqu'elle prit son poste, elle était encore sur son petit nuage. Elle salua ses collègues avec bonne humeur et alluma son ordinateur. C'est à ce moment-là que la garce sans cœur fit son entrée dans l'open space.

— Salut, les filles ! s'enthousiasma-t-elle.

D'habitude, elle ne prenait jamais la peine de venir les saluer. C'est pourquoi les six filles du service informatique la regardèrent avec surprise. Néanmoins, elles répondirent de façon laconique.

— Éloïse, tu aurais une minute ? enchaîna Jessica devant le manque d'enthousiasme général.

— Heu… oui, bien sûr…

Comme Éloïse restait plantée sur sa chaise, Jessica lui fit signe de la rejoindre. C'est avec une certaine appréhension qu'elle s'exécuta. Une fois dans le couloir, Jessica s'assura qu'il n'y avait personne avant de déballer sa nouvelle bonne idée à Éloïse.

— Christian va bientôt partir en voyage d'affaires en Écosse et il aura besoin d'une informaticienne sur le terrain. Son ordinateur a toujours des soucis… Enfin, bref, j'ai pensé à toi, puisque tu traites souvent ses anomalies.

Éloïse en resta bouche bée. Elle ne savait pas à quoi s'attendre lorsque Jessica l'avait appelée, mais sûrement pas à ça… C'était complètement inattendu.

— Alors, tu es d'accord ? insista Jessica. Le départ est dans deux jours, tous les détails sont réglés, tu as juste à faire ta valise.

— Dans deux jours…, balbutia Éloïse. Mais…

— Oui, je sais que le délai est assez court, la coupa Jessica. Mais je suis sûre que tu pourras t'en accommoder.

— Oui, je suppose, accepta Éloïse, sans vraiment savoir ce qu'elle disait.

— Super ! Je t'envoie un mail avec tous les détails, se réjouit Jessica en tapant dans ses mains comme une gamine. Je vais prévenir Christian que tout est réglé.

Jessica partit comme une furie, la laissant seule et abasourdie dans le couloir. Lorsque Éloïse retourna à sa place, toutes les filles la questionnèrent, mais elle ne voulait pas en parler. Déjà que ses collègues commençaient à lancer des rumeurs sur le PDG et elle, si elles apprenaient qu'elle partait avec lui en voyage d'affaires, elle n'en finirait plus de les entendre inventer n'importe quoi.

Durant le reste de la matinée, Éloïse fit son possible pour se concentrer sur son travail, mais c'était peine perdue. Elle ne pensait qu'à ce soudain voyage. Elle ne parlait même pas anglais…

À l'heure du déjeuner, elle se dépêcha de rejoindre le bureau de Christian. Elle avait besoin de plus d'explications et surtout d'une confirmation venant de sa part. Les jambes tremblantes et la respiration un peu trop rapide, elle demanda à Elizabeth si le PDG était libre. Cette dernière acquiesça avant de l'appeler pour le prévenir.

Chapitre 8

Lorsque Elizabeth lui annonça qu'Éloïse voulait le voir, le cœur de Christian manqua un battement, avant de s'emballer frénétiquement. Éloïse franchit la porte de son bureau et il se figea devant sa beauté naturelle. Il avait toujours du mal à être normal face à cette femme.

— Bonjour, Monsieur Peterson, commença-t-elle mal à l'aise.

— Appelez-moi Christian, ce sera plus simple, dit-il en souriant, malgré son ventre noué et son cœur qui battait à cent à l'heure.

C'était d'ailleurs un exploit qu'il n'ait pas bégayé.

— D'accord, Christian, acquiesça Éloïse en refermant la porte derrière elle.

Christian en eut le souffle coupé pendant quelques secondes. Surtout quand elle le fixa de ses yeux noisette.

— Jessica m'a parlé de votre voyage d'affaires en Écosse et… je ne comprends pas très bien ce que vous attendez de moi… Je veux dire… Je pense pouvoir intervenir sur votre ordinateur à distance. De plus, il vous suffit d'emporter un ordinateur de secours si vous pensez que le vôtre pourrait vous faire défaut. Et, je ne parle pas un mot d'anglais, termina-t-elle, les joues rouges d'angoisse.

Christian la dévisagea. Bordel, mais qu'avait encore fait cette furie blonde ?! Il allait l'étrangler si ça continuait !

— Pardon ? balbutia-t-il au bout d'un moment.

— Heu… je suis désolée. J'ai dit à Jessica que j'étais d'accord pour vous accompagner, malgré le délai assez court, et je le ferai.

Simplement, je ne comprends pas très bien… sans vouloir vous offenser, murmura-t-elle.

Christian se laissa tomber sur son fauteuil, abasourdi. Au début, il pensait ne pas avoir saisi les paroles d'Éloïse, mais maintenant… il était complètement déconcerté par l'audace de Jessica.

— Je vais la tuer ! lâcha-t-il entre ses dents serrées.

— Qui ? questionna Éloïse, un peu déroutée.

Christian releva la tête vers elle, le cœur battant, en réalisant qu'il avait parlé tout haut.

— Rien. Pardon, ça m'a échappé. Je…

Voyant qu'il semblait perdu, Éloïse enchaîna.

— Jessica va m'envoyer un mail avec tous les détails.

Christian referma la bouche, ne sachant plus quoi dire.

— Vous pouvez compter sur moi, Monsieur… Je veux dire, Christian.

Il hocha la tête, tandis qu'elle se tournait pour repartir. Lorsqu'elle eut quitté son bureau, Christian resta encore un instant à observer sa porte, figé telle une statue de pierre. Il lui fallut de longues minutes pour reprendre ses esprits. Quand ce fut le cas, il se rua dans le bureau de Jessica, passant devant Elizabeth comme une tornade. Ses pas étaient lourds et tout le monde se retourna sur son passage. On aurait dit un taureau prêt à foncer sur sa cible.

Il ouvrit la porte du bureau de Jessica à la volée. Le battant claqua contre le mur, ce qui fit sursauter ses deux employés.

— Qu'est-ce qui t'a pris ? hurla-t-il en toisant Jessica avec colère.

Martin se leva lentement et prit la fuite avec discrétion. Il préférait ne pas se mêler de leurs histoires et il avait bien raison. Christian ne lui prêta aucune attention.

— De quoi tu parles ? répondit nonchalamment Jessica en finissant de rédiger le mail qu'elle s'apprêtait à envoyer à Éloïse.

— Pourquoi as-tu invité Éloïse en Écosse ?! C'est du suicide !

Jessica leva enfin les yeux vers son patron.

— Parce que c'était le meilleur moyen d'enclencher un rapprochement entre vous.

Christian faillit perdre un peu plus le contrôle. Pourtant, il ferma les yeux et se pinça l'arête du nez pour tenter de se maîtriser.

— Bordel ! Je t'ai dit que je ne VOULAIS PAS me rapprocher d'elle. Elle va me poursuivre pour harcèlement, Jess !

— Fais-moi confiance et arrête de stresser pour ça. Tout se passera bien.

Elle appuya sur la touche « entrée » et le mail partit.

— Et voilà ! s'exclama-t-elle. Maintenant, c'est impossible de faire machine arrière.

Elle avait l'air tellement contente de son coup que Christian faillit céder à son envie de l'étrangler.

— Tu mériterais un avertissement, grogna-t-il.

— Mais tu ne le feras pas, renchérit Jessica, un peu trop sûre d'elle.

Christian s'appuya contre le mur, ne sachant plus quoi faire.

— Elle est venue me voir dans mon bureau à propos du voyage. Je suis passé pour un con, Jess... Tu aurais pu m'en parler, j'ai bien failli faire une syncope.

Jessica se leva pour le rejoindre.

— Arrête de t'en faire autant. Elle va forcément craquer pour toi et voir à quel point tu es génial.

— Elle ne comprend pas pourquoi elle m'accompagne. Elle peut dépanner mon PC à distance. Elle va forcément se douter de quelque chose.

— Alors, je le casserai exprès, rigola Jessica. Comme ça, elle n'aura aucun soupçon.

— Arrête de dire des conneries, soupira Christian, désemparé. Je n'aurais jamais dû t'en parler…

À son tour, Jessica s'adossa au mur et colla son épaule contre le bras de son patron, dans une attitude affectueuse.

— Plus tard, tu me remercieras, dit-elle simplement.

Christian soupira encore, ne sachant pas quoi dire d'autre.

*****

Éloïse était toujours un peu confuse d'avoir été réquisitionnée pour accompagner son patron en voyage d'affaires. Dans sa tête, elle essayait de penser à tout ce dont elle aurait besoin pour partir en Écosse. Elle espérait qu'elle ne serait pas seule avec son patron, car ç'aurait été vraiment bizarre. Elle était un peu stressée, pour ne pas dire carrément flippée. Cela ne faisait pas longtemps qu'elle était dans l'entreprise et elle ne comprenait pas pourquoi Christian l'avait choisie, alors qu'il y avait cinq autres filles dans son service, toutes plus anciennes qu'elle et sûrement plus expérimentées aussi.

— Ça va ? s'enquit Juliette qui ne relevait que rarement le nez de son ordinateur.

— Oui…, marmonna Éloïse, toujours confuse.

— Tu veux qu'on fasse une pause ?

Les autres avaient l'air concentrées sur leur travail et relevèrent à peine la tête lorsque Éloïse accepta la proposition de Juliette. Elles sortirent toutes les deux du bâtiment et s'engagèrent dans une allée au milieu d'une étendue d'herbe. Elles marchèrent en silence pendant une bonne quinzaine de minutes. Éloïse était perdue dans ses pensées et n'arrivait pas à se concentrer sur la conversation. Néanmoins, cette petite pause lui fit du bien et elle put reprendre son travail avec un peu plus d'aplomb.

Ce qu'elle n'avait pas prévu, c'était la visite de Jessica. Depuis quelques jours, la garce sans cœur passait souvent dans leur bureau, sans raison et sans prévenir. D'ailleurs, toutes les filles du service se demandaient ce qui avait bien pu changer pour que cette blonde insupportable daigne leur parler, alors qu'elle n'hésitait pas à les snober auparavant.

— Éloïse, je peux te voir une minute ? commença Jessica avec un regard malicieux.

Éloïse, qui ne savait toujours pas trop quoi penser de cette fille, qui s'intéressait soudain à elle, acquiesça prudemment et se leva pour la rejoindre. Même si Jessica n'était pas sa supérieure, elle était tout de même le bras droit de son patron. De fait, son statut méritait une certaine courtoisie si elle ne voulait pas avoir de problème.

— Est-ce qu'il y a un problème ? demanda Éloïse lorsque Jessica lui fit signe de la suivre.

— Pas du tout. Je voulais juste t'offrir un café, minauda-t-elle.

Cette simple réponse crispa légèrement Éloïse. Un mauvais pressentiment la saisit. Pourquoi donc Jessica voudrait lui offrir un café alors qu'elles ne se connaissaient pas ?

— Merci, répondit Éloïse.

Mais elle fut encore plus surprise lorsque Jessica l'emmena dans la salle de pause réservée au PDG.

— Est-ce qu'on a vraiment le droit d'être ici ? questionna-t-elle, mal à l'aise.

— Mais oui, répondit Jessica en balayant ses inquiétudes d'un signe de main désinvolte.

Pourtant, Elizabeth surgit quelques secondes plus tard, les prenant sur le fait.

— Jessica, qu'est-ce que tu fais là ?

Comme à son habitude, cette dernière leva les yeux au ciel.

— Je viens juste prendre deux tasses de café. Mais si tu veux déranger Christian de sa réunion hebdomadaire avec ses actionnaires, vas-y, riposta-t-elle avec condescendance.

Les joues d'Elizabeth virèrent au rouge et elle ne sut plus quoi dire tandis qu'Éloïse observait cet échange en se sentant de plus en plus mal à l'aise.

— Il y a une machine à café dans la salle de pause du personnel, lâcha tout de même Elizabeth après quelques secondes de réflexion.

Jessica sortit le paquet de café hors de prix du placard et commença à préparer les deux tasses.

— C'est exact mais, contrairement à celui-là, il est infect. Je vais t'en préparer une tasse, Elizabeth. Et, ensuite, tu me diras si tu peux encore boire le café dégueulasse de la machine à café du personnel.

Éloïse ne comprenait toujours pas ce qu'elle faisait là. Toutefois, lorsqu'elle goûta au café que Jessica lui avait servi, elle fut scotchée par l'explosion d'arômes de chocolat noir et de fruits rouges qui se répandirent sur son palais.

— Waouh, murmura-t-elle, en pleine extase.

— N'est-ce pas ? se réjouit Jessica en tendant une tasse à Elizabeth.

Cette dernière goûta à son tour, avec une certaine réticence, et en resta bouche bée, ce qui fit sourire Jessica. Au moment où elle finit de préparer son café, Christian entra dans la salle et se figea en découvrant tout ce petit monde.

— Qu'est-ce que vous fichez toutes ici ? demanda-t-il en fronçant les sourcils.

— Tu m'as rendue accro à ton café, lâcha simplement Jessica en sirotant sa boisson chaude.

— C'est vrai qu'il est divin, Monsieur Peterson, renchérit Elizabeth.

Puis, Christian se tourna enfin vers Éloïse, qui était tétanisée de s'être fait prendre. Elle serrait sa tasse avec frénésie et son corps tremblait un peu trop à son goût.

Comme elle ne réagissait pas, Christian attrapa la tasse de Jessica pour l'emmerder et se l'appropria.

— Merci pour le café, Jess. Et ne rameute pas toute l'entreprise dans ma salle personnelle où ça va me coûter un bras en café.

— Pour ma défense, je n'ai pas invité Elizabeth.

Cette dernière faillit s'étouffer avec son café.

— Je… suis désolée…, bafouilla-t-elle.

Christian toisa Jessica.

— Ça m'étonnerait qu'elle se soit servi une tasse toute seule. Ne t'avise pas de l'embêter ! Et laisse Éloïse tranquille. Je suis sûre qu'elle n'a rien demandé non plus.

— Tu ne vas pas me reprocher de sympathiser avec elle ? Tu préfères que notre voyage se fasse dans un silence tendu ?

Éloïse tenta de se faire la plus discrète possible, même si elle était au centre de cette conversation. Elle peinait à se calmer face à Christian qui l'avait surprise en train de boire son café, dans une pièce qui était interdite au personnel. Même si Éloïse n'appréciait pas particulièrement Jessica, une part d'elle fut soulagée qu'elle ne parte pas en tête à tête avec Christian.

— Très bien, soupira Christian.

Puis, il s'adressa à Éloïse.

— Je suis désolé pour tout ça, marmonna-t-il en retournant à sa réunion.

— Pourquoi il ne nous a pas réprimandées ? demanda Éloïse d'une toute petite voix quand il fut parti.

— Parce qu'il ne peut rien me refuser, rigola Jessica. Tu aurais dû voir ta tête, Elizabeth. J'ai bien failli exploser de rire quand tu t'es excusée.

Au lieu de prendre la mouche, Elizabeth se mit à rire de bon cœur.

— Babeth aurait pété les plombs si je lui avais fait ça, continua Jessica, hilare. C'était une vielle conne...

Éloïse était encore en train de les observer, ne comprenant toujours pas le comportement inhabituel de Jessica.

— Babeth n'avait pas l'air si méchante, mais elle semblait être de la vieille école, c'est vrai, ajouta Elizabeth.

— Pourquoi Christian s'est excusé en s'adressant à moi ? insista Éloïse qui se repassait la scène en boucle dans la tête.

Jessica pinça les lèvres, tandis qu'Elizabeth retournait à son poste.

— Je crois qu'il est encore un peu tôt pour parler de ça, lâcha-t-elle de façon énigmatique.

Puis, son téléphone vibra, annonçant un message de Martin.

— On dirait que Martin ne peut pas se passer de moi, sourit-elle. Bon, je dois y aller. Mais avant, je vais me la préparer cette tasse de café !

Elle s'exécuta sous le regard d'Éloïse qui ne savait pas trop quoi dire. Elle pensait qu'une fois sa tâche terminée, elles discuteraient peut-être du voyage d'affaires, mais Jessica s'enfuit plus vite que son ombre, laissant Éloïse seule dans la salle de pause personnelle de son PDG. Pendant un instant, elle faillit paniquer à l'idée d'être prise encore une fois sur le fait. Puisqu'il n'y avait plus Jessica pour plaider sa cause et taquiner leur PDG, celui-ci n'avait aucune raison d'être sympa avec Éloïse s'il la retrouvait ici.

Avec empressement, elle retourna à son bureau en priant pour ne pas croiser Christian. Néanmoins, elle devait reconnaître que le café qu'elle sirotait en marchant était divin.

En arrivant devant son open space, elle ne savait toujours pas ce que Jessica attendait d'elle. Sa réputation de garce la précédait et Éloïse n'avait aucune envie de faire partie de ses amies, même si elle serait présente lors du voyage d'affaires de Christian. Au final, Éloïse ne savait pas si elle aurait préféré partir seule avec Christian ou qu'ils se retrouvent tous les trois, comme ça semblait être le cas.

— T'étais où ? l'interpella Mathieu lorsqu'elle rejoignit l'open space.

Il était en train de se goinfrer de mini Snickers. Éloïse se figea. Elle ne savait pas très bien mentir et elle ne voulait surtout pas raconter ce qu'elle avait fait avec Jessica. Encore moins que Christian s'était excusé alors qu'elle se trouvait dans sa salle de pause privée... Elle ne comprenait toujours pas pourquoi il avait fait ça.

— J'étais en train de régler les derniers détails de mon déplacement, mentit-elle.

Selon toute logique, Mathieu devait être au courant qu'elle partait en voyage d'affaires avec le PDG, et Jessica apparemment. Peut-être même qu'il serait de la partie ? Bien qu'elle en doute fortement. Mathieu n'était pas rattaché à la partie commerciale, contrairement à Jessica.

Son chef plissa les yeux.

— Ah, oui, j'ai reçu un mail à ce sujet. On devrait en discuter, continua-t-il en lui faisant signe de le suivre jusqu'à son bureau.

Ses cinq collègues ne pipèrent mot, mais Éloïse était persuadée qu'elles ne manqueraient pas de la bombarder de questions une fois qu'elle serait ressortie du bureau de leur boss.

Mathieu prit soin de baisser les stores de la vitre de séparation de l'open space pour que personne ne les espionne. Les murs étant assez fins, il arrivait souvent qu'on entende une partie des conversations. Aussi, Mathieu fit son possible pour ne pas parler trop fort.

— Explique-moi, Éloïse. Qu'est-ce qui s'est passé ? Ne va pas me dire que tu as été choisie sans raison…

Mathieu semblait un peu jaloux et cela dérouta quelque peu Éloïse, qui ne savait tout simplement pas quoi lui répondre.

— Je ne sais pas, Mathieu… Du jour au lendemain, Jessica est venue nous saluer. Ensuite, elle m'a invitée à ce voyage d'affaires… Je n'y comprends rien. Je pensais que tu pourrais m'en dire plus, justement. C'est, soi-disant, pour intervenir en cas de problème informatique, car Christian a souvent des soucis avec son ordinateur. Mais, ça ne tient pas vraiment la route.

Mathieu fit la moue et tourna en rond dans son minuscule bureau, sans cesser de se gratter la tête. Il faisait toujours ça quand il était stressé.

— La garce sans cœur doit manigancer quelque chose, marmonna-t-il en réfléchissant.

Éloïse fronça les sourcils sans comprendre.

— Comme quoi ? Je ne vois pas très bien ce que j'ai à faire dans l'histoire…

— Je vais mener l'enquête, répliqua-t-il d'un air calculateur.

— D'accord, se contenta de répondre Éloïse, bien qu'elle trouve cela un peu bizarre.

La discussion étant close, elle retourna à son poste. Ses collègues attendirent qu'elle s'installe devant son ordinateur pour entamer les festivités.

— Est-ce que tu es vraiment devenue copine avec la garce sans cœur ? commença Évelyne qui adorait ce genre de ragots insignifiants.

— Quoi ? bégaya Éloïse. Bien sûr que non…

— Alors pourquoi elle est venue te chercher ? enchaîna Marie, la fixant de ses yeux verts perçants.

— Eh bien… c'est-à-dire que… j'ai été réquisitionnée pour partir en voyage d'affaires, se sentit obligée d'avouer Éloïse.

Le silence qui suivit ne présageait rien de bon. Éloïse pinça les lèvres et se concentra sur son écran pour éviter les regards de ses collègues.

— C'est Jessica qui a décidé ça ? questionna Marion en l'observant attentivement, comme si elle pouvait déceler la vérité sur son visage.

— Je ne sais pas…, bafouilla Éloïse.

— Pourquoi toi ? Tu es la plus récente du service…, s'insurgea Kelly, qui semblait un poil jalouse.

Éloïse prit une profonde inspiration.

— Je pourrais peut-être te laisser ma place, si tu veux ? concéda Éloïse, qui ne savait plus trop où se mettre.

Elle n'aurait jamais pensé que cette histoire de voyage d'affaires puisse susciter des jalousies au sein de ses collègues. Elle attendait avec impatience la réponse de Kelly, quand Christian ouvrit soudain la porte à la volée. Tout le monde se figea, puis le salua avec respect.

Chapitre 9

— Éloïse…, bégaya-t-il avec un léger essoufflement. J'aimerais m'entretenir avec vous.

Elle se leva précipitamment.

— Monsieur Peterson, sans vouloir vous offenser, je crois que Kelly souhaiterait prendre ma place. Elle a beaucoup plus d'expérience que moi et…

Christian identifia sans mal la dénommée Kelly, car tous les regards étaient braqués sur elle. Sans cela, il n'aurait jamais su qui elle était.

— Ce n'est malheureusement pas possible. Les billets sont nominatifs et tout est déjà réglé, trancha Christian en tentant de paraître naturel, malgré son cœur battant et sa respiration un peu hachée à cause du stress.

Il avait toujours du mal à rester lui-même lorsque Éloïse était dans les parages.

— Oui, je comprends, répondit Kelly avec un certain malaise, non sans fusiller Éloïse du regard.

Christian reporta son attention sur cette dernière. La main toujours sur la poignée de la porte, il attendait qu'elle le rejoigne. Et, vu l'ambiance qui régnait à présent, elle se dépêcha de rassembler ses affaires et de se lever pour sortir de l'open space.

— J'ai bien cru que cette Kelly allait vous arracher la tête, plaisanta Christian lorsque la porte fut refermée.

Tout en le suivant dans les couloirs, Éloïse tourna la tête vers son PDG, l'air médusée.

— Vous croyez ? s'inquiéta-t-elle en palissant à vue d'œil.

Il acquiesça, puis esquissa une moue espiègle qui ne lui ressemblait pas.

— Si jamais ça arrive, venez m'en parler, ajouta Christian.

Mais il réalisa que le ton employé pouvait paraître tendancieux. Il avala difficilement sa salive et desserra discrètement sa cravate. Il se sentait nul tout à coup. Décidément, il n'agissait jamais comme il fallait avec cette femme. Le silence les enveloppa quelques minutes puis ils montèrent dans l'ascenseur et Christian se sentit obligé de commencer la conversation qu'il s'était répétée des dizaines de fois, alors qu'il aurait dû attendre qu'ils soient tous les deux dans son bureau pour éviter les oreilles indiscrètes.

Il serra les dents avant d'appuyer sur la touche de son étage.

— Éloïse, je… voudrais m'excuser pour tout ça… pour Jessica et ses nouvelles lubies…, bégaya Christian.

Elle le dévisagea sans comprendre.

— Mais pourquoi ? Tout à l'heure, vous vous êtes également excusé, alors c'est moi qui étais en tort. Je buvais votre café…

Christian pinça les lèvres.

— C'est à cause de Jessica. Elle prend parfois des décisions sans m'en parler et je ne veux pas que ça vous mette mal à l'aise.

Il glissa ses mains dans ses poches pour cacher leur léger tremblement et inspecta les parois de l'ascenseur, en évitant soigneusement Éloïse.

— Oh, eh bien… en réalité, je n'ai pas vraiment compris pourquoi je vous accompagnais, Monsieur Peterson…

— Appelez-moi Christian, s'il vous plaît.

— Oui, heu… Christian.

Éloïse rougit un peu. Elle n'avait pas l'habitude de ce genre de situation bizarre. D'autant plus qu'ils étaient tous les deux dans un espace exigu. Chose qui n'arrivait jamais en temps normal. Christian prit cela pour un signal et tenta de lui avouer pourquoi Jessica l'avait invitée à ce voyage d'affaires.

— En fait…, commença-t-il, juste au moment où les portes s'ouvrirent, ce qui le coupa dans son élan.

Ils sortirent tous les deux de l'ascenseur, saluant les deux hommes en costume qu'ils croisèrent. Et, bien que Christian les connaisse très bien, il les snoba à moitié tant il était perturbé. Avec raideur, il se dirigea vers son bureau, se demandant ce qu'il allait dire à Éloïse. Elle allait sûrement trouver ça encore plus bizarre qu'il lui ait demandé un entretien dans son bureau s'il n'avait rien de plus à lui dire…

Cette dernière salua discrètement Elizabeth qui était en plein travail à son poste.

Une fois dans le bureau, Christian invita Éloïse à s'asseoir. Lorsqu'elle s'exécuta, il resta planté debout devant elle, sans trop savoir quoi faire.

Elle l'observa un instant, attendant la suite. Elle était un peu stressée, malgré tout. Ces derniers jours, il s'était passé beaucoup de choses inhabituelles et elle s'attendait encore au pire.

— Vous vouliez me dire quelque chose ? commença-t-elle, comme son PDG ne bougeait pas d'un pouce.

Cela la mettait encore plus mal à l'aise.

— Oui… je…, balbutia Christian.

Il prit une profonde inspiration et ferma les yeux une seconde pour se donner du courage.

— Jessica a surréagi quand je lui ai dit que vous m'aviez plusieurs fois sauvé la mise lorsque mon PC faisait des siennes. Elle a préféré vous convier à notre voyage d'affaires, mais j'espère que ça ne vous pose aucun problème. J'ai conscience que c'est un peu soudain…

Éloïse soupira de soulagement. Elle s'était attendue à tout sauf à ça.

— Oh, non, pas du tout. Je vous remercie d'avoir pensé à moi, Christian. Je comprends mieux. C'est vrai que Jessica est parfois impulsive, dit-elle en souriant.

— Ce n'est rien de le dire…, marmonna-t-il en retenant son agacement.

— Est-ce que je peux savoir qui d'autre nous accompagne ?

Christian, qui s'était placé derrière son fauteuil, resserra sa prise sur le dossier, tout en fixant Éloïse. Il tentait de paraître sûr de lui et calme, malgré le tumulte d'émotions qui le secouaient intérieurement.

— Nous serons quatre, répondit Christian. Martin sera également du voyage.

En réalité, ce dernier n'était pas encore au courant. Christian ne savait pas très bien pourquoi il avait dit ça. Peut-être pour occuper Jessica et éviter qu'elle se mêle de ses affaires…

Éloïse acquiesça.

— Puisque tout ceci s'est décidé au dernier moment, vous pouvez prendre le reste de la journée.

— D'accord.

Elle hésita quelques secondes avant d'ajouter :

— Est-ce que les frais de taxi seront pris en charge ? Je n'ai pas de voiture et il n'y a pas de transport si tôt le matin…

— Je viendrai vous chercher, lâcha Christian dans un réflexe.

— Pardon ? balbutia Éloïse, estomaquée.

— Oui… heu…, bégaya Christian en tirant maladroitement sur le col de sa chemise à mesure qu'il sentait ses joues s'échauffer. Nous partons tous à bords de ma voiture.

— Oh… d'accord.

Éloïse n'avait pas fini de se poser des questions sur toutes ces choses inhabituelles qui ne cessaient de se produire depuis que Jessica avait commencé à lui parler. Au fond d'elle, elle souhaitait que Mathieu trouve ce qu'il se tramait. Depuis plusieurs jours, les agissements de son patron et de la garce sans cœur étaient vraiment trop bizarres et elle espérait que tout rentrerait rapidement dans l'ordre. Pourvu que ce voyage ne se révèle pas plus chaotique que ce qu'il semblait déjà être.

Comme le silence s'éternisait, Éloïse se leva enfin.

— Merci, Christian. À demain matin.

Il hocha simplement la tête en serrant toujours frénétiquement le dossier de son fauteuil de bureau. Son cœur était au bord de l'explosion. Puis, il se rappela qu'il devait prévenir Martin qu'il venait aussi. Il redoutait sa réaction, bien qu'il se doute que ce dernier suivrait Jessica les yeux fermés.

*****

Éloïse fut soulagée de partir plus tôt. Mine de rien, ce voyage la stressait un peu. De retour chez elle, elle s'empressa de rassembler ses affaires et de préparer sa valise. Son frère n'était pas encore de retour de la fac, ce qui lui laissa tout le loisir de réfléchir à ce qu'elle devait emmener. D'ailleurs, Toni lui envoya un message pour la prévenir qu'il ne rentrerait pas ce soir. Il dormait encore chez sa copine. Avec un sourire, Éloïse lui annonça qu'il pourrait profiter de l'appartement durant les quatre prochains jours.

Vu l'heure à laquelle elle devait se lever, elle ne tarda pas à se coucher. Sa nuit fut agitée et lorsque son réveil sonna, elle peina à ouvrir les yeux et à sortir de son lit. Elle eut à peine le temps de se coiffer et de s'habiller que la sonnette retentit. Avec stupeur, elle avisa son visage encore endormi dans le miroir. Elle avait un peu honte de se présenter comme ça devant son PDG et Jessica qui était toujours parfaite, mais elle n'avait pas le temps de se maquiller. Tant pis…

Elle attrapa une barre de céréales et une bouteille d'eau avant de récupérer sa valise et son sac à main. La boule au ventre, elle descendit la volée de marches de son immeuble. Devant l'entrée, Christian l'attendait, habillé d'un jean noir et d'un pull blanc en grosses mailles. Elle se figea un instant en le dévisageant. Elle ne l'avait jamais vu aussi décontracté et elle le trouvait vraiment sexy. Elle secoua vivement la tête pour reprendre ses esprits alors qu'il lui faisait des signes en essayant d'ouvrir la porte vitrée.

— Désolée… je… n'ai pas encore pris mon café, balbutia Éloïse en ouvrant enfin la porte, sa valise à la main.

Contre toute attente, Christian lui adressa un sourire chaleureux qui révéla ses dents parfaites, d'une blancheur incroyable.

— Je n'ai pas eu le temps de finir de me préparer, crut-elle bon de préciser, en pensant qu'il se moquait un peu de son allure négligée.

— Vous êtes magnifique, comme à chaque fois, avoua Christian, sans la quitter des yeux.

Éloïse en resta sans voix et se figea de nouveau, les yeux perdus dans les siens.

— Vous venez ?! hurla Jessica depuis le siège passager du véhicule noir qui était garé sur le trottoir. On va rater notre vol si vous continuez à vous draguer comme ça.

Le visage de Christian se ferma d'un coup et son regard devint noir. Il se tourna vers la garce sans cœur avec fureur.

— Jessica ! Si tu continues à dire des conneries, je…

— Tu ne peux pas me virer, le nargua-t-elle avec un sourire provocateur.

— Je te rétrograde ! trancha Christian en marchant d'un pas rageur pour reprendre sa place derrière le volant.

— Tu n'oserais pas ! rétorqua Jessica, estomaquée par cette nouvelle menace.

Éloïse était toujours plantée sur le trottoir, sans vraiment savoir quoi faire. Comme Jessica lui faisait des signes pour qu'elle rejoigne la voiture, c'est ce qu'elle fit. Elle déposa sa valise dans le coffre, aux côtés des trois autres, puis monta à l'arrière. Elle se retrouva à côté de Martin qui la salua d'un bref hochement de tête. Il était plongé dans un bouquin.

— Tu supportes la lecture en voiture ? chuchota Éloïse, tandis que Jessica et Christian continuaient de se disputer.

La voiture démarra enfin.

— Oui, quand il y a du silence, grogna-t-il à l'attention des deux trouble-fêtes.

Jessica se tourna vers son conjoint.

— Christian n'arrête pas de me menacer !

— Si tu arrêtais de le titiller, il ne serait probablement pas obligé d'en arriver là, Jess. Maintenant, calme-toi ou tu vas faire fuir notre experte en informatique.

Jessica jeta un bref coup d'œil à Éloïse, qui ne pipait mot, avant de se retourner. Elle croisa les bras sur sa poitrine.

— Et arrête de bouder, ajouta Martin. Sinon, ce sera la grève [1] !

Elle se retourna de nouveau vers eux pour le fusiller du regard.

— Tu n'as pas intérêt ! s'insurgea-t-elle.

Martin rigola.

— Alors, arrête d'emmerder Christian.

— Ouais, arrête de m'emmerder et de raconter des conneries, ajouta Christian.

---

[1] Référence au tome 1 : Working Love : Martin menace de faire la grève du sexe pour embêter Jessica.

Elle bougonna et se repositionna dans son siège.

Éloïse ne comprenait pas très bien la teneur de leur discussion, mais elle fut soulagée que le conflit entre son PDG et la garce sans cœur cesse enfin. Tout ceci n'était pas très professionnel…

— Merci, murmura-t-elle à l'attention de Martin.

— De rien, sourit-il.

Ils roulèrent une bonne heure jusqu'à l'aéroport du Bourget. La circulation était déjà dense à cette heure matinale. Heureusement, ils arrivèrent dans les temps. Christian se gara dans le parking de l'aéroport.

— J'ai loué un jet privé, précisa Christian en sortant de son véhicule.

À cet instant, Éloïse comprit que l'histoire des billets nominatifs était certainement un mensonge, et elle ne sut pas quoi en penser. Ils marchèrent jusqu'au jet où une hôtesse les attendait.

— Je n'ai jamais pris l'avion, confessa Éloïse, au moment où ils montaient dans l'appareil.

— Tout se passera bien, même pour ceux qui ont une phobie de l'avion, dit Christian avec ironie, en lui adressant un sourire chaleureux, tout en la suivant dans l'appareil.

Éloïse le dévisagea sans comprendre cette allusion. Elle ne se rappelait pas avoir dit à qui que ce soit qu'elle avait la phobie des avions…

Dès qu'ils furent à bord, Martin empêcha discrètement Jessica de commenter l'attitude de Christian en l'embrassant par surprise. Heureusement, elle se ramollit à son contact et répondit à son baiser avec fougue. S'il ne voulait pas qu'elle se dispute de nouveau avec Christian, il se devait de contenir le caractère impulsif de Jessica.

Durant ce laps de temps, Éloïse s'installa près du hublot et Christian s'assit juste à côté d'elle. Le jet comptait deux pièces. Un petit salon avec une banquette et un petit espace avec une table et deux sièges confortables de chaque côté.

Christian regardait Éloïse avec chaleur et souriait à la moindre occasion, lui donnant l'impression qu'il était heureux en sa présence. Ce qui était la stricte vérité, bien qu'il s'efforce de le cacher. Toutefois, cela s'avérait plus difficile en dehors des murs de l'entreprise. Sans compter le tumulte d'émotions qui se bousculaient en lui quand il était en sa présence.

À son grand soulagement, Jessica ne lui fit aucune réflexion douteuse et prit place en face d'Éloïse, tandis que Martin s'installait sur le dernier siège libre.

— Vous aimez bien prendre l'avion, on dirait, remarqua Éloïse en regardant Christian avec émerveillement.

Le voir aussi décontracté la mettait bien plus à l'aise que lorsqu'il était dans son costume impeccable, la mine sévère. Christian croisa le regard d'Éloïse, se retenant de lui avouer que c'était elle qui le rendait si heureux. Pendant ce court instant, un lien unique se créa entre eux. Une sorte de connexion qui les déstabilisa.

Malheureusement, l'hôtesse du jet les interrompit pour leur souhaiter un bon voyage, ce qui remit les idées de Christian en place. Il ne devait en aucun cas se laisser aller. Peu importait ce que Jessica disait, il était persuadé que ce genre d'histoire ne pourrait mener nulle part. Au contraire, cela ne lui apporterait que des ennuis.

Le jet amorça son décollage. C'était toujours le pire moment pour Christian, qui s'était bien gardé de parler de sa phobie de l'avion à Éloïse. Il avait été bien trop subjugué par sa présence...

S'il continuait à prendre cet engin de malheur, c'était uniquement parce que c'était le moyen de transport le plus rapide.

Durant toute la montée, il se cramponna aux accoudoirs de son fauteuil en fermant les yeux avec force, tandis qu'Éloïse était fascinée par la vue et le sol qui s'éloignait progressivement. Tout comme Jessica et Martin. Personne ne remarqua que Christian était au plus mal, jusqu'à ce qu'Éloïse tourne la tête vers son patron.

— Est-ce que ça va ? s'inquiéta-t-elle, en le découvrant pâle comme un linge, le visage tordu par la peur ou la douleur, elle ne savait pas trop...

— Il déteste l'avion, l'informa Jessica, sans quitter le hublot des yeux.

— Alors pourquoi nous n'avons pas pris le train ? questionna Éloïse avec compassion.

— Parce que l'avion est plus rapide, répliqua Christian, les dents serrées.

Il détestait montrer cette partie de lui à Éloïse. Il n'avait pas pensé à ça lorsque Jessica l'avait invitée à leur voyage d'affaires. Et, bien sûr, il avait oublié de prendre ses calmants !

— Tu as oublié tes médicaments ? s'inquiéta Jessica en avisant son visage pâle et crispé.

Christian hocha la tête, sans réussir à aligner deux mots. Jessica s'apprêtait à se lever pour aller dire au pilote d'annuler le vol, mais elle se ravisa lorsqu'elle remarqua le comportement d'Éloïse.

Avec bienveillance, Éloïse posa sa main sur l'avant-bras de son patron. Bizarrement, le voir aussi effrayé avait enlevé toutes les barrières qu'il y avait entre eux. À cet instant, il n'était plus le patron inaccessible qu'Éloïse voyait tous les jours sans oser lui adresser la parole. C'était juste un homme pétri d'angoisse.

— Tout se passera bien, le rassura-t-elle avec empathie.

L'avion se stabilisa enfin et ils purent détacher leur ceinture. Christian put de nouveau ouvrir les yeux et reprendre un semblant de contenance, alors qu'Éloïse lâchait son bras. Malgré ses bonnes résolutions, il aurait voulu que leur contact perdure.

— Merci, murmura-t-il en la dévisageant, touché par son élan de gentillesse.

— Tout le monde a peur de quelque chose, vous savez.

Il pinça les lèvres et détourna les yeux pour oublier cette nouvelle humiliation. Heureusement, l'hôtesse vint leur servir de quoi se restaurer et ils déjeunèrent tous ensemble autour d'un bon café et de délicieuses viennoiseries. L'ambiance était bonne enfant et Éloïse fut soulagée de pouvoir s'octroyer un vrai petit déjeuner avant d'entamer cette journée de travail particulière. Elle n'avait pas eu le temps de manger sa barre de céréales qui était toujours quelque part au fond de son sac à main.

Contrairement à ce qu'elle pensait, l'avion était un moyen de transport plutôt agréable, même si c'était impressionnant au premier abord. De plus, Christian semblait beaucoup plus détendu qu'au décollage et elle le trouvait drôle par rapport à l'attitude sévère qu'il affichait dans son entreprise. D'ailleurs, il s'avérait vraiment charmant. Au point qu'elle ne pouvait s'empêcher de lui sourire dès qu'il s'adressait à elle.

Les chamailleries de Jessica et Martin étaient tout aussi amusantes que les répliques de leur PDG. À eux deux, Martin et Christian taquinaient Jessica avec brio. Plus d'une fois, Éloïse se retint d'exploser de rire, car elle ne voulait pas se mettre la garce sans cœur à dos. Elle savait que Jessica était redoutable quand elle avait quelqu'un dans le collimateur. Mais ces deux-là s'en donnaient à cœur joie et c'était vraiment rafraîchissant.

Lorsque ce fut l'heure de rattacher sa ceinture pour amorcer l'atterrissage, Christian retrouva son expression tendue et Éloïse ne put s'empêcher de le rassurer encore une fois.

Chapitre 10

— Est-ce que je peux faire quelque chose pour vous aider ? demanda-t-elle, tandis que Martin et Jessica chuchotaient entre eux à la façon d'un couple complice et amoureux.

Christian pinça les lèvres, ne sachant pas s'il était judicieux de profiter de la situation. Surtout dans sa position. Finalement, il se résigna et secoua la tête, mais Éloïse le prit au dépourvu.

— Est-ce que si je vous tiens la main, ça vous aiderait ? proposa-t-elle avec bienveillance.

Elle voulait simplement l'apaiser, car elle n'aimait pas voir les gens souffrir.

Cette fois, il hocha la tête en la fixant avec insistance, mettant tous ses sentiments dans ce simple regard. Avec une certaine appréhension, Éloïse prit la main de son patron et il la serra comme si sa vie en dépendait.

— Tout ira bien, ajouta-t-elle en soutenant son regard d'un vert profond et en réprimant les papillons dans son ventre.

C'était assez inattendu.

Christian ferma les yeux, un peu moins crispé grâce au contact d'Éloïse, malgré la culpabilité que ce geste engendrait. Il savait bien que c'était tout à fait inapproprié, mais les circonstances étaient particulières et c'était elle qui avait engagé ce rapprochement.

Peut-être qu'avec un peu de chance…

Non, il ne devait pas penser qu'elle s'intéressait à lui. C'était juste pour l'aider à se sentir mieux, ça ne voulait absolument rien dire.

Durant toute la descente, Christian s'accrocha à Éloïse en faisant son possible pour rester digne, bien que son égo soit déjà bien amoché. Mais il l'accepta, comme à chaque fois qu'on l'humiliait. Après tout, il avait pris l'habitude qu'on le traite de cette façon au lycée…

Lorsque l'avion se posa enfin, le soulagement l'étreignit. Pourtant, il garda précieusement la main d'Éloïse dans la sienne. Mais sa prise se fit moins ferme. Machinalement, il en caressa le dos avec son pouce. La peau d'Éloïse était douce. Malgré son cœur battant la chamade, il continua ses caresses en gardant les yeux obstinément fermés.

Éloïse, quant à elle, avait fait de son mieux pour rester calme et ne pas se faire contaminer par la panique de Christian. Elle n'avait cessé de l'observer durant toute la descente, ignorant le paysage magnifique qui défilait à travers le hublot et qui se rapprochait progressivement, contrairement à Jessica et Martin qui semblaient en extase devant la vue.

Éloïse avait trouvé Christian vraiment beau, malgré ses traits crispés. Et puis, il avait fait ce geste déstabilisant sur le dos de sa main et les papillons dans son ventre étaient revenus, bien qu'elle s'efforce de les réprimer. C'était son PDG après tout. Ils n'avaient rien à faire ensemble… De toute façon, ça aurait été vraiment bizarre qu'une simple employée sorte avec… lui.

Puis, l'avion s'arrêta enfin et Christian ouvrit lentement les yeux, un peu confus de s'être laissé emporter. Il croisa le regard d'Éloïse avec appréhension, sans lâcher sa main pour autant, et perdit ses mots. Il resta muet en la fixant. Éloïse retint sa respiration, un peu mal à l'aise.

— Bon, vous venez ? s'impatienta Jessica en pressant Martin pour qu'il se lève afin qu'elle puisse en faire de même.

Christian lâcha brusquement la main de son employée et se racla la gorge en ajustant son pull pour reprendre contenance.

— Merci, Éloïse, dit-il froidement pour cacher son trouble.

Il se leva maladroitement pour rejoindre la sortie, tandis qu'Éloïse le suivait sans dire un mot. L'ambiance devint tendue entre eux après cet épisode inattendu.

Ensuite, ils montèrent tous les quatre dans une berline noire avec chauffeur qui les déposa dans un hôtel cinq étoiles.

À la réception, Christian demanda les clés des trois chambres qu'il avait réservées.

— Malheureusement, une des chambres que vous avez réservées est en travaux, mais nous pouvons vous proposer la suite en dédommagement, puisque nous n'avons plus de chambres disponibles à part celle-ci.

Christian accepta et ils se dirigèrent vers les ascenseurs.

— Pitié, dis-moi que la suite est pour nous, minauda Jessica en en faisant des tonnes.

— Pas question. Je garde la suite, répliqua Christian, tandis qu'Éloïse les observait et que Martin ignorait le nouveau caprice de sa compagne.

— Et si j'arrête de t'embêter avec qui tu sais ? continua-t-elle avec malice.

— Tu en es incapable, se moqua Christian en regardant défiler les étages.

Jessica croisa les bras sur sa poitrine en faisant la moue.

— Je suis sûre que si Éloïse la voulait, tu la lui laisserais, ronchonna-t-elle.

Christian se sentit mal et rabroua aussitôt Jessica.

— Les suites sont destinées aux PDG et aux couples mariés. Alors, à moins que tu ne changes d'avis sur le mariage, tu ne dormiras jamais dans une suite.

Elle lui fit les gros yeux, tandis que Martin retenait un sourire.

— Tu n'as pas le droit de me sortir ce genre de conneries sur le mariage, Christian ! Je peux me payer une suite, si je veux…, marmonna-t-elle en perdant un peu de son assurance.

Christian lui adressa un sourire victorieux. Cette fois, c'était lui qui lui avait cloué le bec.

— On pourrait aussi se marier, se risqua Martin, en connaissant parfaitement l'avis de Jessica sur la question.

Avant qu'elle ne pète un câble, Christian intervint.

— Je vous rappelle qu'on est en voyage d'affaires…

Il se tourna ensuite vers Éloïse, qui n'avait pas dit un mot depuis qu'ils avaient quitté l'avion.

— Elle n'aurait pas dû vous obliger à venir, s'excusa-t-il. J'ai conscience que tout ça n'est pas très conventionnel, mais…

— Tout va bien, le coupa-t-elle.

— Arrête de stresser, ajouta Jessica. Je ne pense pas qu'Éloïse soit le genre de personne à crier sur tous les toits que son PDG est un vrai trouillard quand il monte dans un avion.

Le visage de Christian se ferma immédiatement, comme à chaque fois que Jessica lui sortait une vacherie, et Éloïse ne put s'empêcher de sourire.

— Je ne dirais rien, dit-elle en croisant son regard d'un vert profond.

Les portes de l'ascenseur s'ouvrirent enfin et Christian se détendit légèrement. Mais cette satanée Jessica ne perdait rien pour attendre !

Christian ouvrit les deux chambres, qui étaient côte à côte, dont il avait les clés, gardant la suite pour lui. Il voulait s'assurer de donner la plus petite à Jessica pour lui faire les pieds. Mais c'était un hôtel et elles étaient pratiquement identiques. Toutefois, l'une d'elles possédait une baignoire, contrairement à la seconde.

— Je prends celle-là ! s'extasia Jessica en découvrant la salle de bain de la première.

— Malheureusement, celle-ci est pour Éloïse, Jess, jubila Christian en tendant la clé à son employée qui ne savait plus où se mettre.

La colère de Jessica ne se fit pas attendre.

— Il n'en est pas question !

Heureusement, Martin détourna son attention en l'invitant dans l'autre chambre pour regarder la vue magnifique et le petit balcon sur lequel il y avait une table pour prendre un verre.

Christian reporta son attention sur Éloïse avec un sourire contrit, car il savait que son comportement n'était pas très professionnel.

— Vous avez l'air de bien vous connaître, commenta Éloïse, curieuse d'en savoir un peu plus sur la relation qu'il y avait entre son PDG et la garce sans cœur.

— Oui. Nous avons un ami de longue date en commun, répondit Christian en glissant ses mains dans ses poches.

Il n'avait pas envie de partir. Il voulait rester ici avec Éloïse, même s'il savait que c'était impossible.

— Ne dites pas à Jessica que je déteste prendre ma douche dans une baignoire, rigola Éloïse.

— Oh… dans ce cas, est-ce que vous voulez échanger avec sa chambre ?

— Non, je prendrais un bain. Après tout, ce sera l'occasion. Je n'ai pas de baignoire chez moi. Et je ne voudrais pas casser votre plan pour l'embêter.

Christian lui sourit en continuant à la dévisager. Ils se fixèrent un instant sans un mot, avant qu'il ne reprenne la parole.

— Merci pour tout à l'heure.

Elle hocha simplement la tête, ne sachant pas vraiment ce que son patron attendait d'elle maintenant qu'ils étaient tous les deux dans sa chambre.

— Nous avons rendez-vous pour le déjeuner avec notre client. Je passerai vous chercher d'ici une heure, enchaîna Christian.

— D'accord, balbutia Éloïse, mal à l'aise.

Christian sortit enfin de la chambre, conscient que ses propos ressemblaient un peu trop à une invitation personnelle.

— Bon sang ! grogna-t-il en traversant le couloir pour se rendre dans sa suite.

Elle était immense, magnifique et confortable, mais... vide. Même si Christian aimait le confort et le luxe, la solitude lui pesait. Malgré les appels journaliers avec sa mère, ainsi que les nombreuses visites de sa cousine et de Kristen, il se sentait seul, parfois. En fait, dès qu'il arrêtait de travailler, il s'ennuyait et pensait de nouveau à cette solitude prégnante. Dans ces moments-là, il se mettait à penser à Éloïse. Le manque de sa présence alors qu'il ne la voyait que quelques minutes par jour, tout au plus, le rendait malade. Il ne pouvait pas continuer comme ça, il devait faire quelque chose pour que ça cesse. Mais la savoir si proche balayait toutes ses résolutions.

Bien qu'il soit résolu à ne rien lui montrer, il ne pouvait s'empêcher de vouloir passer plus de temps avec elle. Il maudissait Jessica de l'avoir entraînée dans ce voyage. À cause de ça, il n'aurait pas l'esprit assez clair pour négocier avec leur client.

D'ailleurs, bien que leur rendez-vous du midi approche à une vitesse folle, pour Christian, qui ne pensait qu'à retrouver Éloïse, les minutes lui paraissaient aussi longues que des heures. Il crut mourir de frustration en attendant le moment de leurs retrouvailles. Il lui était même impossible de se concentrer sur ses dossiers en attente. Encore une fois, il maudit Jessica de l'avoir forcé à emmener Éloïse avec eux.

*****

Éloïse finissait de ranger ses affaires et de préparer sa sacoche avec tout ce qu'il fallait pour assister leur PDG si son ordinateur tombait en panne, quand quelqu'un toqua à sa porte. Elle se précipita pour aller ouvrir et découvrit Christian sur le seuil.

— Vous êtes prête ? demanda-t-il avec une chaleur inhabituelle.

Éloïse acquiesça.

— Bien, je vais prévenir Jessica et Martin.

Elle hocha encore une fois la tête puis récupéra ses affaires et sortit dans le couloir.

Éloïse était un peu déstabilisée par ce qui s'était passé entre Christian et elle depuis leur départ. Avant, elle n'aurait jamais imaginé Christian autrement que sévère et implacable. Même si elle se doutait que tout le monde jouait plus ou moins un rôle au travail, elle n'aurait jamais pensé que Christian se révèle si charmant en dehors de l'entreprise. Il était parfois drôle et attendrissant lorsqu'il dévoilait ses angoisses.

Jessica et Martin sortirent à leur tour de leur chambre. Ils étaient légèrement débraillés et Christian les chambra de façon amicale. Puis, ils prirent de nouveau un taxi pour se rendre au siège de leur client. Éloïse se retrouva à côté de Jessica, qui se collait à Martin sur la banquette arrière. Christian était monté à l'avant, ne voulant pas être déconcentré par Éloïse.

La ville qui défilait sous leurs yeux était époustouflante. Les toits colorés et les porches en bois des belles demeures rustiques côtoyaient des habitations à la blancheur immaculée et aux lignes épurées. Puis, ils abordèrent un secteur plus moderne, ponctué d'espaces verts luxuriants. La voiture s'arrêta enfin devant un immeuble flamboyant pourvu d'immenses baies vitrées.

En franchissant le hall d'entrée, Éloïse se sentit toute petite et un peu intimidée, tandis que les autres semblaient tout à fait dans leur élément. Sauf peut-être Martin, mais il avait toujours été réservé, d'après ce qu'elle savait.

Christian s'annonça à la réceptionniste, puis fit signe à ses trois salariés de le suivre. Ils prirent ensuite un des nombreux ascenseurs du hall pour se retrouver au dixième étage. Puis ils traversèrent un long couloir au bout duquel se trouvait un autre bureau d'accueil. Christian se présenta de nouveau et l'hôtesse lui indiqua une petite salle de repos dans laquelle patienter.

Les fauteuils semblaient confortables et les différents distributeurs automatiques offraient beaucoup de choix.

— Est-ce que vous voulez prendre quelque chose à boire ou à manger ? proposa Christian.

Éloïse déclina l'invitation, tandis que Jessica acquiesçait et optait pour un café crème bien sucré. Quelques minutes plus tard, leur client, Eliott Campbell, arrivait. Ce dernier n'ayant été en contact qu'avec Christian et Jessica, demanda à traiter uniquement avec eux deux, étant donné la confidentialité du projet. Christian tenta de négocier mais, en voyant la réticence de son client, il capitula. Leur déjeuner devrait donc attendre la fin des négociations.

Un peu déçus, Martin et Éloïse s'installèrent sur les fauteuils près de la baie vitrée, en attendant le retour de Christian et de Jessica. La vue était extraordinaire.

— Je ne comprends pas très bien pourquoi nous les avons accompagnés si nous n'assistons pas à la réunion…, s'impatienta Éloïse, qui commençait à s'ennuyer ferme.

Martin, qui était plongé dans son livre, releva les yeux pour la regarder enfin.

— Ce n'était pas prévu, répliqua Martin qui faisait de gros efforts pour ne pas avouer la vérité à Éloïse.

Cette dernière fronça les sourcils. Cela faisait plus d'une heure qu'ils attendaient et Martin n'était pas des plus bavards. Il était plutôt du genre rat de bibliothèque avec ses lunettes et sa coiffure de premier de la classe. En temps normal, cela ne dérangeait pas tellement Éloïse mais, aujourd'hui, elle se sentait inutile et elle aurait aimé pouvoir au moins discuter avec lui. Elle jeta un œil sur sa montre.

— Encore combien de temps à ton avis ? questionna-t-elle. Je meurs de faim…

Martin haussa les épaules avant de replonger dans son livre. Éloïse se leva pour prendre une boisson chaude. Elle espérait que cela l'aiderait à patienter. Au bout d'une demi-heure supplémentaire, Christian et Jessica revinrent enfin, accompagnés de leur client. Ils avaient l'air contents. Les sourires et les poignées de mains n'en finissaient pas.

D'ordinaire, Éloïse faisait montre d'une patience à toute épreuve mais, en cet instant, elle fut prise d'une soudaine saute d'humeur. En fait, quand elle était affamée, elle devenait parfois agressive… Alors, lorsque Christian et Jessica revinrent vers elle et Martin, elle se tendit. Néanmoins, elle attendit qu'ils entrent tous dans l'ascenseur pour que monsieur Campbell ne l'entende pas. D'ailleurs, il venait de décliner l'invitation à déjeuner de Christian.

— Félicitations, Jess, complimenta Christian, tout sourire.

Martin ne perdit pas une minute pour attraper Jessica par la taille. Elle se laissa aller contre lui avec enthousiasme.

— Est-ce que quelqu'un peut m'expliquer la vraie raison de ma présence ici ? s'emporta Éloïse, qui retenait ses paroles depuis trop longtemps.

Néanmoins, son ton n'était pas aussi assuré qu'elle l'aurait voulu. Elle manquait d'assurance et redoutait d'être licenciée.

À sa grande surprise, tout le monde se figea et l'attitude de Christian se fit encore plus bizarre que d'habitude. Il semblait… mal. Il avait un peu la même expression que dans l'avion et cela l'intrigua de plus belle.

Il passa un doigt dans le col de sa chemise, comme s'il étouffait, tandis qu'Éloïse ne le quittait pas des yeux, en quête d'une réponse.

— Je…, balbutia Christian, sans vraiment savoir ce qu'il allait lui répondre.

— C'est moi qui ai insisté, intervint Jessica.

Éloïse fronça les sourcils alors que Christian se sentait encore plus mal. Il était terrorisé à l'idée que Jessica vende la mèche.

— Jessica n'a pas d'amie, enchaîna-t-il. Elle pensait que vous pourriez vous rapprocher pendant ce voyage…

La voix de Christian était mal assurée et son regard appuyé vers Jessica en disait long. Cette dernière fronça les sourcils en le toisant avec agacement alors qu'Éloïse se tournait vers elle, bouche bée.

— Est-ce que c'est vrai ? demanda-t-elle au bout d'un moment.

— C'est aussi par précaution, au cas où l'ordinateur de Christian tomberait en panne…, grinça Jessica qui se retenait d'envoyer une réplique cinglante à Christian.

— Dans ce cas, pourquoi avoir invité Martin également ? insista Éloïse. Il me paraît compliqué de mélanger relation amoureuse, amitié et travail durant un voyage d'affaires…

Éloïse tremblait un peu. Elle n'était pas habituée aux confrontations, surtout quand il s'agissait de Jessica.

Le silence s'éternisa et personne ne daigna lui répondre. Heureusement pour Christian, la porte de l'ascenseur s'ouvrit et il se précipita à l'extérieur pour fuir cette discussion gênante. Il marcha à toute allure jusqu'à la voiture, qui les attendait toujours, et reprit sa place à l'avant, sans dire un mot. Jessica, Martin et Éloïse montèrent également, s'installant aux mêmes places qu'à l'aller.

Bien qu'Éloïse soit frustrée de ne pas obtenir de réponse à sa dernière question, elle était curieuse de connaître les détails du nouveau projet de l'entreprise.

— Est-ce que j'ai au moins le droit de savoir sur quel projet vous travaillez ? demanda-t-elle au bout d'un moment.

— Je vous montrerai quand nous serons arrivés, accepta Christian.

Maintenant que le contrat était signé, il pouvait se permettre d'en parler avec Éloïse et Martin. Une fois qu'ils furent retournés à leur hôtel, Christian les invita tous dans sa suite et commanda des plats au room service.

Puis ils s'installèrent dans le salon. Pendant que Christian expliquait son projet, à savoir la réalisation d'une opération St Valentin pour le whisky Campbell, qui comprenait la fabrication d'une bague en carbone avec un emballage dans un mini fût de chêne, Jessica inspectait chaque recoin. Elle testa les deux grands fauteuils, le canapé et même le lit en s'extasiant devant tant de confort.

— Jessica, si tu as fini d'inspecter ma chambre, tu pourrais peut-être nous montrer l'échantillon, râla Christian.

Martin se contentait d'observer sa compagne, toujours subjugué par son charme et son caractère passionné. Éloïse, en revanche, essayait de contenir son impatience. Elle avait du mal à supporter Jessica.

Cette dernière revint vers son sac à main et en sortit une petite boîte dans laquelle se trouvait un mini fût de chêne d'environ quinze centimètres de long et six centimètres de hauteur. Lorsqu'elle l'ouvrit, elle découvrit une magnifique bague en carbone nichée dans un support noir en mousse.

— C'est magnifique et vraiment original, commenta Éloïse, sans réussir à quitter le prototype des yeux.

— Bien sûr, ceci est une information confidentielle. Je compte sur vous pour ne pas la divulguer, ajouta Christian, tandis que Jessica refermait le petit fût.

Chapitre 11

Enfin, leurs plats arrivèrent et ils s'installèrent autour de la table pour déjeuner. Il était presque 15 h et Éloïse n'en pouvait plus de sentir son ventre gronder. Elle était à la limite de l'évanouissement. Avec appétit, elle dévora le Haggis, Neeps & Tatties accompagné de sa sauce au whisky. Elle n'en avait jamais mangé et trouva cela vraiment délicieux. Tout le monde avait déjà entendu parler de cette spécialité écossaise, de fait, ils avaient tous choisi le même plat. Christian ne semblait pas l'apprécier et Jessica trouvait cela trop fort, mais Martin et Éloïse avaient adoré.

— Pourquoi avoir programmé quatre jours de déplacement alors que deux heures de négociation ont suffi pour signer votre contrat ? demanda soudain Éloïse, qui n'arrivait pas à comprendre.

Au fond d'elle, elle sentait que sa présence était inutile et n'était pas due à ses compétences en informatique.

Christian reposa ses couverts sur son assiette, se préparant à répondre, mais Jessica le prit de court.

— Parce que ce serait dommage de ne pas profiter de la ville ! Ce soir, on va prendre un verre et danser !

Christian baissa le regard pour ne pas être confronté à la stupeur d'Éloïse.

— Mais… Je n'ai pas pris de tenue pour sortir et… sincèrement, je préfère rester ici…, balbutia-t-elle.

— C'est pour ça qu'on va faire quelques boutiques, tout à l'heure, renchérit Jessica.

Puis, elle jeta un regard vers Martin et Christian avant d'ajouter :

— Juste toutes les deux, puisque Martin et Christian détestent ça.

Éloïse se détendit légèrement en réalisant que la confession de Jessica dans l'ascenseur était vraie. Pourtant, cela la mettait un peu mal à l'aise. Elles ne se connaissaient pas et Jessica ne pouvait pas décréter être l'amie d'Éloïse juste parce qu'elle l'avait décidé. Éloïse avait quand même son mot à dire…

— Je ne suis pas sûre que ce soit une bonne idée…, tenta Éloïse, sans vraiment oser lui dire non.

Elle ne voulait pas contrarier Jessica, mais cette dernière insistait tellement qu'elle se sentit obligée d'accepter.

Voilà comment Éloïse se retrouva à déambuler à travers les rues piétonnes de Glasgow à la recherche d'une tenue de soirée.

En plein milieu d'un rayon de haute couture, Jessica lui tendit une robe de cocktail moulante en mousseline rose pâle.

— Tiens. Essaye ça, lui dit-elle.

Éloïse prit le vêtement dans ses mains, peu habituée à porter ce genre de tenue. Pourtant, elle accepta et entra dans la cabine d'essayage. Elle y resta longtemps en s'observant dans le miroir, sans savoir quoi en penser. Le décolleté en V était discret et les volants de la jupe donnaient une allure sophistiquée à l'ensemble. C'était élégant et sobre, elle aimait beaucoup. Toutefois, se montrer comme ça devant son patron la mettait mal à l'aise…

— Alors, tu sors ? s'impatienta Jessica. J'ai trouvé ma robe !

Sa voix était surexcitée, ce qui motiva Éloïse. D'un pas hésitant, elle sortit enfin de la cabine, les mains jointes et crispées en attendant le verdict de Jessica.

— Magnifique ! Christian va adorer ! se réjouit-elle.

Éloïse en perdit toutes ses couleurs.

— Pardon ?

— Heu... je veux dire qu'il va approuver. Enfin, en tant que patron..., s'enfonça Jessica, sans savoir comment rattraper sa gaffe.

Puis, elle essaya de noyer le poisson en faisant un tour sur elle-même pour montrer sa propre tenue. Une robe de cocktail fourreau en vieux rose avec de la dentelle et une belle ceinture noire. Elle lui arrivait aux genoux et son décolleté faisait ressortir sa poitrine.

— C'est... très joli, répondit Éloïse en la trouvant magnifique.

Jessica sourit puis lui tendit une pochette assortie à sa robe.

— Avec ça, ce sera parfait ! lui dit-elle. Je te retrouve à la caisse.

Au moment de payer, Jessica sortit la carte de la société et régla le tout.

— Mais, tu es sûre que Christian accepte ce genre de dépenses ? s'inquiéta Éloïse au moment où elles quittaient le magasin.

— T'en fais pas pour ça, répliqua Jessica en lui faisant un clin d'œil. Allez, viens. On va se préparer, maintenant.

Lorsqu'elles retournèrent à l'hôtel, Éloïse fut agréablement surprise d'aimer passer du temps avec Jessica. Elles se maquillèrent comme deux vieilles amies complices. Jessica fit de son mieux pour donner les meilleurs conseils à Éloïse pour la rendre encore plus jolie.

À vrai dire, elle s'en donnait à cœur joie, car elle avait toujours trouvé son look ringard. Quelques changements ne lui feraient pas de mal. De plus, elle se réjouissait de voir la tête de Christian lorsqu'il la verrait aussi belle.

Elles mirent chacune une touche de parfum et Jessica envoya un message à Martin pour lui dire qu'elles étaient enfin prêtes.

Quelques minutes plus tard, quelqu'un toqua à la porte. Jessica se précipita pour aller ouvrir. Dès qu'elle découvrit Martin sur son trente-et-un, elle lui sauta au cou et l'embrassa passionnément. Il la repoussa doucement au bout d'un moment.

— Jess, pas quand tu as du rouge à lèvres rouge, se plaignit-il.

— Il est waterproof, répliqua-t-elle avec malice.

Martin lui sourit.

— Dans ce cas…

Et il l'embrassa de nouveau, un bras passé autour de la taille de Jessica, l'autre lui tenant la nuque avec tendresse. Un raclement de gorge se fit entendre derrière Martin, et ils cessèrent de s'embrasser. Jessica vint récupérer sa pochette avant de sortir et Christian s'avança pour voir enfin Éloïse. Elle était tellement magnifique qu'il en resta figé, incapable de parler tant il était intimidé. Son cœur s'emballa frénétiquement et il lui fut extrêmement difficile de cacher son trouble.

De son côté, Éloïse ne put s'empêcher de le détailler de la tête aux pieds. Son corps sculpté était mis en valeur par un costume gris clair. En fait, sa tenue n'était pas très différente de ce qu'il portait d'habitude mais, ce soir, elle le trouvait beau et sexy. Une pensée qu'elle ne s'était jamais autorisée avant.

Christian reprit enfin ses esprits et tenta de retrouver une contenance.

— Vous êtes prête ?

C'était la deuxième fois aujourd'hui qu'il lui demandait ça, et ça sonnait tellement comme un rencard qu'il s'en voulut encore plus d'être si transparent avec Éloïse.

Cette dernière attrapa sa pochette et s'avança vers lui en le dévisageant. Elle s'arrêta juste devant Christian, réprimant l'effet que son parfum avait sur elle.

Bonté divine qu'il sentait bon…

— Est-ce que ma présence ici est vraiment pour tenir compagnie à Jessica ? Elle n'a pas l'air d'en avoir besoin, affirma Éloïse.

Bien qu'elle ait passé un bon moment en sa présence, les mots de la garce sans cœur, lorsqu'elle était sortie de la cabine d'essayage, ne cessaient de la tourmenter. Pourtant, cela lui paraissait tellement surréaliste que Christian s'intéresse à elle qu'elle ne pouvait s'empêcher de lui poser la question. Elle ne voulait pas penser à lui de cette façon et c'était tellement inattendu qu'elle n'avait pas envie de se comporter de façon stupide et de le regarder avec des yeux de merlan frit en espérant quelque chose qui n'arriverait jamais.

Christian tira sur le col de sa chemise, comme s'il étouffait et baissa les yeux pour éviter le regard inquisiteur d'Éloïse.

— Bien sûr. Et aussi en cas de problème informatique…, marmonna-t-il en perdant toute son assurance, ce qui parut bizarre à Éloïse.

Elle plissa les yeux, sans cesser de le dévisager, mais Jessica, qui était une éternelle impatiente, les interrompit.

— Alors, vous venez ?

— Dans une minute, répondit Christian qui reprenait peu à peu une contenance.

Il se fit violence pour retrouver son rôle de PDG puis riva ses yeux vert profond à ceux d'Éloïse.

— Écoutez, j'ai conscience que tout ceci n'est pas très conventionnel, mais il faut que vous sachiez que Jessica et Martin font partie de mon cercle d'amis, en plus de travailler pour moi, alors si cela vous pose un problème de sortir avec nous de façon tout à fait informelle, vous n'y êtes pas obligée.

Et si vous préférez rentrer plus tôt, je vous trouverai un billet pour demain matin à la première heure.

Par le plus grand des miracles, son ton était ferme et implacable, utilisant ses talents d'homme d'affaires qu'il avait perfectionnés au fil des années.

En entendant ces paroles, Éloïse avala difficilement sa salive. Elle était intimidée tout à coup et, surtout, maintenant qu'elle s'était préparée, elle n'avait pas envie que la soirée tombe à l'eau. Au final, elle n'avait pas eu beaucoup d'occasions de s'amuser et de lâcher prise ces derniers temps, alors elle capitula.

— Non, je… je vais venir, ça ne me pose aucun problème. Je rentrerai avec vous comme c'était prévu.

— Bien, acquiesça Christian en se tournant pour rejoindre Jessica et Martin qui ne cessaient de se câliner.

Éloïse les suivit sans ajouter quoi que ce soit. Elle se sentait bête d'avoir imaginé n'importe quoi avec son patron.

Après avoir pris un taxi pendant quelques minutes, ils se retrouvèrent devant un comedy club réputé. À l'intérieur, il y avait un monde fou et il ne restait que deux places assises de chaque côté de l'estrade.

— Venez, lui dit Christian en posant sa main au creux de ses reins pour l'entraîner avec lui.

Il n'avait pas pu s'en empêcher. Et, bien qu'Éloïse trouve ce geste cavalier, elle ne réagit pas et le suivit jusqu'aux deux dernières places à droite de l'estrade. Ils s'installèrent juste à temps, tandis que Martin et Jessica en faisaient de même de l'autre côté. Puis, Éloïse regarda autour d'elle et remarqua que la plupart des personnes présentes étaient des couples. Elle se tourna alors vers Christian, dont la présence à ses côtés lui faisait un effet inhabituel. Elle aimait le sentir près d'elle et respirer son parfum si envoûtant. Comme il y avait beaucoup de bruit, elle se pencha vers son oreille pour qu'il l'entende.

— Pourquoi est-ce qu'il n'y a que des couples, ici ?

Elle le vit pincer les lèvres avant qu'il croise enfin son regard.

— Parce que c'est une sortie réservée aux couples et Jessica a insisté pour qu'on passe notre début de soirée ici. Ensuite, on ira dans un bar branché.

Éloïse hocha la tête.

— C'est pour ça qu'elle voulait que je vienne, pour que je sois votre fausse petite amie ? plaisanta-t-elle, sans se rendre compte de ses propos.

Christian lui adressa un regard profond et indéchiffrable, ce qui fit paniquer Éloïse. Elle se reprit immédiatement.

— Enfin… je ne voulais pas dire ça…

Heureusement pour elle, le comédien monta sur scène et commença à saluer la salle, coupant court à leur discussion. Néanmoins, les dernières paroles qu'Éloïse avait dites à son patron la rongeaient un peu. Avec lui, elle ne savait jamais si elle pouvait se permettre de dire des bêtises lorsqu'ils étaient en dehors du bureau ou si elle devait constamment faire attention à ses propos et rester professionnelle quoi qu'il arrive… C'était vraiment perturbant.

Le show commença enfin et Éloïse fut absorbée par les blagues du comédien. Elle rit plusieurs fois à gorge déployée, tandis que Christian l'observait à la dérobée. Il la trouvait tellement belle qu'il n'arrivait pas à détacher son regard de son visage. La voir aussi joyeuse l'hypnotisait. Il n'écoutait absolument rien du spectacle qui se déroulait sur la scène. Ses mains étaient moites et son cœur battait si vite qu'il redoutait de faire une bêtise. De plus, les sièges étaient collés entre eux, rendant la distance entre Éloïse et lui inexistante. Il se faisait violence pour ne pas la toucher, attraper ses doigts fins ou passer un bras autour de ses épaules. Sa jambe plaquée contre la sienne augmentait beaucoup trop son supplice. Pour ne rien arranger, il sentait la chaleur d'Éloïse irradier à travers le tissu de son pantalon et son parfum entêtant lui faisait tourner la tête.

Encore une fois, il maudit Jessica de l'avoir entraîné dans cette situation. Il aurait dû être plus ferme avec elle et lui dire non. La menacer, n'importe quoi pourvu qu'elle lui obéisse.

La fin du spectacle arriva enfin et tout le monde se leva en applaudissant. C'est alors qu'Éloïse tourna la tête vers Christian, un large sourire illuminant ses traits.

— C'était génial ! s'écria-t-elle en s'approchant de son oreille pour qu'il l'entende.

Christian ne put s'empêcher de lui sourire en retour et de l'attraper par la taille dans un réflexe. Il en avait trop envie pour se retenir. Pourtant, lorsqu'il avisa l'expression d'Éloïse, qui fronçait les sourcils en le dévisageant, il la relâcha aussitôt. Il détourna le regard et tira sur le col de sa chemise.

L'effervescence des applaudissements s'arrêta enfin et les conversations reprirent dans la pièce. Pourtant, bien qu'Éloïse ait ignoré le comportement inhabituel de son patron, elle se posait toujours plus de questions.

Pourquoi a-t-il fait ça ?

— Venez, lui enjoignit Christian en posant de nouveau sa main au creux de son dos, ce qui la fit frissonner.

Il la guida jusqu'à la sortie où ils rejoignirent Jessica et Martin, qui les attendaient sur le trottoir. D'ailleurs, Jessica remarqua immédiatement leur rapprochement.

— Alors, comment c'était ? le questionna-t-elle avec malice.

Pris au dépourvu, Christian retira sa main du dos d'Éloïse.

— Génial ! s'écria de nouveau Éloïse, euphorique après l'ambiance joyeuse de ce spectacle.

— Super ! On va danser, maintenant ? s'enthousiasma Jessica en commençant à marcher vers le bar.

Elle attrapa la main de Martin et ils avancèrent, tandis que Christian et Éloïse les suivaient. Les trottoirs étaient bondés et les voitures circulaient sans cesse. Tout ceci rendait la rue vivante et bruyante.

— Vous avez froid ? demanda soudain Christian en remarquant qu'Éloïse frottait ses bras nus.

— Un peu, répondit-elle, timidement.

Devant, Jessica se collait à Martin, qui avait passé un bras autour de ses épaules pour partager la chaleur de sa veste.

Contre toute attente, Christian retira la sienne et la posa sur les épaules d'Éloïse. Elle se figea en le dévisageant, se retenant de fermer les yeux lorsque son parfum l'enveloppa.

— Qu'est-ce que vous faites ? demanda-t-elle tout de même.

Christian haussa les épaules et glissa ses mains dans ses poches en détournant les yeux.

— Ce serait dommage que vous attrapiez froid, c'est tout.

Après un moment de silence, durant lequel Jessica et Martin avaient pris de l'avance devant eux, Christian se ressaisit.

— Si vous n'en voulez pas, je la reprends, continua-t-il, en joignant le geste à la parole.

Mais Éloïse s'accrocha au tissu plein de la chaleur et de l'odeur de Christian.

— Non ! Merci...

Christian acquiesça et ils se remirent en route.

Une fois devant le pub, ils durent faire quelques minutes de queue. Le son rock qui sortait de l'intérieur avait l'air dément et Jessica n'en pouvait plus d'attendre. Elle trépignait sur le trottoir.

Enfin, ils réussirent à entrer. Au premier coup d'œil, Éloïse remarqua qu'ils étaient peut-être un peu trop habillés pour cet endroit, mais ça ne semblait gêner personne, à part elle.

L'ambiance du bar l'enveloppa et elle savoura les notes de rock qui s'échappaient de la sono.

— Le groupe va bientôt arriver ! s'enthousiasma Jessica.

Christian esquissa un sourire et les entraîna vers le bar.

— Vous voulez boire quelque chose ? proposa-t-il.

Martin prit un whisky, tout comme Christian, tandis que Jessica optait pour un cocktail écossais. Éloïse choisit plutôt quelque chose sans alcool, car elle ne voulait pas perdre ses moyens devant ses collègues et son supérieur. Ça aurait été vraiment humiliant.

Ils réussirent à trouver une table où s'installer et discutèrent en attendant l'arrivée du groupe de rock dont Jessica était fan. Étant donné la chaleur ambiante, Éloïse rendit sa veste à Christian. Elle se promit de le questionner à nouveau sur son comportement, un peu plus tard.

Le groupe monta enfin sur la scène, ramenant une grande quantité de fans sur la piste devant eux. Dès les premières notes de musique, l'ambiance devint effervescente. Jessica ne perdit pas une minute pour entraîner Martin avec elle au milieu de la foule, tandis que Christian et Éloïse regardaient le spectacle de leurs sièges. Sans le savoir, ils préféraient tous deux la musique électro, et de loin... Ce qui leur faisait au moins un point commun.

Durant toute la soirée, Éloïse savoura l'atmosphère chaleureuse des lieux, même si elle aurait préféré un autre genre de musique. Christian semblait décontracté, sans doute grâce à l'alcool, tandis que Jessica et Martin jouaient les couples parfaits en se câlinant devant tout le monde. Pour la première fois depuis un bout de temps, Éloïse était heureuse et se sentait libre de toute la pression qui l'écrasait au quotidien. Ce soir, elle ne pensait plus à son frère, dont elle devait assurer l'avenir, ni à son minuscule appartement qu'elle peinait à garder tant le loyer était élevé. Surtout qu'il augmentait tous les ans et que son salaire restait le même.

Vers 2 h du matin, Christian voulut rentrer. Il proposa à Éloïse de la raccompagner et envoya un message à Jessica pour la prévenir. L'endroit étant plutôt grand, il était difficile de se retrouver, mais il ne se faisait pas de souci pour cette blonde incorrigible. Et puis, elle était avec Martin, ce n'était pas comme s'il la laissait seule.

Avec prévenance, Christian guida Éloïse jusqu'à la sortie du pub. Une fois sur le trottoir, il posa de nouveau sa veste sur ses épaules, ce qui la surprit encore. Cette fois, Christian n'avait plus vraiment les idées claires, juste assez pour rentrer à l'hôtel. L'alcool étant un désinhibiteur, il lui était très difficile de cacher ce qu'il ressentait pour Éloïse. Il la prit par la taille et la serra contre lui en attendant le taxi qu'il avait commandé.

Contrairement à lui, Éloïse était sobre et était bien trop consciente du corps de son patron contre elle. La nuit était fraîche et la chaleur de sa veste ainsi que son parfum entêtant lui firent fermer les yeux une seconde. Elle savoura cet instant, sans oser lui rendre son étreinte.

Pourtant, Christian resserra ses bras et plongea son nez dans ses cheveux en soupirant.

— Éloïse, murmura-t-il. Qu'est-ce que vous m'avez fait...

Sa voix était à peine audible, mais elle entendit parfaitement ses paroles. Son cœur eut un sursaut et les papillons dans son ventre refirent surface. Avec appréhension, elle s'autorisa à glisser ses bras autour de la taille de Christian, appréciant ses muscles fermes à travers le tissu de sa chemise, et il soupira d'aise.

Elle ne savait pas très bien où tout ça allait la mener, mais ils étaient dans un pays étranger, hors de l'entreprise, hors du temps…

Dans ses bras, elle se sentait comme dans un cocon de chaleur, à l'abri du danger. Elle respira discrètement son odeur, profitant de sa chaleur, parcourant son dos musclé, alors que sa respiration s'accélérait.

Malheureusement, son téléphone sonna pour le prévenir que le taxi les attendait. Avec douceur, Christian se détacha d'Éloïse et lui attrapa la main dans un réflexe. Ses doigts étaient chauds, contrairement à ceux d'Éloïse, et sa peau donnait un contraste saisissant à la sienne. Comme le yin et le yang, la peau noire de Christian faisait ressortir la blancheur d'Éloïse. Elle croisa son regard vert sombre, hésitante, mais il se contenta de lui sourire, comme s'il était le plus heureux des hommes. Alors, elle ne dit rien et monta avec lui sur la banquette arrière du taxi. Christian ramena Éloïse contre lui et passa un bras autour de ses épaules. Elle se laissa faire sans protester. Elle avait autant envie de ce contact que lui, même si elle ne voulait pas l'admettre. Ils roulèrent en silence, profitant de ce rapprochement inattendu. Lorsque la voiture arriva à destination, ils se détachèrent à regret.

Toutefois, Christian garda précieusement la main d'Éloïse dans la sienne. Ils traversèrent le hall désert de l'hôtel, toujours dans le silence. Christian ne savait pas quoi lui dire, il en avait déjà trop fait, et Éloïse ne voulait pas avoir l'air d'une idiote en craquant sur son PDG. Elle était persuadée qu'il aurait tout oublié le lendemain matin ; que l'alcool lui faisait faire n'importe quoi, même s'il ne semblait pas vraiment bourré. Alors, elle profita de ces quelques moments de répit avec reconnaissance.

Chapitre 12

Ils prirent l'ascenseur, les doigts toujours liés. Christian luttait contre lui-même. Il ne savait pas si Éloïse acceptait ses rapprochements parce qu'il était son patron et qu'elle n'osait pas le repousser ou s'il avait une chance avec elle. Tout ça le rongeait…

Devant la porte de la chambre d'Éloïse, Christian ne voulut pas la quitter. Cette femme agissait comme une drogue sur lui et il avait du mal à faire face. Il plongea ses yeux dans les siens, leva sa main libre pour caresser doucement son visage, effleura sa lèvre inférieure avec son pouce. Elle ne bougea pas, se contentant de le dévisager.

Le cœur martelant sa poitrine, Christian se pencha pour l'embrasser. Lorsque leurs lèvres se touchèrent enfin, ils ressentirent tous les deux une alchimie dévastatrice. La main de Christian se crispa sur la taille d'Éloïse tandis que sa langue plongeait délicatement dans sa bouche. Il savoura ce baiser doux et sensuel. Il n'avait pas envie que ça s'arrête, il aurait pu l'embrasser toute la nuit s'il avait pu, mais il se fit violence pour se ressaisir. Au moment où il voulut s'écarter, elle passa ses bras autour de son cou pour prolonger leur baiser. Cela dura de longues minutes. Leurs corps répondirent à cette étreinte et ils se collèrent un peu plus l'un contre l'autre. Pourtant, ils savaient tous les deux que ce n'était pas bien.

La respiration saccadée et le cœur au bord de l'explosion, Christian détacha ses lèvres de celles d'Éloïse. Leurs regards se croisèrent pour ne plus se quitter. Le silence s'éternisa, mais ni Éloïse ni lui n'arrivait à le rompre.

— Je n'aurais pas dû, marmonna enfin Christian, bien que son corps soit en feu.

Il s'écarta d'un pas, les lèvres pincées, reprenant tant bien que mal une attitude sévère, tandis qu'Éloïse le fixait toujours avec incrédulité.

— Pourquoi ? voulut-elle savoir.

Il avala difficilement sa salive et détourna les yeux.

— Parce que je suis votre patron..., lâcha-t-il avec amertume.

Éloïse serra les dents, car cette réplique l'énerva.

— Je veux dire : pourquoi vous avez fait ça ?

Il l'observa de longues secondes avant de répondre.

— L'effervescence de la soirée et l'alcool, sans doute, mentit-il.

Éloïse hocha la tête avec déception, puis se tourna vers la porte pour l'ouvrir.

— Bonne nuit, dit-elle simplement en refermant le battant derrière elle.

Elle s'appuya dessus, sans allumer la lumière, trop chamboulée pour bouger.

Pourquoi son patron avait-il agi de cette façon avec elle ? Elle n'arrivait pas à comprendre. En plus, elle était assez sensible et ce baiser l'avait déstabilisée, rendue accro, même. Mais elle devait oublier ça si elle ne voulait pas que leur relation devienne bizarre.

Après de longues minutes de réflexion, elle se changea et se coucha. Malgré l'heure tardive, elle eut toutes les peines du monde à s'endormir. Son esprit était saturé des images de Christian, de son corps parfait, de son allure classe et de son charisme exceptionnel. Sans parler de ses yeux d'un vert profond. D'ailleurs, son regard ne cessait de la hanter. Oui, ce baiser l'avait complètement chamboulée et elle détestait ça.

*****

Le lendemain matin, Christian fut réveillé par la sonnerie de son portable. D'ordinaire, il l'éteignait quand il dormait, mais il fallait croire que son erreur de la veille lui avait fait oublier de faire le nécessaire. En grognant, il décrocha.

— Qu'est-ce que tu veux, Kevin ?

— Je te réveille ? demanda son ami d'enfance avec incrédulité. D'habitude, c'est plutôt le contraire…

— On est sortis hier soir et je suis rentré tard… Qu'est-ce que tu veux ? répéta-t-il, avec impatience.

— Ta mère s'est pointée chez toi et elle m'a appelée en catastrophe, car elle n'arrivait pas à te joindre. Il faut croire que tu n'as pas entendu ses appels.

— Quoi ? murmura Christian, incrédule, en regardant la liste des appels manqués dans son téléphone.

Effectivement, il y en avait une bonne dizaine de sa mère.

— Elle voulait te faire la surprise, continua prudemment Kevin. J'ai dû lui dire par inadvertance que tu étais probablement avec la fille qui t'intéressait…

Christian se redressa d'un bond.

— Bordel, Kevin ! Pourquoi tu as fait ça ?!

— Tu sais comment est ta mère, grimaça-t-il. Elle est très persuasive et ça m'a échappé. Du coup, j'imagine qu'elle va sûrement se rendre à ton bureau.

Christian prit une grande inspiration en se pinçant l'arête du nez.

— OK, merci d'avoir appelé, conclut-il en raccrochant.

Avec appréhension, Christian rappela sa mère.

— Tu en as mis du temps ?! s'impatienta-t-elle avec contrariété.

— Maman…, répliqua-t-il avec culpabilité. Je suis en déplacement professionnel.

— Tu ne vas pas louper ton anniversaire, quand même ? C'est après demain et tu as intérêt à rentrer le plus vite possible, car j'ai tout organisé. Kevin m'a beaucoup aidé et ce sera l'occasion de me présenter ta petite amie.

— Je n'ai pas de petite amie, Maman. Et Kevin aurait dû m'en parler, même si c'était censé être une surprise.

— Quand est-ce que tu vas rentrer ? éluda sa mère avec impatience.

Christian soupira.

— Je vais prendre un vol aujourd'hui…

— Parfait, tiens-moi au courant. En attendant, je vais déposer mes valises à ton bureau.

— D'accord, capitula-t-il encore. Je vais prévenir Elizabeth.

— Babeth n'est plus là ?

— Non, elle est partie à la retraite.

— Dommage, conclut sa mère avant de raccrocher.

Christian passa une main dans ses cheveux, avant de s'activer pour préparer leur retour. Il envoya un message groupé à Jessica, Éloïse et Martin dans lequel il leur disait simplement que leur retour était avancé à cet après-midi. Comme il s'y attendait, quelqu'un toqua à sa porte quelques minutes plus tard. C'était Jessica et elle était en pétard.

— Si c'est une plaisanterie, elle n'est pas drôle !

— Bonjour, Jessica, tu peux entrer si tu veux…, répliqua Christian sur un ton blasé.

Jessica fronça les sourcils.

— Qu'est-ce qu'il y a ? s'inquiéta-t-elle soudain.

— Rien… Une urgence familiale, rien de plus.

— C'est à propos de ta mère ?

— Oui. Elle a débarqué chez moi, tout à l'heure…

— Oh, je suppose que c'est pour ton anniversaire, lâcha-t-elle, contrite.

— Toi aussi, tu étais au courant ? s'agaça Christian.

— Oui, et je comptais justement faire diversion avec ce voyage, plaisanta Jessica. La fête n'est que samedi soir, on aurait eu largement le temps de rentrer vendredi.

— Eh bien, ma mère n'est pas de cet avis.

Jessica observa Christian encore un instant, car elle le trouvait étrangement mélancolique pour quelqu'un à qui on avait organisé une soirée d'anniversaire surprise.

— Et avec Éloïse ? demanda-t-elle de but en blanc. Ça s'est bien passé ?

Christian pâlit légèrement et se détourna pour cacher son expression.

— Très bien, éluda-t-il en rangeant des papiers dans sa sacoche.

Malheureusement pour lui, Jessica n'était pas dupe et il savait qu'elle insisterait jusqu'à ce qu'il lui avoue la vérité. Elle se posta près de lui, les bras croisés sur sa poitrine.

— Mais encore ? Je sais que vous êtes rentrés tous les deux.

Christian se redressa et prit une profonde inspiration avant de la toiser.

— Je ne te dirais rien ! trancha-t-il enfin.

Jessica fit la moue.

— Comme tu veux. Je finirais bien par le savoir de toute façon.

Puis, elle s'en alla enfin pour aller préparer ses affaires. Christian n'était pas totalement serein à l'idée que Jessica cuisine Éloïse. Il ne l'avait pas encore revue depuis la veille et il redoutait sa réaction. Il n'aurait jamais dû se laisser aller, mais ça avait été tellement bon de l'embrasser qu'il lui était difficile de le regretter.

Avec une angoisse saisissante, il retrouva Éloïse dans le hall. Jessica et Martin étaient près d'elle, mais personne ne parlait. Le cœur au bord de l'explosion, Christian s'avança vers Éloïse.

— Bonjour, balbutia-t-il.

Elle le dévisagea.

— Bonjour, Monsieur Peterson, répliqua-t-elle avec humeur.

Christian avala difficilement sa salive et tenta de garder une contenance devant sa colère évidente. Il n'avait jamais été dans ce genre de situation et il ne savait pas du tout comment s'y prendre. Heureusement, leur taxi arriva et ils se rendirent jusqu'au jet privé que Christian avait loué. L'ambiance était assez calme, puisque tout le monde était fatigué par la soirée de la veille. À plusieurs reprises, Christian croisa le regard d'Éloïse. Il se sentait coupable de l'avoir embrassée et il ne comprenait pas vraiment sa colère.

Toutefois, pour garder la face, il se mura dans une attitude froide et distante avec Éloïse.

Quant à cette dernière, elle faisait de son mieux pour paraître normale. Elle était persuadée que son patron avait tout oublié de leur baiser et cela l'énervait, en plus de lui provoquer un léger pincement au cœur. Pourtant, elle n'osait pas lui demander. Sa situation était un peu délicate.

Lorsqu'ils montèrent tous à bords du jet, elle se retrouva encore une fois à côté de Christian. D'ailleurs, la tension entre eux n'échappa pas à Jessica. Elle plissa les yeux en les scrutant attentivement.

— Pourquoi vous êtes si tendus ? questionna-t-elle avec malice.

— Parce que j'ai peur de l'avion, répliqua Christian, du tac au tac, en soutenant le regard inquisiteur de Jessica.

Elle fit la moue, mais n'insista pas. Heureusement, Martin lui montra quelque chose à travers le hublot pour détourner son attention. Le jet démarra et s'avança sur la piste, tandis que Christian agrippait ses accoudoirs.

— Je vais bien, déclara-t-il avec fierté.

Même s'il avait décidé d'éviter Éloïse, au fond de lui, il espérait qu'elle lui tienne la main. Elle hésita, mais avant de faire quoi que ce soit, elle se pencha vers son oreille pour éviter que les autres l'entendent.

— Est-ce que vous aviez trop bu, hier soir ? chuchota-t-elle.

Christian tourna lentement la tête vers elle, jusqu'à plonger son regard d'un vert profond dans le sien. Il lui fallut quelques secondes pour répondre. Son angoisse de l'avion le paralysait un peu et son cœur, qui palpitait à cause de la proximité d'Éloïse, n'arrangeait rien.

— Non, dit-il simplement.

Elle l'observa longuement et il ferma les yeux en affichant un visage aussi tendu qu'à l'aller. Devant son mal-être, Éloïse capitula et ne put s'empêcher de le rassurer. Elle posa sa main sur ses doigts crispés en avalant difficilement sa salive. Ils étaient chauds et rassurants. Les papillons dans son ventre refirent surface et la déstabilisèrent encore plus.

— Ça va aller, murmura-t-elle.

Christian ne se fit pas prier pour entrelacer ses doigts aux siens. C'était trop tentant et ça avait le mérite de détourner son attention du décollage. Ce contact l'apaisa autant qu'il le chamboula et c'était assez perturbant.

Une fois en plein vol, Christian se détendit et relâcha Éloïse à regret. Heureusement, Jessica ne semblait pas avoir remarqué leur rapprochement. Martin lui montrait sans cesse des choses à travers le hublot.

Pendant l'heure qui suivit, ils burent du café tout en parlant du contrat qu'ils avaient signé. L'ambiance était plus formelle qu'à l'aller. Sans doute parce que Christian ne savait pas comment se comporter maintenant qu'il avait embrassé Éloïse. Sans parler du fait que sa mère ait débarqué chez lui sans prévenir. Il voulait rester professionnel et éviter l'humiliation. Il n'en savait pas encore assez sur cette femme et si sa mère découvrait quelque chose qu'elle n'accepterait jamais de la part d'une future belle fille, elle leur mènerait la vie dure.

Bon sang, mais pourquoi il se projetait avec Éloïse ? Il ne fallait pas que sa mère la rencontre. C'était hors de question et bien trop prise de tête.

L'avion atterrit enfin, mettant encore une fois Christian au plus mal, malgré le soutien bienveillant d'Éloïse. Jessica et Martin quittèrent le jet en premier et Christian eut un peu de mal à retrouver ses marques. Éloïse le suivit, un peu inquiète. Néanmoins, lorsque Christian s'arrêta juste devant la porte et se tourna vers elle, son ventre se noua d'appréhension et son cœur fit une embardée.

— Pourquoi vous êtes en colère contre moi ? voulut-il savoir.

Éloïse soutint son regard en essayant de cacher les émotions qui la submergeaient.

— Parce que ce qui s'est passé hier soir n'était pas correct, dit-elle prudemment.

Christian pinça les lèvres et baissa les yeux.

— Oui, c'est vrai, lâcha-t-il dans un murmure en se détournant pour descendre du jet.

Au lieu d'apaiser Éloïse, cette conversation l'agaça un peu plus. Pourtant, elle se contint, car elle ne voulait pas faire une scène devant Jessica et encore moins devant l'hôtesse du jet qui attendait qu'ils partent.

— Pourquoi vous faites cette tête d'enterrement ? les apostropha Jessica lorsqu'ils les rejoignirent.

— Pour rien, grinça Christian. J'ai juste un peu mal au cœur.

Éloïse n'ajouta rien, bien que le regard suspicieux de la garce sans cœur la mette mal à l'aise.

Sur le trajet du retour, ils n'échangèrent pratiquement aucun mot. Mais Jessica voulut monter à l'arrière de la voiture, à côté de Martin, pour pouvoir mieux observer Éloïse et Christian. Elle sentait qu'il s'était passé quelque chose entre eux.

— Laisse-les tranquilles, chuchota Martin en l'attirant vers lui.

— Je dois savoir ! murmura Jessica. Je suis une bonne entremetteuse et tu le sais.

Martin leva les yeux au ciel.

— Occupe-toi de moi, plutôt. On dirait que les autres t'intéressent plus que moi.

— N'importe quoi, espèce de jaloux, rigola-t-elle en se détendant un peu.

Au bout d'une heure, la voiture s'arrêta devant l'appartement d'Éloïse. Elle salua brièvement Christian et les autres, toujours aussi mal à l'aise, puis récupéra ses bagages dans le coffre.

Christian aurait voulu sortir pour l'aider et, surtout, pour l'empêcher de partir, mais il n'en fit rien, préférant se comporter de la façon la plus professionnelle possible, après son attitude un peu trop cavalière de la veille. Il avait bien vu que ça n'avait pas plu à Éloïse et il le regrettait amèrement.

Après tout, il n'avait jamais eu de femme dans sa vie et, bien que Jessica lui affirme qu'il était canon, il avait du mal à s'en persuader...

Il attendit tout de même qu'Éloïse rentre dans son immeuble avant de redémarrer.

— Maintenant, dis-moi ce qui s'est passé avec Éloïse, demanda Jessica, à l'affut.

Christian hésita quelques secondes, mais finit par lui avouer la vérité, car il savait qu'elle ne le lâcherait pas.

— On s'est embrassés, hier soir…

— Et ? insista-t-elle.

Martin soupira, la laissant mener la conversation, bien que cela l'exaspère.

— Et rien, continua Christian pour couper court à ses interrogations indiscrètes.

Heureusement, le trajet jusque chez Jessica n'était pas très long et il les déposa quelques minutes plus tard. Enfin, il se retrouvait seul. Le peu de temps qu'il lui restait lui servit à se préparer mentalement avant de voir sa mère. Il l'adorait, mais elle était un peu envahissante et assez directive, l'empêchant souvent de prendre ses propres décisions.

Lorsqu'il se gara dans le parking de son entreprise, il resta encore un moment à réfléchir avant de se décider à affronter sa mère.

Un peu plus tôt dans la journée, Elizabeth lui avait envoyé un message pour savoir comment occuper sa mère durant la journée. Il lui avait conseillé de l'emmener au spa le temps qu'il arrive. Cela avait le mérite de l'éloigner de son bureau et d'éviter de dire n'importe quoi à ses employés. Il espérait qu'elle n'ait pas invité Elizabeth ou d'autres personnes, dont il n'était pas proche, à sa soirée d'anniversaire.

Avec fatalité, il se décida à rejoindre son bureau. Il marchait d'un pas pressé, appréhendant déjà. Lorsqu'il arriva devant le bureau de sa secrétaire, elle lui sourit avec chaleur.

— Bonjour, Monsieur Peterson. Votre mère ne devrait plus tarder, dit-elle joyeusement.

En retour, Christian garda son expression contrariée.

— Merci, Elizabeth. J'espère qu'elle n'a rien fait ou dit de déplacé.

— Pas du tout, Monsieur.

Christian observa Elizabeth avec une certaine gêne.

— Est-ce qu'elle vous a raconté des anecdotes embarrassantes à mon sujet ? murmura-t-il en tirant le col de sa chemise.

— Pas du tout. Juste qu'elle vous organisait une soirée d'anniversaire pour vos 30 ans.

— Est-ce qu'elle vous a invitée ? s'inquiéta encore Christian.

— Non, Monsieur. Est-ce que vous voulez que je sois là ?

Christian se dérida enfin et afficha un sourire, soulagé

— Non. Merci de vous être occupée de ma mère, je sais qu'elle n'est pas très facile.

— C'était un plaisir, Monsieur.

Sur ce, Christian lui adressa un signe de tête et se dirigea vers son bureau. Il n'eut que quelques minutes de répit avant d'entendre sa mère arriver. Elle se précipita immédiatement vers le bureau de Christian, toujours aussi rayonnante qu'à l'accoutumée.

— Mon fils ! s'exclama-t-elle aux anges, en fonçant droit sur lui.

Christian se leva pour la prendre dans ses bras.

— Bonjour, Maman.

Marie-Louise s'écarta légèrement pour le détailler de la tête aux pieds.

— Que tu es beau avec ce costume ! dit-elle avec admiration.

— Merci, Maman.

Ils passèrent le reste de la journée à parler de la fête d'anniversaire qu'elle avait organisée.

Chapitre 13

Après son voyage d'affaires plus que bizarre, Éloïse était un peu stressée de retourner travailler. Elle ne savait pas si elle allait croiser Christian, ou bien s'il l'appellerait pour réparer son ordinateur, mais cela la tourmentait bien plus que ce qu'elle avait imaginé. Une partie d'elle était impatiente de le revoir, tandis que l'autre se faisait violence pour tout oublier de leur baiser passionné.

— Est-ce que ça va ? lui demanda Toni, qui était en train de prendre son petit déjeuner.

Elle se tourna lentement vers lui.

— Oui, tout va bien, le rassura-t-elle en rassemblant ses affaires pour partir.

— C'était bien ton voyage d'affaires ? Tu ne m'as pas raconté.

Elle haussa simplement les épaules, ne voulant pas s'étaler. Son frère plissa les yeux d'un air suspicieux.

— Tu es bien plus bavarde d'habitude. Il s'est passé quelque chose ?

Avec un soupir, Éloïse s'assit à côté de son frère et but une gorgée de son jus d'orange pressé.

Il fit la moue, mais la laissa faire.

— J'ai embrassé le PDG..., grimaça-t-elle.

Entendre les mots sortir de sa bouche accentuait la gravité de la situation.

À son grand étonnement, son frère explosa de rire.

— Sérieux ?

— Je ne vois pas ce qu'il y a de drôle, bougonna-t-elle en surveillant l'heure.

Elle allait être en retard, mais elle n'arrivait pas à se décider à partir.

— Comment c'est arrivé ? demanda ensuite Toni, d'un ton plus calme.

Éloïse s'effondra sur la table, la tête posée sur ses bras croisés, fataliste.

— On a passé une soirée plutôt romantique et, au moment où il m'a dit au revoir devant la porte de ma chambre, on s'est embrassés.

— Ça ne m'a pas l'air si terrible, répliqua Toni.

Non, c'était plutôt magique…

Éloïse releva la tête vers lui, désemparée.

— C'est horrible, tu veux dire ? Le lendemain matin, c'était comme s'il ne s'était rien passé…

Comme il la fixait sans dire un mot, elle ajouta :

— Je ne sais pas comment me comporter avec lui, maintenant…

Il haussa les épaules.

— Sois comme d'habitude. Je suis sûr que tout ira bien.

Elle fit la moue, puis se décida à partir d'un pas traînant.

Lorsqu'elle entra dans le bâtiment de son entreprise, son cœur battait à tout rompre. Elle espérait secrètement croiser Christian, bien qu'elle marche à une vitesse folle pour rejoindre son bureau. Au moment d'entrer dans l'open space, elle le trouva désert. À travers la vitre de séparation, son chef lui fit signe de venir. Elle s'exécuta avec appréhension.

— Tu es en retard, commença-t-il.

— Je suis désolée.

Il hocha la tête.

— Comment s'est passé ton voyage d'affaires ?

— Très bien, c'était… intéressant, balbutia-t-elle.

— On se voit tout à l'heure pour que tu me racontes tout en détail ! En attendant, tu dois rejoindre la formation d'informatique dans la salle de réunion du premier étage.

Éloïse acquiesça, se souvenant vaguement de cette formation sur un nouveau langage informatique. Elle se dépêcha de traverser les couloirs. Lorsqu'elle arriva devant la salle, elle était complètement essoufflée. Elle toqua avant d'entrer.

Elle ne fit même pas attention aux personnes dans la pièce, tant le formateur la subjugua. Elle resta figée plusieurs secondes en le dévisageant sans retenue. Il était… à tomber par terre. Sa carrure athlétique, ses vêtements moulants, son charisme impressionnant et son expression légèrement espiègle lui arrachèrent une bouffée de chaleur.

— Bonjour, vous devez être Éloïse, dit-il avec une voix grave et chaleureuse qui lui fit de l'effet.

Elle devint toute rouge, ce qui le fit sourire.

— Oui, pardon pour le retard, balbutia-t-elle.

— Installez-vous, nous en sommes encore aux présentations. Je m'appelle Léo.

— Enchantée, murmura-t-elle.

Marie, Kelly, Juliette, Marion et Évelyne la regardèrent se précipiter vers la dernière place libre.

— Il est trop canon ! chuchota Marie, qui était juste à côté d'elle.

— Oui…

Durant toute la formation, Éloïse ne put s'empêcher de reluquer le formateur. Ses collègues n'étaient pas vraiment plus discrètes qu'elle, d'ailleurs. Léo semblait bien conscient de son charme et il en jouait beaucoup, distribuant des clins d'œil et des sourires à la moindre occasion.

Bien que ce nouveau langage soit compliqué, Éloïse et ses collègues firent de leur mieux pour apprendre. Elles voulaient toutes attirer l'attention de Léo, ce qui le faisait rire. Il avait bien compris leur manège et il avait l'habitude de plaire aux femmes.

À la pause déjeuner, ils mangèrent tous ensemble à la cantine de l'entreprise. À sa grande surprise, Léo s'installa à côté d'elle, tandis que ses collègues prenaient place autour d'eux, non sans montrer une certaine jalousie. Marie, qui s'était assise de l'autre côté de Léo, faisait tout son possible pour retenir son attention, mais il ne semblait avoir d'yeux que pour Éloïse. Elle ne comprenait pas très bien pourquoi il lui montrait tant d'intérêt, mais ça avait le mérite de lui faire oublier Christian. Cela lui procura un certain soulagement.

Il était vrai que ce matin, elle s'était maquillée et habillée de façon plus féminine que d'habitude. C'était sûrement pour cela que Léo la regardait de cette façon. Éloïse savait qu'elle était belle lorsqu'elle faisait un peu attention à elle, mais elle n'avait jamais pris au sérieux les hommes qui la contemplaient. À vrai dire, elle n'avait jamais eu le temps pour ça...

L'après-midi se déroula à peu près de la même façon que la matinée, si ce n'était que Léo taquinait Éloïse de plus en plus. Elle riait beaucoup, pour le plus grand dam de ses collègues, qui rêvaient d'avoir le même traitement.

À la fin de la journée, Marie prit son temps pour ranger ses affaires, sans doute voulait-elle passer quelques minutes de plus avec leur formateur.

— Bonne soirée, Éloïse, l'apostropha Léo quand elle quitta la pièce.

Elle se retourna timidement.

— Merci, bonne soirée également.

Elle jeta un bref regard vers Marie qui semblait s'apprêter à inviter Léo, alors elle s'en alla le plus vite possible. Juste avant de partir, elle se rappela que son supérieur voulait un compte rendu de son voyage d'affaires. Elle le rejoignit donc, à contrecœur. Après ce qui s'était passé avec Christian, il lui était difficile de marcher dans les couloirs de la société. Elle était toujours à l'affut, se préparant à le croiser n'importe quand. À chaque fois qu'elle croisait un homme, son cœur s'accélérait subitement.

Au final, elle ne savait plus si elle était impatiente de revoir Christian ou si elle avait juste peur de se confronter à lui.

— J'espère que la formation était intéressante, l'accueillit Mathieu.

Son ton était plein de sous-entendus, ce qui fit sourire Éloïse.

— Oui, vraiment très intéressante, rigola-t-elle. Je suis sûre que c'est toi qui as choisi le formateur.

Mathieu pouffa.

— J'aurais pu, en effet. Alors, raconte-moi tout ?

Il lui présenta la chaise en face de son bureau et elle s'installa confortablement. Mathieu lui proposa même des M&M's avec un thé.

— Eh bien, c'était sympa mais, entre nous, ça ressemblait plus à une virée entre amis qu'à un voyage d'affaires.

Mathieu écarquilla les yeux de surprise.

— Ah bon ?

— Oui, et Jessica m'a traînée dans des magasins de haute couture. C'était... drôle, en fait. J'ai bien aimé.

Il hocha lentement la tête.

— À ce propos. Il paraît que la garce sans cœur t'a à la bonne. Elle ne voulait pas être la seule fille du voyage, d'après ce que j'ai entendu.

— Oui, c'est ce qu'elle m'a dit aussi..., marmonna Éloïse, sans vraiment être convaincue.

— Bon, le mystère est résolu, alors ! se réjouit Mathieu.

— Oui, on dirait bien, répliqua Éloïse en terminant son thé.

Elle se leva ensuite pour le saluer.

— À demain.

— Oui, à demain. Et ne sois pas en retard, cette fois.

Éloïse leva les yeux au ciel, car, d'ordinaire, elle n'était jamais en retard.

À cette heure-ci, il n'y avait presque plus personne dans les bureaux. Elle se hâta de rejoindre le parking, espérant attraper le prochain bus pour rentrer chez elle. Elle était à deux pas du portail lorsqu'une voiture s'arrêta à côté d'elle.

— Je te ramène ? proposa Léo, tout sourire.

Elle marqua un temps d'arrêt, se demandant si c'était une bonne idée d'accepter. Après tout, elle ne le connaissait pas et il semblait draguer toutes les filles qu'il rencontrait. En fait, le plus gros problème, c'était qu'il lui plaisait beaucoup et qu'elle avait du mal à cacher l'effet qu'il lui faisait. Elle se sentait tellement idiote en sa présence...

— Heu...

Une autre voiture s'arrêta juste derrière celle de Léo. Elle la reconnut immédiatement et son cœur s'emballa frénétiquement. Christian en sortit, dégageant son grand corps massif en se mettant debout. Il reboutonna la veste de son costume et s'approcha d'eux.

— Un problème, Éloïse ? demanda-t-il avec inquiétude.

— Heu..., répéta-t-elle, complètement prise au dépourvu.

— Je proposais juste de la ramener chez elle, intervint Léo.

La mâchoire de Christian se contracta et son regard se fit implacable lorsqu'il posa les yeux sur le formateur.

— Je m'en charge. C'est sur mon chemin.

Éloïse observa les deux hommes, complètement ahurie par la tournure que prenait la situation.

— Vous venez, Éloïse ? demanda Christian d'un ton un peu trop sec.

— Je ne sais pas, Monsieur Peterson…, le provoqua-t-elle en le dévisageant.

Ils ne se quittèrent pas des yeux. La tension était palpable.

— Je me disais qu'on pourrait prendre un verre pour se détendre, si ça te tente, renchérit Léo.

Éloïse reporta son attention sur lui et avisa son visage chaleureux et plein de malice. Rien à voir avec la mine sombre et peu avenante de son patron.

— C'est d'accord, dit-elle en se précipitant pour monter dans la voiture.

Elle attacha sa ceinture et il démarra, laissant Christian seul sur le parking de son entreprise. Il n'aurait jamais cru qu'Éloïse puisse refuser sa proposition. La colère bouillonnait dans son ventre. Il avait envie de tout casser autour de lui. Il connaissait bien Léo et il savait comment il fonctionnait. Jessica aussi le connaissait bien, d'ailleurs… Ils avaient eu pas mal de rendez-vous sulfureux.

Penser qu'Éloïse pourrait coucher avec ce mec le mettait dans une rage folle. Avant de rencontrer cette fille, il n'avait jamais éprouvé de sentiments aussi violents et il avait du mal à le supporter. C'était un peu comme s'il devenait fou en sa présence. Il avait été à deux doigts de sortir Léo de sa voiture pour lui casser la figure.

Heureusement, il avait réussi à se retenir. Le comble, c'était que Christian détestait la violence et ça le déstabilisait encore plus.

Avec inquiétude, il retourna dans sa voiture et démarra en trombe pour suivre Léo et Éloïse. Il ne savait pas ce qu'il lui prenait, mais c'était plus fort que lui. Il se devait d'intervenir et d'empêcher Éloïse de sortir avec ce mec.

Sur le chemin, son téléphone sonna et le kit mains libres s'enclencha automatiquement.

— Tu rentres bientôt, mon chéri ? s'enquit sa mère avec joie. Je suis en train de préparer le dîner et ta cousine est là avec sa charmante copine.

— Maman… j'ai une course à faire…, bégaya-t-il.

— Oh, tu vas m'apporter un joli bouquet de fleurs, comme tu le faisais si souvent avant ?

Et merde !

— Oui, bien sûr, capitula Christian en sentant son ventre se nouer d'impuissance. J'arrive dans quelques minutes.

Résigné, il arrêta sa filature et prit la direction du fleuriste pour acheter une composition florale à sa mère. Il était complètement dépité et il ne comprenait pas pourquoi ça le rendait si triste de savoir Éloïse avec un autre homme.

*****

Éloïse avait bien fait d'accepter l'invitation de Léo à boire un verre. Ils étaient tous les deux assis à une table dans un pub sympathique et la musique rock en fond lui plaisait beaucoup. Ils étaient proches et Léo n'arrêtait pas de flirter avec elle, ce qui la faisait sourire. D'ailleurs, elle n'arrivait pas à s'arrêter de lui sourire, telle une groupie sous son charme.

Il but une gorgée de sa bière, sans la quitter des yeux. Ensuite, il attrapa ses doigts et les observa en caressant sa peau.

— Tu as de très jolies mains, dit-il en lui procurant de délicieuses caresses.

— Merci.

Éloïse était aux anges. Son corps réagissait à chaque fois que Léo lui parlait ou la touchait et elle n'en pouvait plus de se retenir de lui sauter dessus. Ça ne lui était jamais arrivé mais, après tout, pourquoi se retenir ? La vie était trop courte. Même si le baiser de Christian continuait de la hanter, elle faisait de son mieux pour l'oublier, surtout quand elle voyait comment il se comportait avec elle. Il était tellement froid lorsqu'il endossait son rôle de PDG que c'en était déstabilisant.

— Est-ce que tu veux venir chez moi ? proposa Léo, en affichant un sourire plein de promesses.

Un frisson d'excitation la traversa.

— Je ne sais pas si c'est une bonne idée…

— Si tu penses au boulot, on fera comme si de rien n'était, pour éviter les rumeurs.

Éloïse hocha lentement la tête. Elle avait tellement envie de lâcher prise qu'elle ne se posa pas plus de questions.

— D'accord, murmura-t-elle avec un sourire plein de timidité.

Léo se leva en tirant doucement sur son bras, un sourire rayonnant aux lèvres.

— Viens, lui dit-il en l'entraînant avec lui jusqu'à sa voiture.

Ils roulèrent dans un silence tendu. La tension montait en flèche et Éloïse avait du mal à se retenir de le toucher tant elle était impatiente d'arriver.

— Tu vis à l'hôtel ? s'étonna-t-elle lorsqu'il se gara devant un établissement quatre étoiles.

Léo grimaça.

— En fait, je suis en déplacement. Je n'habite pas dans la région.

— Ah…, lâcha Éloïse, déçue.

Ils traversèrent le hall en continuant leur conversation.

— Tu restes combien de temps ? demanda-t-elle, un peu anxieuse.

Cette fois, elle pensait que ce serait différent. Elle en avait assez de ces relations sans lendemain. Avant, cela lui suffisait, car elle n'avait pas le temps pour quelqu'un dans sa vie, mais, à présent, elle voulait que ça change. Malgré son souhait d'entamer une relation avec Léo, une partie d'elle, qu'elle essayait d'ignorer, ne pensait qu'à Christian...

— Une semaine. Juste le temps de la formation. Ensuite, je retourne dans le sud.

Il lui adressa un sourire contrit.

— Ça pose un problème ? enchaîna-t-il, en glissant ses mains autour de la taille d'Éloïse et en la poussant doucement contre la porte de la chambre.

Ses lèvres étaient bien trop proches des siennes et cette attirance irrésistible l'empêcha de réfléchir.

— Non, souffla-t-elle. Je suppose que non, mais… j'aurais préféré être au courant…

Et il l'embrassa passionnément. Il ouvrit la porte et la poussa à l'intérieur, jusqu'au lit. Éloïse suivit le mouvement, complètement chamboulée par les sensations qui la traversaient. Elle était tellement excitée que son corps en tremblait. Elle ne savait pas si c'était à cause du baiser de Christian ou simplement le fait de l'avoir vu dans le parking tout à l'heure, mais elle n'en pouvait plus et Léo était vraiment attirant. Il se déshabilla, lui offrant une vue imprenable sur sa silhouette musclée. Elle ne perdit pas une minute pour en faire de même. Puis, il s'allongea sur elle et l'embrassa encore. Il était doux et attentionné.

Ce moment hors du temps lui procura des sensations extraordinaires. Léo était un bon amant. Il était beau, gentil et drôle. Mais elle savait que ce genre de relation ne menait à rien et cela la rendit un peu triste.

Après avoir pris leur pied, ils s'allongèrent l'un contre l'autre. Léo enlaça Éloïse et se cala contre son flanc.

— Tu peux rester dormir, murmura-t-il contre son oreille.

Elle aurait voulu protester, car elle n'avait aucune affaire de rechange, mais elle se sentait tellement bien qu'elle n'eut pas la force de partir. En réalité, elle n'avait pas souvenir d'avoir déjà passé toute une nuit avec un homme. Alors, elle choisit d'en profiter et de se faire plaisir.

— D'accord.

Léo l'embrassa tendrement avant de s'endormir en la tenant serrée contre lui, ce qui fit naître un sourire sur les lèvres d'Éloïse. Elle n'avait jamais été traitée avec autant de prévenance.

Chapitre 14

Christian avait passé une nuit blanche. Sa mère avait investi sa maison et Zoé et Kristen squattaient son salon. Il n'osait plus sortir de sa chambre, car il n'avait même plus l'impression d'être chez lui.

— Le petit déjeuner est servi ! s'écria Marie-Louise en toquant à sa porte.

Il grogna.

— J'arrive, Maman…

Cela faisait à peine deux jours que sa mère était là et il n'en pouvait déjà plus. En plus, il avait passé la nuit à imaginer Éloïse et Léo ensemble et ça le mettait dans une humeur massacrante. Sa colère s'accentua encore lorsqu'il avisa le bouquet de roses qu'il avait été obligé d'acheter à sa mère.

— Quelque chose ne va pas, mon chéri ? s'enquit cette dernière.

Christian attrapa une tasse de café et en but une gorgée pour tenter de garder son calme.

— C'est un ours grognon le matin, se moqua Zoé en lui adressant un sourire provocateur.

— Oui, il râle souvent le matin, ajouta Kristen en pouffant.

Christian les fusilla du regard.

— Je suis à deux doigts de vous mettre à la porte, les menaça-t-il.

— Christian, enfin ! le rabroua sa mère, outrée. Tu ne devrais pas parler de cette façon à ta cousine.

— Mmm, grogna-t-il encore.

Il savait qu'il n'aurait pas gain de cause s'il tentait d'argumenter, alors il se tut. Toutefois, sa poitrine était tellement comprimée qu'il décida de passer chez Éloïse, même si c'était complètement débile. Il reposa brusquement sa tasse sur le comptoir.

— J'ai un truc urgent à faire, dit-il en se précipitant dans sa chambre pour s'habiller.

Sa mère l'interpella au moment où il réapparut.

— Ton travail peut attendre lundi. C'est ton anniversaire, tu devrais te reposer un peu.

— Ce…ce n'est pas pour le travail, bégaya-t-il, malgré lui.

Sa mère le dévisagea et il lui attrapa les bras avec une réelle affection.

— Maman, s'il te plaît. Je n'en ai pas pour longtemps.

Elle acquiesça, bien qu'elle ait envie de le questionner un peu plus.

— Il va voir une fille, lâcha Kristen en rigolant.

Christian se retint de l'étrangler et se précipita vers la sortie pour éviter un interrogatoire en règle.

Une fois dans sa voiture, il prit une grande inspiration. Durant tout le trajet, il se sentit oppressé. Il ne comprenait pas très bien pourquoi il faisait tout ça. Il savait que son comportement était limite et que ça pouvait passer pour du harcèlement, mais il n'arrivait pas à s'en empêcher.

Il se gara devant l'immeuble d'Éloïse, puis sortit au pas de course. Devant l'interphone, il chercha son nom puis appuya sur la sonnette.

— Oui ? lui répondit une voix d'homme.

Christian se figea un instant, confus. Peut-être qu'Éloïse n'était pas célibataire ? Cette éventualité lui vrilla l'estomac.

— Allô ? répéta la voix.

— Oui… heu… Est-ce qu'Éloïse est là ? demanda-t-il, sans savoir ce qu'il lui dirait s'il la voyait.

Il n'avait aucune excuse plausible à lui fournir.

— Et vous êtes ?

— Heu… c'est Christian… Peterson…

— Ah, son patron ?

— Oui…

— Elle n'est pas rentrée, hier soir. Est-ce que vous voulez lui laisser un message ?

Bon sang ! Ses pires craintes se confirmaient.

— Il y a une fête, ce soir… Je n'ai pas eu le temps de lui en parler, lâcha-t-il sans réussir à se retenir.

Mais qu'est-ce qu'il était en train de faire ?

— Très bien, je lui dirais.

— Merci. Dites-lui de regarder ses mails pour avoir toutes les informations.

Christian secoua la tête, dépité, en regagnant sa voiture. Il se laissa choir dans son siège, sans réussir à prendre une décision. Puis, après plusieurs minutes de réflexion, il appela Jessica.

— Hello ! dit-elle, joyeusement, en décrochant.

— On peut se voir ?

— Oh, quelque chose ne va pas ? Quelqu'un est mort ? s'inquiéta Jessica qui n'avait jamais entendu autant de désespoir dans la voix de son patron.

— Jess…, supplia-t-il.

— OK. Viens chez moi.

Il hocha la tête et raccrocha. Avec tristesse, il conduisit jusque chez Jessica. Il n'arrivait pas à gérer ce qu'il ressentait et il ne savait toujours pas qui était l'homme qui lui avait répondu à l'interphone. Tout ça le minait affreusement.

Une fois devant la porte d'entrée, il toqua et attendit que quelqu'un lui ouvre.

— Eh bien, eh bien, mais qu'est-ce que c'est que cette tête ? Ta mère est si embêtante que ça ?

— C'est à propos d'Éloïse, se lamenta Christian.

Jessica sourit et l'invita à entrer.

— Elle n'est pas rentrée chez elle, hier soir, et elle est partie avec Léo…

— Mais tu l'espionnes, ma parole ! rigola Jessica en s'installant sur son canapé.

— Non, je…

Il pinça les lèvres avant de reprendre.

— Oui, peut-être un peu, grimaça-t-il. Et je ne sais même pas qui est ce type qui a répondu à son interphone…

— Bon, donne-moi une minute.

Christian fronça les sourcils en voyant Jessica sur son portable. À sa grande surprise, elle appela un numéro.

— Salut, Léo. Comment tu vas ?

— Raccroche tout de suite ! chuchota Christian, hors de lui.

Il se jeta sur elle pour essayer de lui arracher son téléphone des mains, mais elle réussit à continuer sa conversation.

— Est-ce que par hasard, tu serais avec Éloïse ? demanda-t-elle alors.

Christian faillit péter les plombs.

— Je vois, continua Jessica. Si ça vous tente, il y a une fête, ce soir.

Elle donna l'adresse de la soirée d'anniversaire de Christian puis elle raccrocha.

— Problème résolu, se réjouit-elle.

Christian était fou de rage. Bien qu'il eût eu la même idée un peu plus tôt, en aucun cas, il ne voulait que Léo accompagne Éloïse à sa soirée !

— Je ne vois pas en quoi ça résout le problème ! s'énerva-t-il.

Jessica le toisa, comme s'il était bête.

— Si mes souvenirs sont bons, vous vous êtes embrassés en Écosse ? C'est que tu lui plais. Donc, tu vas te faire beau et redevenir ce mec cool, que tu lui as montré en voyage, pendant ta soirée et pas ce PDG coincé que tu adores incarner quand tu es au boulot !

— Si elle est avec Léo, je n'ai aucune chance...

Elle l'observa avec un peu plus de sévérité.

— Il sera bientôt reparti. En plus, il n'est pas célibataire. Je suis sûre qu'Éloïse ne sera pas ravie d'apprendre qu'il a une femme et une petite fille de 2 ans...

Christian en tomba presque des nues.

— Il a une femme et un enfant ? s'étonna-t-il, abasourdi. Mais, pourquoi ? Il trompe sa femme... ?

Jessica rigola.

— Tu es tellement naïf que c'en est presque mignon, répliqua-t-elle.

Il la dévisagea.

— Toi aussi, tu trompes Martin ?

— Quoi... ? Bien sûr que non ! J'ai toujours été quelqu'un de fidèle et d'honnête.

— Mmm, il me semble pourtant que tu as brisé beaucoup de cœurs...

Jessica croisa les bras sur sa poitrine, outrée.

— Ils savaient tous à quoi s'en tenir ! Je n'ai jamais caché que je voulais uniquement prendre du bon temps.

— Très bien, capitula Christian, soulagé.

— Bon, reprit Jessica. Pour commencer, on va faire un tour dans ta garde-robe pour voir ce qui t'irait le mieux.

Elle partit vers la porte d'entrée, ce qui prit Christian au dépourvu.

— Je ne t'emmènerai pas chez moi.

Elle leva les yeux au ciel.

— Tu veux sortir avec Éloïse, oui ou non ?

— Je ne vois pas le rapport, répliqua-t-il en croisant à son tour les bras sur sa poitrine.

Dans cette position, Christian était vraiment imposant.

— Ne me prends pas de haut ! s'insurgea Jessica. Si tu veux que je t'aide, tu vas devoir faire exactement ce que je te dis.

Il ferma les yeux, un bref instant, et soupira. Après tout, quelle autre alternative avait-il ?

— Zoé et Kristen sont avec ma mère, lâcha-t-il enfin.

— Je vois, rigola Jessica. Eh bien, il n'y aura qu'une femme supplémentaire pour t'enquiquiner.

— Et pas des moindres, râla Christian.

Jessica plissa les yeux, mais ne releva pas. Après avoir informé Martin qu'elle partait en mission pour rendre leur PDG présentable pour la soirée, elle suivit ce dernier jusqu'à sa voiture.

Ils roulèrent en silence. Christian était bien trop préoccupé par ce qui allait arriver ce soir, lorsqu'il verrait Éloïse et Léo ensemble. Rien que cette éventualité lui mettait les nerfs en pelote.

— Détends-toi, l'encouragea Jessica lorsqu'ils se garèrent enfin. On dirait que tu vas à l'abattoir.

— On n'en est pas loin…, bougonna-t-il en sortant de son véhicule, Jessica sur les talons.

Elle pouffa.

— Tu n'exagères pas un peu, là ? C'est vrai que Kristen et Zoé sont des emmerdeuses, mais ta mère est adorable.

Il ronchonna sans rien ajouter.

Lorsqu'ils entrèrent dans l'appartement, Marie-Louise, Kristen et Zoé étaient toutes les trois sur le canapé, en train de discuter en buvant un verre.

— Mon chéri ! s'exclama Marie-Louise en voyant Christian.

Elle se leva pour aller saluer Jessica.

— Comme tu es belle, dit-elle en la serrant dans ses bras.

— Merci, répondit Jessica, tout sourire.

Si la mère de Christian était accueillante avec Jessica, il en fut tout autre de la part de Kristen et Zoé qui ne pouvaient pas l'encadrer. Sans doute à cause du mal qu'elle avait fait à Kevin…

Indépendamment de cela, Zoé éprouvait une jalousie atroce envers elle, car elle savait que Kevin était toujours amoureux de cette femme et ça lui brisait le cœur. Elle ne savait plus comment lui faire oublier cette pétasse blonde pour qu'il s'intéresse enfin à elle.

En bonne copine, Kristen était de son côté, bien qu'elle n'ait aucune raison valable de la détester. Enfin, si on omettait le fait qu'elle avait transformé Kevin en loque humaine pendant de longs mois, mettant leur groupe de musique en péril. Il avait été tellement mal qu'il était resté dans son lit, tel un ermite, en pleurant sur son sort sans réussir à remonter la pente. Tous les membres du groupe avaient usé de beaucoup de patience pour le sortir de son horrible dépression et il semblait encore un peu fragile sous ses airs de gros dur.

Zoé ne demandait qu'à le réconforter et lui montrer son amour inconditionnel et durable, mais il ne la voyait pas… Il ne l'avait jamais vue, bien qu'elle soit l'une des femmes les plus belles du monde et qu'elle fasse la couverture de plusieurs magazines féminins, au même titre que Kristen.

— Pourquoi tu l'as ramenée ?! râla Zoé en lui jetant un regard noir.

Jessica toisa la cousine de Christian et la prit de haut lorsqu'elle répondit.

— Parce que c'est une urgence. Bien que Christian soit entouré de femmes, il a préféré m'appeler pour résoudre son problème, lâcha-t-elle d'un ton condescendant qui mit Christian dans un malaise sans nom.

— Jessica ! la rabroua-t-il en lui attrapant le coude pour l'emmener au plus vite dans sa chambre.

— Quoi ?! hurla Zoé en commençant à se lever pour se jeter sur Jessica. Espèce de...

Christian s'interposa et cacha Jessica derrière lui.

— Elle dit toujours n'importe quoi, tu sais comment elle est..., intervint-il.

— Comment ça ? s'insurgea Jessica en se penchant pour le fusiller du regard.

— Jessica, la ferme, s'il te plaît !

En général, on ne mettait pas « s'il te plaît » derrière « la ferme » mais, avec Jessica, Christian prenait toujours des pincettes, car elle était imprévisible. En fait, il la voyait un peu comme une bombe nucléaire, prête à exploser à tout moment. Mais il avait aussi besoin d'elle la plupart du temps. Cela l'obligeait à faire des compromis qui lui faisaient des nœuds au cerveau et c'était parfois épuisant.

— Quelle est cette urgence qui t'a poussé à l'appeler ? questionna Kristen qui avait rejoint sa copine, tandis que Marie-Louise les observait.

Zoé était toujours furax, mais Christian avait suffisamment de charisme et d'autorité sur sa cousine pour qu'elle l'écoute et maîtrise sa colère.

— Je ne veux pas en parler, répliqua-t-il d'un ton sans appel. Maintenant, laissez-moi avec Jessica. Nous devons discuter en privé.

S'en suivit une bataille de regards entre lui et sa cousine. Christian connaissait l'aversion de Zoé à l'égard de Jessica et ça lui était complètement sorti de la tête à cause d'Éloïse.

— Pourquoi elle ? insista Zoé, vexée.

— Parce que je suis son amie ! ajouta Jessica avec aplomb.

— Même si c'est une véritable emmerdeuse, je dois reconnaître qu'elle a raison, grimaça Christian en réalisant qu'il la considérait comme telle.

— Je ne suis pas une emmerdeuse ! s'écria Jessica derrière lui.

Mais il l'ignora et Jessica n'insista pas, car elle ne voulait pas envenimer les choses. Bien qu'elle ait un caractère fort - oui, bon, plutôt de lionne enragée - pour une fois, elle ne préférait pas embarrasser Christian plus qu'il ne l'était déjà. Et il lui en fut vraiment reconnaissant.

— Est-ce que ça concerne une fille ? voulut savoir Kristen qui semblait impatiente de connaître les détails.

Christian garda les lèvres closes et son expression resta impassible.

— Oh, allez !! Dis-nous au moins ça, s'il te plaît ? couina Kristen.

— Si je réponds, est-ce que vous cesserez de m'inviter à toutes ces sorties débiles ? Vous arrêterez de me présenter toutes vos copines en me faisant passer pour un adolescent prépubère ?

Jessica pouffa derrière lui et Kristen leva les yeux au ciel, tandis que Zoé continuait de le fixer avec colère.

— C'est d'accord, approuva Kristen, ce qui lui valut un regard mécontent de Zoé.

Elle haussa simplement les épaules et Zoé se calma enfin.

— Oui, répondit Christian avant de se retourner pour attraper Jessica par le bras et l'entraîner le plus vite possible dans sa chambre.

— « Oui » quoi ? cria Kristen derrière lui, mais il l'ignora et pria pour qu'elle ne les suive pas.

Une fois qu'ils furent à l'intérieur de sa grande chambre, il claqua la porte derrière lui et lâcha un soupir de soulagement.

— Je ne suis pas une emmerdeuse, l'attaqua Jessica en le toisant, les bras croisés sur sa poitrine.

— Si, Jess, tu es une véritable emmerdeuse. Mais on s'y fait et on finit par t'apprécier pour ça, justement.

Elle plissa les yeux en le dévisageant.

— Est-ce que c'est un compliment ?

Christian ne sut pas trop quoi lui répondre, mais il fallait qu'il trouve une parade pour ne pas déclencher une énième crise. Il haussa simplement les épaules, en priant pour qu'elle s'en contente. Heureusement, elle soupira et se tourna vers son dressing en commençant à fouiller dedans, ce qui le détendit un peu.

— Bon, ça, ça m'a l'air pas mal, continua Jessica en sortant de la penderie un pantalon gris et un T-shirt à manches longues blanc ainsi qu'un pull ivoire à grosses mailles.

Christian détailla la tenue puis afficha progressivement un sourire satisfait.

— OK, dit-il. Je te laisse rejoindre le salon pendant que je me change.

Elle posa les vêtements sur le lit puis croisa les bras sur sa poitrine, son geste favori apparemment.

— Tu ne vas quand même pas me laisser seule avec Zoé et Kristen ? Elles me détestent.

— N'oublie pas ma mère, soupira Christian. Elle t'adore et je ne m'inquiète pas particulièrement pour toi. Je crois que tu as ce qu'il faut pour te défendre, le cas échéant.

Il ponctua sa phrase par un petit clin d'œil moqueur, ce qui ne plut pas du tout à Jessica. Elle plissa les yeux avec méfiance.

— Qu'est-ce que je suis censée comprendre ?

Christian se retint de lever les yeux au ciel.

— Rien, mais sois gentille avec elles, s'il te plaît, et laisse-moi me changer.

— Vraiment ? Je ne peux pas rester ? minauda-t-elle.

Christian la dévisagea, l'air choqué.

— Ne me dis pas que tu es en train de recommencer ? Je n'ai pas l'intention de te montrer la moindre parcelle de mon corps ! Non seulement je ne suis pas un exhibitionniste, mais tes allusions me mettent franchement mal à l'aise, Jess. Alors, arrête ça tout de suite !

— Bon... très bien..., râla-t-elle en sortant enfin de la chambre.

Avant que la porte ne se referme derrière elle, Christian enchaîna.

— J'espère que c'était la dernière fois, parce que Kevin n'apprécie pas du tout tes manières et je suis sûr que Martin ne sera pas ravi s'il vient à l'apprendre...

Les yeux de Jessica s'ouvrirent en grand, comme si elle était paralysée par la peur, tout à coup. Cette fois, Christian ne se laissa pas impressionner et ferma la porte avant qu'elle ne reprenne ses esprits.

Lorsque Jessica rejoignit le salon, elle fut confrontée aux regards noirs de Zoé et de Kristen, comme elle s'y était attendue. Toutefois, Marie-Louise fit de son mieux pour atténuer l'ambiance hostile qui régnait dans la pièce. Heureusement,

Christian ne mit pas longtemps à les rejoindre, habillé avec les vêtements que Jessica avait choisis.

Elles le dévisagèrent toutes en le voyant si beau et charismatique.

— Comme tu es beau, mon fils ! s'exclama Marie-Louise en se précipitant vers lui.

— Maman…, râla Christian pour la forme.

Néanmoins, il ne put s'empêcher de sourire, ce qui provoqua un sentiment de bonheur et de fierté à Jessica. Zoé et Kristen se radoucirent un peu en comprenant que ceci était l'œuvre de leur ennemie. Après tout, c'était l'anniversaire de Christian et elles pouvaient bien faire une petite trêve pendant la soirée.

Jessica rentra chez elle peu de temps après, tandis que Marie-Louise, Zoé et Kristen commençaient à retourner son appartement pour se préparer. Pour retrouver un peu de calme, Christian préféra se réfugier chez Kevin.

Chapitre 15

Avec assurance, mais aussi une certaine anxiété, Christian arriva enfin à la salle des fêtes, où tout avait été organisé pour qu'il passe une belle soirée, en compagnie de sa famille et de ses amis. Kevin avait fait un énorme effort vestimentaire et arborait un jean, une chemise blanche et une veste de costume. Christian l'avait rarement vu aussi classe et cela lui fit chaud au cœur.

Il y avait déjà quelques personnes. Elles vinrent le saluer immédiatement en lui souhaitant un bon anniversaire. Christian les remercia avec bonne humeur, bien que son ventre soit un peu noué à l'idée de voir Éloïse débarquer avec Léo…

Bizarrement, quand il remarqua Jessica et Martin le rejoindre, il en fut soulagé. Il ne savait pas pourquoi il mettait tant d'espoir dans cette furie blonde incontrôlable mais, jusqu'à maintenant, elle avait été plutôt compatissante avec lui.

La musique d'ambiance était agréable et son petit groupe d'amis s'installa au centre de la grande table en U. La piste de danse se trouvait au milieu et le DJ était placé en face de l'invité d'honneur. Christian, donc. Un bar accueillait les invités sur un côté de la pièce et un grand buffet lui faisait face, à l'opposé. Tout le monde avait l'air de bien s'amuser et l'alcool coulait à flots. L'ambiance était chaleureuse et conviviale, tandis que la famille de Christian et ses plus proches amis se mélangeaient et s'amusaient ensemble.

Malgré l'absence d'Éloïse, Christian passait une agréable soirée. Sa mère n'était jamais loin pour s'assurer qu'il avait tout ce dont il avait besoin. Jessica, Martin, Charline et Lisandro dansaient au centre de la piste en improvisant des chorégraphies toutes plus farfelues les unes que les autres. Kristen et Kevin parlaient musique, tandis que Zoé se languissait d'attirer l'attention de ce dernier.

Malgré l'heure avancée, Christian rêvait toujours de voir Éloïse arriver. Il guettait sans cesse les doubles portes de l'entrée avec l'espoir de la voir, dans une magnifique robe de soirée. Mais plus les heures passaient, plus ses espoirs se réduisaient à néant. Malgré le manque de sa présence, une part de lui fut soulagée de ne pas la voir avec Léo.

— Pourquoi tu as l'air si déprimé ? le questionna Jessica, légèrement essoufflée par sa danse endiablée avec Martin.

Christian leva les yeux de son verre de punch pour la regarder d'un air vague.

— Éloïse ne viendra pas…

— Oh, bon sang, Christian ! s'agaça-t-elle. C'est ton anniversaire et tu as intérêt à t'amuser, sinon, tu auras affaire à moi. Et à ta mère ! Allez, viens danser avec nous.

Il pinça les lèvres et ferma les yeux un bref instant comme pour se donner du courage. Puis, il se leva et suivit Jessica. Bien qu'il ne sache pas vraiment danser, il se contenta de faire ce pas universel dont il s'était déjà servi au pub, la dernière fois. Et, contre toute attente, il commença à s'amuser et à sourire en se déchaînant sur la musique avec ses amis.

Au bout de plusieurs autres verres de punch, Christian se sentait complètement désinhibé. Il balaya la salle du regard et rencontra celui d'une magnifique blonde. Sans même réfléchir, il lui sourit et se fraya un chemin jusqu'à elle.

— Éloïse…, balbutia-t-il, l'esprit embrouillé par l'alcool.

— Salut, lui sourit-elle. Et bon anniversaire…

— Salut, répondit Christian, un peu éméché.

Ils commencèrent à danser et Christian fut bien plus entreprenant que d'habitude. Il se laissa porter par la musique et par la proximité de cette femme qui lui faisait tourner la tête. Elle sentait bon et provoquait en lui des sensations qu'il avait longtemps réprimées.

Lorsque la musique suivante joua les premières notes d'un slow, Christian attrapa la jolie blonde par la taille et la ramena tout contre lui. Elle ne se fit pas prier pour s'accrocher à son cou et poser la tête contre son épaule. Il savoura ce moment, se sentant dans un état de béatitude et d'excitation qu'il avait rarement ressenti.

La main de Christian remonta le long du dos de la jeune femme, pour se poser sur sa nuque. Puis, il s'écarta légèrement d'elle pour croiser son regard d'un bleu intense. Elle lui sourit avec chaleur et il l'embrassa. C'était un baiser aussi doux que savoureux qui transmettait toute la retenue et le désir de Christian. La blonde agrippa le T-shirt de Christian et lui rendit son baiser avec avidité.

*****

En se réveillant le lendemain matin, Christian eut l'impression qu'un étau lui enserrait le crâne. C'était bien la première fois qu'il buvait autant. Il mit un peu de temps à comprendre où il se trouvait. Surtout quand il découvrit une tête blonde contre sa poitrine. Une femme était allongée dans son lit, à moitié sur lui ! Ce n'était jamais arrivé et son cœur s'emballa frénétiquement.

— Éloïse ? chuchota-t-il en retenant son souffle.

Il n'avait que de vagues souvenirs de la soirée et il ne se rappelait pas avoir ramené quelqu'un chez lui…

La tête blonde bougea et la femme se releva pour lui adresser un regard ensommeillé.

— Salut, sourit-elle. Tu m'as appelée comme ça toute la soirée et je trouvais ce prénom tellement joli que je n'ai pas cherché à te corriger, mais je m'appelle Anna.

Christian se figea en la dévisageant. Elle était belle et ses traits lui rappelaient un peu ceux d'Éloïse, mais ses yeux n'étaient pas de la même couleur. Comment avait-il pu se tromper à ce point ? À cet instant, il se promit de ne plus jamais boire !

Il se redressa d'un coup pour s'adosser à la tête de lit.

— Est-ce qu'on a… ? balbutia-t-il en avalant difficilement sa salive et en remarquant qu'ils étaient tous les deux nus dans son lit.

Elle fronça les sourcils, puis son expression s'adoucit.

— Tu étais ivre au point de tout oublier ? rigola-t-elle.

— Bordel ! jura Christian en se prenant la tête dans les mains.

— Quelque chose ne va pas ? s'inquiéta Anna.

Christian pinça les lèvres sans oser la regarder.

— C'est juste que… c'était… ma première fois et je ne m'en rappelle pas…

Anna se figea en le dévisageant.

— Quoi… ? lâcha-t-elle abasourdie. Pourtant, tu étais si…

C'est à cet instant que Marie-Louise toqua à la porte de la chambre, coupant leur conversation.

— Le petit déjeuner est servi ! s'exclama-t-elle joyeusement.

— Bordel, jura encore Christian en sachant pertinemment que sa mère allait en faire des tonnes en voyant Anna avec lui.

Vu son ton joyeux, elle devait déjà être au courant, d'ailleurs…

— Bon… Je suppose qu'on ne sort pas ensemble, alors…

Il lui jeta un regard lourd de sens et ils se fixèrent un long moment. Sa migraine ne l'avait toujours pas quitté et il ne savait pas s'il allait pouvoir résister encore longtemps à la douleur.

Même s'il avait eu les idées claires, Christian n'aurait pas du tout su quoi répondre à ça. Est-ce qu'il avait envie de sortir avec cette femme ? Peut-être juste pour essayer, mais elle ne faisait pas battre son cœur, contrairement à Éloïse, et il trouvait injuste de lui mentir. De plus, Christian se voyait mal coucher avec elle de temps en temps, ce n'était pas dans son tempérament.

— Je n'ai pas le temps pour tout ça…, marmonna-t-il en se levant enfin pour enfiler un caleçon et un peignoir.

Sa tête le fit souffrir un peu plus et il s'arrêta une seconde pour ne pas perdre l'équilibre. Il avait conscience que son comportement ressemblait à celui d'un connard. Le pire, c'est qu'il avait toujours eu en horreur ce genre de type. C'était un peu ironique quand on y réfléchissait mais, malheureusement, il arrivait parfois qu'on adopte une attitude qu'on détestait selon les circonstances. Anna se rhabilla en affichant une certaine déception.

— Ta cousine m'avait prévenue que tu n'étais pas marrant…

Les yeux de Christian s'agrandirent de stupeur.

— C'est Zoé qui t'a demandé de sortir avec moi ?

Anna haussa simplement les épaules en affichant un petit sourire contrit, ce qui lui valut un grognement de la part de Christian.

Comme il s'y était préparé, sa mère, sa cousine et Kristen semblaient les attendre de pied ferme. Une part de lui espérait qu'il n'avait pas fait trop de bruits en s'envoyant en l'air avec Anna, mais à en juger par les expressions inquisitrices de ces trois emmerdeuses, il en doutait un peu.

Anna s'installa à côté de Zoé tandis que Christian préféra s'adosser au bar avec une tasse de café. Il en voulait sa cousine. En fait, il était plutôt furieux contre lui-même, parce qu'Éloïse lui manquait terriblement et il aurait vraiment aimé que ce soit elle qui passe la nuit avec lui, même s'il n'en avait aucun souvenir…

— Pourquoi est-ce que tu as l'air si énervé, le questionna Zoé, tandis que sa mère voyait déjà Anna comme sa future belle-fille. Je pensais que tu avais passé une bonne soirée.

Zoé jeta un bref regard vers Anna en signe de sous-entendu.

— Combien de fois t'ai-je répété de ne pas m'arranger de rendez-vous ! s'agaça Christian.

Zoé croisa les bras sur sa poitrine et Christian tenta d'ignorer l'indignation générale. Surtout le regard perçant d'Anna qui semblait un peu blessée.

— Je n'ai rien fait à part inviter une copine ! Bien sûr, je lui avais déjà parlé de toi, mais c'est toi qui lui as sauté dessus, hier soir !

Christian se sentit soudain bête et ne sut plus quoi dire. Tous les regards étaient braqués sur lui et il avait l'impression d'être le pire des imbéciles et des connards. Pour garder une contenance, il se redressa en réfléchissant à une excuse pour s'enfuir.

— J'ai du travail, on se voit plus tard, dit-il en se réfugiant dans sa chambre.

— On est dimanche ! cria sa mère avec exaspération.

Après cela, Christian n'osa plus sortir de sa chambre de la journée. Il pensait sincèrement que personne ne viendrait le déranger. Sauf qu'il n'avait pas prévu qu'Anna reviendrait environ une heure plus tard pour récupérer quelques affaires. Elle toqua doucement avant d'entrer.

— Désolée, mais j'ai oublié quelques trucs…

Christian l'observa récupérer son soutien-gorge et ses chaussettes et il s'en voulut de l'avoir traitée avec autant d'indifférence.

— C'est moi qui suis désolé, Anna. Ce n'est pas contre toi, c'est juste que… mon travail me prend trop de temps pour avoir une relation…

Dans les faits, ce n'était pas totalement faux et il était inconcevable d'avouer à Anna ses sentiments pour une autre femme.

*****

Éloïse avait passé un superbe weekend en compagnie de Léo. Bien que ce dernier doive repartir chez lui bientôt, elle se promit de savourer chaque moment qu'ils passaient ensemble. Elle s'autorisa même à imaginer une relation longue distance, car Léo était tout ce qu'il y avait de plus charmant avec elle. En plus, il était drôle et vraiment très beau. Lorsqu'elle était avec lui, elle ne pensait plus du tout à Christian, cet homme inaccessible et incompréhensible… Et ça lui faisait le plus grand bien.

Lorsque Léo la raccompagna chez elle, le dimanche soir, ils échangèrent un long baiser devant la porte de son immeuble.

— À demain, lui dit-il en souriant et en lui caressant affectueusement la joue.

Elle lui rendit son sourire et le laissa partir. Éloïse marchait sur un petit nuage, bien qu'elle ne sache pas très bien comment se comporter avec lui au travail et surtout, devant Christian. Ils n'en avaient pas encore discuté, mais penser à son patron lui comprima légèrement la poitrine. Elle monta les quelques marches qui menaient à son appartement et fut surprise de découvrir son frère en pleine préparation de crêpes.

— Ça sent super bon, dit-elle en se déchaussant.

Elle s'empressa de piquer une crêpe chaude.

— J'avais envie d'en manger et comme tu n'étais pas là… je me suis dit que je pourrais probablement m'en sortir tout seul. Merci les vidéos YouTube, plaisanta-t-il.

Éloïse rigola en savourant la pâtisserie.

— Au fait, ton patron a sonné à la porte, hier soir. Christian Peterson, si mes souvenirs sont bons.

Éloïse faillit avaler de travers.

— Pardon ? s'étouffa-t-elle. Qu'est-ce qu'il voulait ?

La panique l'envahit soudain.

— Il voulait t'inviter à une soirée. J'ai pas vraiment compris, mais il a dit qu'il t'enverrait un email…

Éloïse s'empressa de se connecter à sa boîte mail professionnelle avec son téléphone portable. Elle ne le faisait presque jamais en dehors de ses horaires de travail mais, là, il s'agissait d'une urgence.

Elle fit défiler la tonne de mails arrivés dans sa boîte de réception, puis tomba enfin sur celui de Christian.

De : Christian Peterson
À : Éloïse Goldammer – service informatique
Objet : Soirée d'anniversaire de Christian Peterson   Sam 20 : 30

Bonsoir Éloïse,
Je sais que c'est assez soudain, mais je voulais vous inviter à ma soirée d'anniversaire qui a lieu ce soir à la salle des fêtes de Mennecy.
Bien à vous,
Christian Peterson,
PDG du groupe Composite inc.

Éloïse en resta sans voix. Elle relut plusieurs fois le message sans comprendre pourquoi son PDG lui avait envoyé ce mail. C'était bien trop familier.

— Ça va ? demanda Toni, partagé entre le rire et l'inquiétude en voyant l'expression de sa sœur.

— Heu... Je n'sais pas trop...

Elle s'approcha de son frère pour lui montrer le message et Toni se mit à rire, ce qui surprit Éloïse.

— Il avait l'air bizarre quand il a sonné, mais là c'est carrément limite de t'inviter comme ça. Sur ta boîte pro en plus... Ce mec ne doute de rien...

— Pourtant, il est toujours tellement professionnel...

Le cœur d'Éloïse s'accéléra soudain en repensant au baiser qu'ils avaient échangé. Elle n'en avait jamais parlé à Toni, mais elle croyait sincèrement qu'à ce moment-là Christian avait trop bu, même s'il avait affirmé le contraire quand elle lui avait posé la question.

Bien qu'elle refuse de penser à son patron de cette façon, elle ne pouvait nier l'attraction qu'il exerçait sur elle dès qu'ils se croisaient. Pourtant, il était toujours si sérieux que ça la mettait mal à l'aise. Et puis, c'était trop bizarre. Leur différence de statut était bien trop importante pour qu'il s'affiche avec une femme comme elle. Si encore ils n'avaient pas fait partie de la même société, ça n'aurait pas posé de problème, mais là... Elle ne voulait pas être le centre des commérages et des mauvaises langues.

— Qu'est-ce que tu vas lui répondre ?

Éloïse leva des yeux paniqués vers son frère.

— Rien, je ne vais rien lui répondre..., balbutia-t-elle. Pourquoi ? Tu crois que je devrais ? La soirée est passée et il a bien vu que je n'y étais pas.

Toni hocha simplement la tête, se retenant de donner le fond de sa pensée à sa sœur. Après tout, elle était assez grande pour gérer ce genre de situation. Toutefois...

— Si jamais il devient trop insistant, dis-le-moi. Je m'occuperai de son cas.

De nouveau, Éloïse afficha une expression choquée.

— Non… Je ne pense pas qu'il soit comme ça. Il a l'air d'être un type bien…

— Mouais…, marmonna Toni. Tu sais, ce n'est pas parce qu'il en a l'air que c'est le cas. Reste sur tes gardes.

Elle acquiesça, un peu perdue, tout à coup. Durant le reste de la soirée, elle ressassa tous les moments où elle avait parlé à Christian, se demandant si son comportement bizarre n'avait pas quelque chose à voir avec elle, justement. Pourtant, elle n'arrivait pas à se résoudre au fait qu'il s'intéresse à elle.

Certes, ils avaient échangé un baiser, qu'elle s'évertuait à oublier bien qu'elle y pense à chaque fois qu'elle le croisait. Et il l'avait invitée à ce voyage d'affaires. Elle trouvait toujours cela étrange et n'avait jamais compris le but de sa présence… Et puis ce mail un peu trop entreprenant… Elle devait tirer ça au clair.

Le lendemain matin, lorsqu'elle se rendit au bureau, elle était un peu stressée. D'une part, elle ne savait pas comment Léo allait se comporter avec elle et d'autre part, elle devait trouver le courage d'aller parler à Christian. C'était beaucoup d'émotions pour une seule journée. D'un pas rapide, elle entra dans l'open space où toutes ses collègues étaient déjà installées. Elles la saluèrent joyeusement, tandis qu'Éloïse faisait son possible pour paraître normale. Mais vu les regards inquisiteurs de Marie et Évelyne, elle devait avoir échoué.

— Quelque chose ne va pas ? s'enquit Évelyne. Tu as une petite mine, ce matin…

— Est-ce que tu as passé une bonne soirée avec notre PDG, samedi soir ? renchérit Marie en lui adressant un regard curieux.

Les jambes d'Éloïse faillirent la lâcher et elle se retint de justesse au meuble à côté d'elle.

— Quoi ? balbutia-t-elle.

— Christian a envoyé le mail sur la boîte partagée, pouffa Marie, sans réussir à se retenir plus longtemps.

Les joues d'Éloïse virèrent au rouge et elle ne sut plus où se mettre. Avec angoisse, elle se précipita à son bureau et brancha son ordinateur portable à la base pour vérifier les dires de ses collègues. Comme sur son téléphone les deux boites mails étaient regroupées en une seule, elle n'avait pas pris la peine de vérifier.

Juste au moment où elle vérifiait l'adresse de messagerie, la porte s'ouvrit, révélant Léo qui afficha un immense sourire en la voyant.

Le cœur d'Éloïse manqua un battement. Étant donnée la situation embarrassante, elle aurait voulu s'enfuir en courant. Qu'allaient penser ses collègues si elles savaient pour Léo, alors que Christian venait de lui envoyer un mail de ce genre ?

— Salut, ma belle, l'apostropha Léo en arrivant près d'elle.

— Salut, répondit-elle froidement.

Comme si cela ne suffisait pas, Christian arriva quelques instants plus tard. Tout le monde se figea en l'observant et Éloïse ressentit une volée de papillons dans son ventre qui la déstabilisa. Encore une fois, le baiser qu'ils avaient échangé lors du voyage d'affaires se rappela à elle et sa poitrine se comprima.

— Bonjour Léo, commença-t-il avec une pointe d'agressivité qui n'échappa à personne.

Ce dernier se tourna lentement vers Christian.

— Salut, répondit-il avec un sourire arrogant.

— Ta femme et ta fille vont bien ? enchaîna Christian, non sans jeter un bref coup d'œil vers Éloïse pour vérifier son expression.

Le visage de Léo se décomposa et il s'éloigna imperceptiblement d'Éloïse, tandis que cette dernière le dévisageait, abasourdie.

— Ta femme et ta fille ? répéta-t-elle, en sentant son ventre se nouer et la colère enfler en elle, bien que son attention reste focalisée sur Christian.

Elle se sentait trahie et avait toujours eu horreur de ça !

— Oui… je…, bégaya Léo.

— Quand est-ce que tu repars, déjà ? continua Christian, un léger sourire victorieux au coin des lèvres qui n'échappa pas à Éloïse et qui lui provoqua un délicieux frisson.

D'un seul coup, son corps s'était redressé et il avait repris toute son assurance habituelle. Il était toujours tellement charismatique qu'il était difficile de tenir une conversation avec lui.

Léo baissa les yeux, en évitant soigneusement Éloïse dont les joues étaient rouges de colère.

— Dans deux jours…

— Très bien, approuva Christian.

Léo se sentait tellement honteux qu'il prit la fuite. Éloïse profita de son énervement pour demander des explications à son patron, malgré l'effet qu'il lui faisait.

Pendant tout ce temps, les employées du service informatique les observaient avec attention, n'en perdant pas une miette.

— J'ai reçu votre mail ! s'emporta Éloïse. D'ailleurs, tout le monde l'a reçu !

Christian se figea, ouvrit la bouche pour dire quelque chose, puis se ravisa. Il balaya toutes les collègues d'Éloïse du regard, en sentant une chaleur étouffante se répandre dans son corps. Il desserra le nœud de sa cravate, sous les regards inquisiteurs de toutes les filles présentes.

— Comment... ? balbutia-t-il en ressentant un léger vertige.

— La boîte mail partagée, grimaça Marie pour lui venir en aide.

— Bordel ! jura Christian en tentant de retrouver une contenance.

Tout le monde les dévisageait en attendant la suite.

— C'était... pour le travail. C'était en rapport avec notre voyage d'affaires, mentit-il avec aplomb.

Il était à deux doigts d'ordonner à Éloïse de le suivre dans son bureau, mais il se retint pour ne pas en rajouter une couche. Bien que son mail soit resté courtois, il savait qu'il n'aurait jamais dû l'envoyer. Alors que tout le monde ici présent l'ait lu, ça le mettait hors de lui. Il s'en voulait d'être aussi con !

Chapitre 16

Une fois que Christian fut parti, tous les regards se tournèrent vers Éloïse. Elle se sentit soudain mal à l'aise et sa colère laissa place à l'anxiété.

— Donc, il se passe quelque chose avec Léo et Christian ? commença Évelyne.

À l'évocation du nom de Léo, elle se crispa de nouveau.

— Avec Léo, on a juste été boire un verre et on a peut-être flirté un peu, mais rien de plus, mentit-elle avec culpabilité.

Elle détestait les hommes volages et infidèles, alors qu'elle ait participé à son insu à l'adultère la mettait hors d'elle.

Suite à ses révélations, il y eut un instant de silence pesant.

— Personne n'était au courant pour sa famille, ajouta Marie avec une certaine amertume. Il se comporte comme quelqu'un de célibataire, c'est quand même fou…

Éloïse hocha la tête, ne sachant pas vraiment quoi dire d'autre.

— Et avec Christian ? demanda Évelyne d'une façon un peu trop incisive à son goût.

Éloïse hausse simplement les épaules.

— Il ne se passe rien…

Évelyne plissa les yeux, tandis que les autres filles écoutaient attentivement leur échange.

— C'est pour ça qu'il t'a invitée à ce voyage d'affaires, intervint Kelly avec condescendance.

— Quoi… ? balbutia Éloïse. Mais pas du tout…

Toutefois, sa voix était bien trop hésitante pour paraître crédible. Bon sang, elle n'aurait jamais pensé que Christian s'intéresse à elle... Enfin, elle n'en était pas vraiment convaincue, mais les preuves tendaient à s'accumuler en ce sens.

— Bientôt, il va t'offrir une promotion..., marmonna Kelly avec agacement.

Toutefois, elle ne parla pas assez doucement pour que ses paroles n'échappent à Éloïse, dont le bureau se trouvait juste à côté du sien. Cela l'agaça, car elle ne pensait pas être en mesure d'acquérir un poste de cette façon.

Le reste de la matinée se passa dans une ambiance un peu tendue, ce qui oppressa Éloïse au plus haut point. Elle ne s'était jamais imaginé que ce genre de chose insignifiante pouvait changer autant le comportement de ses collègues à son égard, ce qui renforça encore son avis sur les relations employées/PDG.

À l'heure du déjeuner, elle prit son courage à deux mains et décida de se rendre dans le bureau de Christian. Elle espérait vraiment qu'il était disponible, car elle n'avait pas la force de lui envoyer un mail ou un message instantané. Elle avait besoin de lui parler en face à face pour étudier son comportement et pour être sûre qu'elle ne se trompait pas sur ses intentions.

Elle passa devant Elizabeth qui l'autorisa à entrer dans le bureau de Christian après l'avoir prévenu de sa visite. Avec angoisse, Éloïse frappa trois petits coups sur la porte, puis entra quand Christian lui répondit. Bien qu'il soit assis à son bureau, il dégageait une prestance et une énergie qui l'intimidaient et qui faisaient battre son cœur un peu trop vite.

— Heu... bonjour... enfin, re bonjour..., bégaya-t-elle en refermant la porte derrière elle.

Si avant, elle avait tout fait pour occulter la vérité, maintenant il en était tout autre et cela la rendait fébrile. Christian l'observa sans rien dire, attendant de savoir ce qu'elle voulait.

Elle prit une profonde inspiration avant de se lancer.

— Au sujet du mail…, commença-t-elle, mal à l'aise. Je ne l'ai vu que ce matin…

— Ça n'a plus d'importance, la coupa-t-il avec froideur. Vous étiez avec Léo, de toute façon…

Éloïse écarquilla les yeux de surprise et son souffle se coupa.

— Comment… Est-ce que mon frère vous l'a dit ?

L'expression de Christian changea du tout au tout, affichant un certain soulagement.

— Alors vous vivez avec votre frère ? demanda-t-il en se retenant de sourire.

— Heu… oui, mais… je ne comprends pas…, continua-t-elle en se sentant de plus en plus mal.

Peut-être que Toni avait raison. Peut-être que Christian semblait bien sous tous les angles, mais que ce n'était pas vraiment le cas.

Voyant la panique sur le visage d'Éloïse, Christian se leva d'un bond, la faisant presque sursauter.

— Je… Je ne vous espionne pas ! s'écria-t-il avec une certaine panique dans la voix.

Ils se dévisagèrent un moment, tandis qu'Éloïse essayait de rassembler ses pensées. Toutefois, tout cela la faisait un peu flipper.

Christian passa une main dans ses cheveux avec nervosité. Il fixa le sol avant de reprendre la parole.

— Écoutez… ce mail était une erreur de destinataire. J'ai… je… connais une autre Éloïse.

Cette explication paraissait des plus farfelues, mais soit. Si Christian se ravisait de la sorte, il y avait peu de risque qu'il devienne insistant ou flippant. Pas vrai ?

— Mais, pourquoi avez-vous sonné chez moi dans ce cas ?

Christian se figea, perdu dans sa bêtise de trouver des excuses bidon. Il se rassit lourdement dans son siège.

— Bon, asseyez-vous.

Intriguée, Éloïse s'exécuta.

— Je l'avoue, j'ai voulu vous inviter à ma soirée d'anniversaire, parce que Jessica a insisté, mentit-il. Elle a apprécié votre compagnie lors de notre voyage d'affaires et il se trouve qu'elle connaît bien Léo... Je ne voulais pas interférer dans votre vie privée. Je sais que tout ça est un peu déplacé, mais...

Christian releva brièvement les yeux vers Éloïse pour jauger son expression. Le soulagement qui se peignit sur son visage le rassura un peu.

— Oh... je comprends mieux... d'accord. Peut-être que la prochaine fois, Jessica pourrait m'inviter elle-même, ça serait moins bizarre...

Christian hocha la tête.

— Oui... vous avez raison. Ça vous éviterait de porter plainte pour harcèlement..., plaisanta-t-il à moitié.

— Pardon... ? répliqua Éloïse, abasourdie.

— Rien, je... je plaisantais.

Éloïse le fixa un instant.

— Je ne vois pas pourquoi je ferais ça.

— Bon, très bien...

Puis, après quelques secondes de silence, il se jeta à l'eau, même si c'était complètement à l'opposé de ce qu'il venait de lui raconter.

— Est-ce que vous avez déjeuné ?

Elle secoua négativement la tête.

— Dans ce cas, est-ce que vous voulez déjeuner avec moi ?

Surprise, Éloïse ne sut pas quoi dire. Heureusement, Elizabeth toqua puis ouvrit la porte à ce moment-là.

— Votre plateau-repas arrive dans quelques minutes, Monsieur.

— Ah…, est-ce que vous pouvez en commander un deuxième, Elizabeth ?

Éloïse se leva précipitamment.

— Non, ce ne sera pas nécessaire. Je dois manger avec une amie, de toute façon, mentit-elle.

Christian pinça les lèvres, déçu et frustré de ne pas réussir à se rapprocher d'Éloïse.

— Bon, très bien… bon appétit, capitula Christian.

Éloïse ne se fit pas prier pour s'enfuir à toutes jambes. Bien que Christian lui fasse ressentir beaucoup de choses inattendues, elle n'était pas prête à y faire face. Elle prit un plat à emporter à la cantine en se repassant sa conversation avec Christian. Perdue dans ses pensées, elle ne fit même pas attention à la présence de Léo derrière elle dans la queue, à la caisse.

— Salut…, l'interpella-t-il avec hésitation.

Elle cligna plusieurs fois des paupières pour reprendre ses esprits. Lorsque ce fut fait, la colère qu'elle avait ressentie un peu plus tôt refit surface.

— Salut, répliqua-t-elle sèchement.

Elle aurait peut-être dû éprouver une pointe de tristesse, mais il fallait croire que les sentiments qu'elle avait cru développer pour cet homme n'étaient pas si importants qu'elle le pensait.

— Pour tout à l'heure…, marmonna-t-il discrètement.

— Je crois qu'il n'y a rien à dire.

Elle reporta son attention sur la caissière et paya son repas, sans se retourner. Une fois, les portes vitrées passées, elle marcha d'un pas rapide jusqu'au bâtiment de l'entreprise, mais c'était sans compter la rapidité de Léo.

— Attends ! cria-t-il en courant à sa suite.

Elle pinça les lèvres, mais s'arrêta tout de même en l'apercevant. Il était un peu essoufflé lorsqu'il arriva enfin à sa hauteur.

— Je sais que la situation n'est pas idéale, mais avoue que si je t'avais parlé de ma famille, on n'aurait jamais couché ensemble, lui dit-il avec un sourire de mauvais goût.

— Bien sûr que non ! répliqua sèchement Éloïse.

— Tu es fâchée ?

— À ton avis ?

Il l'observa un instant.

— Donc, on ne se voit pas ce soir, j'imagine ?

Éloïse secoua la tête, tant elle était exaspérée par son comportement.

— Je rêve…, lâcha-t-elle enfin, avant de lui tourner le dos pour reprendre sa marche.

Malheureusement pour elle, il la suivit.

— Écoute, je t'aime bien et je pensais qu'on pourrait passer encore de bons moments avant que je reparte…

— Écoute, je t'aime bien aussi, mais je pensais que tu étais un type bien, répliqua Éloïse en reprenant, presque mots pour mots, sa formulation.

Elle commençait à en avoir assez de parler avec cet imbécile. Lorsqu'ils entrèrent dans le bâtiment, ils croisèrent la garce sans cœur. Éloïse aurait vraiment pu s'en passer, mais bon…

— Tiens, Léo, minauda-t-elle en lui caressant l'épaule. Toujours aussi en forme, à ce que je vois.

En apercevant le sourire charmeur que Léo rendit à Jessica, elle comprit quelque chose qu'elle aurait préféré ignorer. Bon sang ! À présent, elle était persuadée qu'ils avaient déjà couché ensemble et ça la mettait encore plus en colère de découvrir que ce type était un coureur.

Pendant que Léo était subjugué par Jessica, Éloïse en profita pour s'enfuir et pour rejoindre son bureau. Elle espérait qu'elle y trouverait un peu de calme, bien que ses collègues ne soient pas de la meilleure compagnie qui soit depuis qu'elles avaient lu le mail de Christian.

Heureusement, l'ambiance semblait s'être un peu adoucie depuis ce matin et les conversations chaleureuses revinrent naturellement. C'était agréable de travailler dans ce genre d'atmosphère bienveillante.

*****

Christian ne décolérait pas de son erreur de destinataire lorsqu'il avait envoyé son mail à Éloïse. Comme un imbécile, il avait cliqué sur "répondre", au lieu de sélectionner l'adresse professionnelle nominative de cette dernière. Bon sang ! Mais il n'en loupait pas une… Et pourquoi lui avait-il crié qu'il ne l'espionnait pas ? Rien de tel pour mettre de mauvaises pensées dans la tête d'Éloïse, si ce n'était pas déjà fait…

Après leur entrevue du lundi, la semaine était passée à une vitesse fulgurante. Il s'était concentré sur son travail, comme il le faisait chaque fois que quelque chose le tracassait. Il s'était fait violence pour ne plus penser à Éloïse, mais dès qu'il avait un moment d'accalmie, elle revenait hanter son esprit.

Heureusement, ce weekend avait lieu un festival électro auquel il comptait se rendre avec Jessica et tout le reste de la bande. Même s'il aurait voulu y aller avec Éloïse, il pria pour que Jessica ne l'invite pas. Elle en avait déjà beaucoup trop fait et il ne voulait pas que leur relation se dégrade au travail. Ç'aurait été compliqué à gérer. De plus, il ne souhaitait pas être le centre des commérages, bien qu'en tant que PDG, il se doutait qu'il n'y échappait pas vraiment. Simplement, aucun ragot ne lui était encore remonté jusqu'aux oreilles.

Heureusement, lorsqu'il retrouva son appartement, le calme y régnait de nouveau. Sa mère était repartie quelques jours plus tôt et sa cousine et Kristen étaient retournées à Londres pour un nouveau défilé. Christian en profita donc pour s'adonner à son rituel du soir, à savoir, prendre un bon bain chaud.

Le lendemain matin, Christian fut prêt en quelques minutes. Il était vraiment impatient de se retrouver au milieu de la foule à écouter la musique puissante, entouré d'une aura particulièrement bienveillante. La passion commune de toutes les personnes présentes dégageait toujours quelque chose de magique. Cela lui permettrait d'éviter de penser à Éloïse. Du moins, il l'espérait.

Il prit sa voiture pour aller chercher Jessica et Martin. Elle s'installa à côté de lui, laissant son chéri se placer à l'arrière, mais il commençait à avoir l'habitude.

— Tu n'es pas avec Éloïse ? s'étonna Jessica.

Christian lui jeta un regard en biais avant de redémarrer.

— Non, répondit-il simplement.

Jessica fit la moue, car elle désapprouvait clairement son comportement.

— Comment veux-tu qu'il se passe quelque chose entre vous si tu ne fais aucun effort ?

Christian la laissa parler sans même lui répondre. Il fit un dernier arrêt chez Charline qui était avec Lisandro. Bien que Jessica commence à lui taper sur le système avec Éloïse, ce voyage lui rappela leur virée à la Qlimax presque un an auparavant. Malheureusement, Kévin n'avait pas voulu les accompagner, car il ne voulait pas voir Jessica et Martin filer le parfait amour.

Ils avaient un certain nombre de kilomètres à faire pour arriver au festival. Christian alluma son poste qui était branché à son téléphone portable et il sélectionna un de ses mix préférés de hard style. À l'arrière, Lisandro et Charline dansaient sur leur siège, tandis que Martin se faisait plus discret en appréciant tout de même le son. Il souriait et caressait la nuque de Jessica de temps en temps.

Puisqu'ils étaient tous les deux à l'avant et que Jessica n'en démordait pas, Christian dut lui révéler les dernières maladresses qu'il avait commises avec Éloïse. Contre toute attente, cette peste blonde explosa de rire, sous la mine médusée de Christian qui ne savait plus où se mettre tant il avait honte.

— Donc, après lui avoir envoyé un mail sur sa boîte mail partagée, tu lui as crié dessus en lui disant que tu ne l'espionnais pas ? résuma-t-elle, toujours hilare.

— Tu as très bien compris, bougonna-t-il, inutile d'en rajouter.

— Bon, eh bien, tu auras de la chance s'il se passe quoi que ce soit entre vous après ça...

Il lui jeta un regard déconfit.

— Tu crois que c'est fichu ? se lamenta-t-il.

Tout à coup, Jessica lui sourit avec cette lueur dans les yeux qui ne présageait rien de bon.

— Quoi ? Qu'est-ce que tu manigances encore ? soupira Christian en se concentrant de nouveau sur la route.

— Je croyais que tu ne voulais pas sortir avec elle, le taquina-t-elle.

Christian se racla la gorge, mal à l'aise. Il savait très bien ce qu'il avait dit, mais ça n'avait pas empêché Jessica d'agir sans sa permission. Et, maintenant qu'il avait eu cet infime espoir de sortir un jour avec Éloïse, il ne voulait pas renoncer et tout perdre pour de bon.

— Eh bien, j'ai menti, lâcha-t-il au bout d'un moment.

— Bien, tu vas peut-être trouver le courage de l'inviter vraiment à sortir, maintenant.

— Je l'espère…

Jessica posa une main réconfortante sur le bras de Christian.

— Écoute, sois juste toi-même, tu n'as pas grand-chose à perdre de toute façon. Dans le pire des cas, tu te prends un râteau et dans le pire du pire, elle démissionne. Ce n'est pas bien grave. Mais, dans le meilleur des cas, elle accepte ! se réjouit-elle un peu trop vivement.

— Retire ton bras, dit soudain Martin à Jessica, qui avait repris ses caresses langoureuses sur le cou de sa compagne.

Cette dernière tourna doucement la tête vers lui pour lui adresser un sourire joyeux.

— Tu es jaloux ? s'étonna-t-elle, car Martin ne montrait pas souvent ce côté de sa personnalité.

— Après ce qu'il s'est passé la dernière fois, j'ai toutes les raisons d'être jaloux, répliqua-t-il d'un air grave qui fit mourir le sourire de Jessica.

Elle retira son bras de celui de Christian et attrapa la main de Martin, qui errait sur sa peau.

— C'est vrai, pardon, s'excusa-t-elle, piteuse.

— J'ai loupé quelque chose ? intervint Christian qui ne comprenait absolument rien à cet échange.

— Rien d'important, éluda Jessica. Mais revenons-en à ton cas. Promets-moi que la prochaine fois que tu croiseras Éloïse, tu l'inviteras clairement à sortir avec toi.

Christian hocha la tête, pas vraiment convaincu malgré toute sa volonté d'y parvenir. La fin du trajet se passa dans la bonne humeur. Tout le monde se laissait porter par les notes puissantes de la musique qui remplissait l'habitacle.

Une fois arrivés au parking de l'hôtel qu'ils avaient réservé, ils sortirent de la voiture, récupérèrent leurs bagages et suivirent Christian à travers l'hôtel de luxe qu'il avait choisi.

— Waouh, ça n'a rien à voir avec la première fois, s'extasia Charline.

— Ça, c'est sûr, renchérit Lisandro en lui attrapant la main. Cette fois, on va faire des folies de notre corps ! Et personne n'essaiera de me casser le nez…

Martin, qui avait tout entendu, tapota l'épaule de Lisandro en lui adressant une moue compatissante, tandis qu'ils entraient dans le hall de l'hôtel.

Chapitre 17

Comme le présageait la devanture de l'hôtel, le hall d'entrée était spectaculaire et très chic, tandis que les chambres respiraient le luxe. Inutile de préciser que Jessica fut tout de suite dans son élément. Charline aussi, d'ailleurs. Bien sûr, même si Martin et Lisandro n'avaient pas l'habitude de ce genre de décor, ils suivirent leur petite amie respective avec enthousiasme, laissant Christian seul dans le couloir. Il bougonna en marchant jusqu'à sa propre chambre, qui était un peu plus loin que les deux autres, et se demanda s'il n'aurait pas mieux fait de venir sans ces deux couples avec qui il avait l'air de tenir la chandelle. Rien de nouveau, en sommes. Christian avait toujours été la cinquième roue du carrosse, mais tout de même…

Il posa ses affaires dans sa suite et s'allongea une petite heure dans son lit pour laisser le temps aux autres de faire leur petite affaire, car il savait qu'ils ne pourraient pas s'en empêcher… Naturellement, il avait aussi besoin de se reposer après ces longues heures de route.

Quand il se sentit plus en forme, il se releva enfin et décida d'aller chercher les autres. Avec autorité, il toqua à la porte des deux couples en les prévenant qu'ils avaient dix minutes pour le rejoindre dans le hall d'entrée, sans quoi, il partirait sans eux au festival sur la plage.

Après tout, même s'il y allait seul, il trouverait bien quelques personnes solitaires pour lui tenir compagnie. L'ambiance était toujours assez conviviale dans ce genre d'événement et tout le monde se parlait facilement avec une certaine bienveillance. Comme quoi, la musique rapprochait les foules.

Christian était un ami fidèle et sympa, mais il ne supportait pas d'être en retard. Il avait un problème avec les horaires, un genre de toc assez insupportable pour les autres. C'est pourquoi, une fois qu'il fut dans le hall à patienter, il déclencha un chrono de dix minutes sur son téléphone. Jessica et Martin le savaient et ce fut grâce à ça qu'ils se pointèrent pile à la neuvième minute. Par contre, pour Charline et Lisandro, ce fut une autre histoire.

— Laisse-leur encore cinq minutes, tempéra Jessica en harcelant sa cousine de textos pour qu'elle se dépêche. Charline n'aime pas beaucoup les horaires, c'est une artiste, tu sais…

Christian leva les yeux au ciel, frustré comme jamais. Bien sûr, il avait été fairplay en laissant du temps aux deux couples, sachant parfaitement ce qu'ils allaient faire dans leur chambre. C'était vrai que Christian avait fait une croix sur le sexe et tout ce qui se rapportait à la gent féminine, mais depuis qu'il avait croisé le chemin d'Éloïse, il mourait d'envie de sauter le pas. Surtout depuis qu'il s'était retrouvé avec cette fille, dont il avait oublié le nom, dans son lit. Il regrettait amèrement d'avoir trop bu et tout oublié de sa première fois.

La vie était parfois cruelle…

Au moment où il faillit perdre patience, Charline et Lisandro les rejoignirent, un peu débraillés.

Enfin, ils prirent la voiture de Christian pour se rendre à l'endroit où se déroulait le festival. C'était à une quinzaine de minutes de leur hôtel, sur une plage immense. Ils trouvèrent une place à quelques pas de l'événement. Le soleil descendant donnait une atmosphère particulière à l'endroit. D'un commun accord, ils décidèrent de prendre des tapas à emporter, présentés dans des cornets en papier, en passant devant un marchand ambulant.

— Oh, mon Dieu ! C'est délicieux, s'extasia Charline, en piochant un peu dans tous les cornets, car ils avaient tous pris un assortiment différent.

Tout le monde acquiesça en se partageant les tapas. En mangeant, ils marchèrent sur la plage, appréciant la vue et le soleil couchant qui nimbait le ciel de couleurs roses et orangées absolument magnifiques. Puis ils aperçurent la scène et la rejoignirent tranquillement. Elle était encore vide. Seul le matériel de mixage était présent et quelques vigiles surveillaient l'espace.

Comme il était assez tôt et qu'il n'y avait pas trop de monde, ils décidèrent de s'approcher le plus possible afin de profiter du spectacle. Une fois devant la scène, ils s'installèrent sur le sable tiède en continuant de grignoter leurs tapas. L'ambiance était bonne et ils patientèrent en discutant chaleureusement.

Puis, un premier DJ monta enfin sur la scène sous les acclamations de la foule et lança la musique après quelques réglages. En un instant, les gens, qui étaient sagement installés sur le sable, se levèrent comme un seul homme. La soirée commença et Christian ressentit immédiatement les bienfaits de la musique électro sur son corps et son moral. Avec le sourire aux lèvres, sa petite bande d'amis se mit à danser lentement sur le rythme des basses et de la mélodie propre au Hard Style.

Contrairement à sa soirée d'anniversaire, Christian n'eut pas besoin de boire pour se sentir sûr de lui et détendu. Il ressentait la musique qui lui procurait un intense sentiment de joie et profitait du moment, sans penser à rien d'autre.

Au bout d'une heure, le DJ termina son show pour laisser la place à un autre. Une femme blonde monta sur scène. Elle était habillée d'un short noir très court et d'un gilet à paillettes argenté ouvert sur un débardeur noir. Christian eut l'impression de la connaître mais il était trop loin pour en être certain. Sûrement avait-elle déjà mixé dans d'autres événements.

Elle prit le micro pour saluer la foule et reçut un tonnerre d'encouragements, tandis que la voix off, d'un grave caractéristique, annonçait son nom : DJ Mandy. La foule l'acclama de plus belle, ce qui dégagea une vague d'énergie spectaculaire.

— Est-ce qu'on l'a déjà vue mixer ? demanda Christian à Jessica. J'ai l'impression de la connaître…

Jessica observa attentivement Mandy qui commençait à mettre le son en sautillant énergiquement derrière sa table de mixage, faisant voleter ses longs cheveux blonds, à peine maintenus par le gros casque audio qu'elle portait.

— Moi aussi, elle me fait penser à quelqu'un, répondit Jessica.

Comme cette dernière était d'un naturel déterminé, elle fixa Mandy pendant de longues minutes en se creusant les méninges.

— Elle ressemble à Éloïse, lâcha-t-elle soudain.

Christian la dévisagea un instant, sous le choc, puis reporta son attention sur Mandy. Effectivement, elle ressemblait à Éloïse, à la différence près que ses cheveux n'étaient plus bouclés, mais lisses et qu'elle ne portait pas de lunettes. Le cœur de Christian s'emballa frénétiquement.

— Si c'est elle, vous avez au moins un point commun, le charia Jessica, alors que Christian devenait blanc comme un linge.

— C'est impossible…, balbutia-t-il.

Voyant qu'il semblait paralysé en regardant Mandy, ses quatre amis l'observèrent bizarrement.

— Hey, détends-toi, intervint Charline. On est là pour s'amuser, non ?

Christian parut retrouver ses esprits.

— Oui…

Toutefois, il ne réussit pas totalement à se lâcher en sachant qu'il se trouvait juste devant la femme qui faisait battre son cœur. Cela l'intimidait de se dévoiler à Éloïse, même si elle ne l'avait sans doute pas remarqué dans la foule. Ce n'était peut-être même pas elle mais, qu'importe, cela l'avait chamboulé et c'était trop tard pour penser à autre chose.

Malgré son trouble, Christian apprécia les talents de Mandy et l'admira encore plus. Durant toute la prestation de la DJ, Jessica fit de son mieux pour entraîner Christian juste devant elle, afin qu'elle le remarque. Elle cria plusieurs fois le nom d'Éloïse pour voir si elle réagissait et confirmait ses soupçons.

— Jessica, arrête ça ! paniqua Christian, au bord de la crise d'angoisse.

Toutefois, lorsque Mandy cessa de mixer et s'apprêta à redescendre de la scène, la voix de Jessica porta enfin et elle se retourna pour voir qui avait crié. Les yeux de Mandy rencontrèrent ceux de Jessica, puis de Christian, et elle se figea.

— Putain ! C'est elle…, paniqua Christian en voyant sa réaction.

— Viens ! s'écria Jessica en attrapant le poignet de Christian pour le traîner jusqu'aux barrières de séparation.

Ils se frayèrent un chemin à travers les quelques personnes devant eux, laissant Martin et les autres. Jessica s'en voulut un peu d'abandonner Martin, mais il savait qu'elle était impulsive, surtout dans ce genre de situation.

— Éloïse ? répéta Jessica en arrivant devant elle.

Mandy n'avait pas bougé et le vigile près d'elle s'en inquiéta.

— Tout va bien ? lui demanda-t-il.

Elle hocha lentement la tête, sans quitter Christian des yeux.

— Qu'est-ce que… vous faites ici ? balbutia-t-elle.

Christian n'entendait que son sang battre furieusement à ses tempes et son cœur tambouriner dans sa poitrine. Il était incapable de répondre.

— On aime ce genre d'événements, dit Jessica. Est-ce qu'on peut entrer dans la zone VIP ?

Après un instant de flottement, Mandy/Éloïse acquiesça et le vigile déplaça une des barrières pour les laisser passer.

— Qu'est-ce que vous faites ?! s'écria Martin en arrivant en courant, suivi de près par Charline et Lisandro.

Ils étaient encore à trois bons mètres de distance, Martin s'étant figé dès qu'il avait retrouvé Jessica. Les personnes près d'eux dans la foule les regardaient tous, intriguées.

— On passe du côté VIP ! se réjouit Jessica. Mandy, c'est Éloïse.

Martin fronça les sourcils et observa Mandy avec plus d'attention, avant d'ouvrir la bouche en un « Oh » silencieux. Il comprit enfin pourquoi Jessica s'était enfuie avec Christian.

Éloïse était un peu sous le choc de découvrir son patron et toute sa bande à cet événement. Lorsqu'elle incarnait Mandy, c'était une autre personne. Elle se lâchait et jouait une sorte de rôle, mettant de côté toutes ses réserves. D'ailleurs, elle ressentait toujours l'adrénaline que lui avait procurée sa montée sur scène et l'acclamation de la foule. Elle avait du mal à redescendre et à comprendre que ceux qui la connaissaient l'avaient vue agir ainsi. Cela la mettait mal à l'aise. Jusqu'à présent, seul son frère avait assisté à un de ses shows.

Néanmoins, elle avait accepté qu'ils la rejoignent. De toute façon, elle se voyait mal les rembarrer ou faire comme si elle ne les connaissait pas. Jessica était bien trop perspicace et elle ne voulait pas risquer une vengeance de sa part au bureau.

Puis, le reste de la bande arriva à hauteur du vigile et il ouvrit de nouveau la barrière pour laisser passer Charline, Lisandro et Martin, en adressant discrètement un regard vers Mandy pour vérifier qu'elle était bien d'accord.

— Tu les connais ? murmura-t-il ensuite.

— C'est mon patron et quelques-uns de mes collègues de bureau… Je ne vis pas de mon art, malheureusement…

Le vigile hocha la tête avec conciliation.

— Ce n'était pas censé arriver…, balbutia-t-elle ensuite.

— Je vois…, marmonna le vigile, un peu désolé pour elle.

Jessica sauta presque sur Mandy en glissant ses doigts manucurés dans ses longues mèches blondes.

— J'adore cette coiffure, ça te va super bien ! s'enthousiasma-t-elle. Et tes fringues…. Waouh ! Et tu as mis des lentilles, j'adooooore !

Elle avait l'air en extase, ce qui était assez inattendu. Toutefois, Mandy se recula légèrement en faisant signe au vigile, qui s'inquiétait, de ne pas intervenir.

— Merci, dit-elle en s'écartant d'un pas.

— Pourquoi tu ne te coiffes pas comme ça au bureau ? Et pourquoi tu portes toujours de vieilles fringues ringardes, alors que tu sais visiblement t'habiller mieux que ça…

Mandy afficha une moue contrite, se retenant d'être désagréable avec la garce sans cœur. Bien sûr, ses compliments lui firent chaud au cœur, mais le reste l'agaça un peu.

— Parce que c'est fastidieux de se faire un brushing tous les jours, répliqua-t-elle. Et je me vois mal me pointer comme ça au bureau, Jess.

Cette dernière acquiesça puis s'écarta pour laisser la place à Christian, qui était si immobile qu'on aurait dit une statue de pierre. Jessica lui donna un coup de coude dans le ventre.

— Ressaisis-toi ! chuchota-t-elle et cela le fit sursauter.

— Salut, cria-t-il par-dessus la musique qui recommençait à emplir l'air, grâce au nouveau DJ qui était monté sur scène.

Les autres se mirent à apprécier la nouvelle musique et à oublier Mandy, se trémoussant à côté des barrières.

Éloïse croisa le regard vert intense de Christian et sa respiration s'arrêta une seconde. Son expression la cloua sur place et la déstabilisa.

— Vous voulez qu'on aille discuter ailleurs ? proposa-t-elle enfin, ne sachant pas quoi faire d'autre.

En temps normal, après son show, elle parlait parfois avec d'autres DJ, mais elle rentrait souvent chez elle ensuite. Ou dans son hôtel, le cas échéant. Les soirées qu'elle animait n'étaient pas toujours proches de son appartement.

— Le bar devant la plage ! s'écria Jessica, à l'affut.

Éloïse acquiesça et ils commencèrent à marcher sur le sable en s'éloignant de la scène. Charline et Lisandro protestèrent un peu de rater le festival, tandis que Martin, en bon petit ami, suivit Jessica sans broncher. Bientôt, la musique fut plus lointaine, ce qui leur permit à tous de discuter plus facilement.

— Est-ce que vous allez m'en tenir rigueur ? s'inquiéta Éloïse.

Christian la dévisagea en fronçant les sourcils. Il ne saisissait pas les propos d'Éloïse et se retrouvait coincé avec elle sans savoir quoi lui dire. En effet, Jessica avait déjà entraîné les autres plus loin, les laissant seuls à l'arrière.

— Je ne comprends pas, avoua-t-il tout de même, son cœur battant toujours frénétiquement.

Éloïse soupira de fatalité.

— Est-ce que vous allez me licencier parce que j'ai une autre activité à côté de mon boulot ?

Christian écarquilla les yeux.

— Bien sûr que non.

Elle hocha la tête et sembla se détendre un peu.

— Ça fait longtemps que vous faites ça ? demanda ensuite Christian, curieux d'en connaître davantage sur elle.

La gêne de Christian devait certainement se lire sur son visage, mais il espérait qu'il n'avait pas l'air désagréable ou bizarre…

Avec un sourire, Éloïse lui raconta comment cette passion avait commencé. D'abord en tombant sur une radio électro qui l'avait totalement séduite, puis en écoutant certains mix qu'elle avait adorés. Ensuite, elle avait cherché quelques DJ connus sur YouTube et avait visionné leurs shows qu'elle avait trouvés absolument spectaculaires. Elle avait franchi un nouveau cap en assistant à un événement Q-dance. Après ça, elle rêvait de faire partie de ces DJ reconnus qui montaient sur scène et se faisaient acclamer par la foule. Puis, elle avait acheté des platines d'occasion et une table de mixage dans un état médiocre et elle avait mixé chez elle pour la première fois. Cela l'avait tellement transportée qu'elle avait tout fait pour percer. Aujourd'hui, même si elle devait travailler à côté, elle s'en sortait plutôt bien. Disons qu'elle avait atteint son objectif, d'une certaine manière.

Pendant toutes ses explications, Christian l'avait observée avec attention et son sourire n'avait fait que grandir à mesure qu'elle parlait et qu'il voyait la passion dans ses yeux et dans ses mots.

— C'est génial, dit-il un peu laconique, mais tout de même plus détendu.

Ils échangèrent un sourire timide, sans se rendre compte qu'ils avaient finalement atteint la terrasse du restaurant en bord de plage. Comme tout le monde s'était déjà installé, il ne restait que les deux places face à face en bout de table. Éloïse s'assit donc en face de Christian, ce qui la mit mal à l'aise, car elle ne savait jamais sur quel pied danser avec son patron. D'autant plus qu'il la regardait avec beaucoup plus d'insistance que d'habitude et que son cœur n'arrêtait pas de jouer aux montagnes russes.

Leurs regards se croisèrent et Éloïse se laissa absorber par le vert intense des yeux de Christian. Il y avait quelque chose de profond et d'hypnotique dans son expression.

Éloïse était à deux doigts de le questionner sur ce fameux soir où ils s'étaient embrassés, malgré son cœur qui battait à tout rompre et les papillons dans son ventre, lorsque le serveur arriva, la coupant dans son élan. Christian détourna les yeux, gêné de laisser transparaître ses sentiments à l'égard d'Éloïse. Mais, après tout, ils étaient en dehors du bureau, alors ça n'aurait pas dû le déranger autant...

Tout le monde prit le cocktail maison alcoolisé recommandé par le serveur. Christian était un peu sceptique, mais il se laissa entraîner par les autres. Toutefois, il espérait que sa boisson ne serait pas trop forte, car il ne voulait pas réitérer l'expérience de sa soirée d'anniversaire. Et si l'idée de faire l'amour avec Éloïse le tenaillait comme jamais, ne pas s'en souvenir l'aurait probablement anéanti. Mais il n'était pas là pour ça, pas vrai ?

Leurs verres arrivèrent enfin.

— Alors, Éloïse, commença Jessica avant de boire une petite gorgée de son cocktail avec sa paille, sans cesser de l'observer. Pourquoi avoir choisi Mandy comme pseudo ?

Éloïse baissa soudain les yeux, alors que tout le monde était pendu à ses lèvres. Surtout Christian qui ne cessait de la dévisager.

— Ma mère s'appelait Amandine et Mandy est son diminutif.

— S'appelait ? releva Christian avec douceur.

— Elle est morte quand j'avais 12 ans.

Dans un élan de compassion, Christian posa sa main sur la sienne avec chaleur. Éloïse releva brusquement les yeux vers lui et croisa son regard vert intense qui lui coupa le souffle. Étrangement, elle ne retira pas sa main, car elle aimait ce contact chaud et rassurant, plein de tendresse. Cela lui rappela le comportement de Christian lors de leur voyage en Écosse et la question qu'elle voulait lui poser un peu plus tôt lui revint en mémoire. Pourtant, elle devrait attendre qu'ils soient seuls pour le questionner. Et, aussi, que son cœur se calme un peu…

Jessica sourit et entama une autre conversation avec Charline, comme si de rien n'était. Elle espérait que l'alcool aiderait Christian à se détendre et à se dévoiler enfin.

Les tables étaient assez étroites et la stature imposante de Christian n'était pas faite pour ce genre de configuration. Ses jambes étaient un peu trop grandes et empiétaient sur l'espace d'Éloïse sans qu'il ne puisse rien y faire. Dès qu'il voulait se repositionner, ses genoux frôlaient les jambes d'Éloïse, mais elle ne disait rien. Pourtant, elle l'observait avec intensité, détournant parfois les yeux quand il la remarquait. Contrairement à ce que croyait Christian, Éloïse aussi ressentait des choses en sa présence, bien qu'elle ait tout fait pour se voiler la face et ne plus penser à lui après ce baiser déroutant qu'ils avaient échangé en Écosse.

Chapitre 18

Bientôt, Christian éprouva une bouffée de chaleur et il retira sa main de celle d'Éloïse pour tirer un peu sur le col rond de son T-shirt noir moulant.

— Il fait chaud, non ? balbutia-t-il en buvant une lampée de son cocktail.

Pour toute réponse Éloïse lui adressa un grand sourire.

— Est-ce que je vous intimide, habillée et maquillée de la sorte ? demanda-t-elle par curiosité, tout en ignorant les papillons dans son ventre.

Le regard intense de Christian était hypnotique et elle peinait à garder les idées claires. Elle faisait de son mieux pour ne pas fixer sa bouche. En temps normal, elle n'était pas si entreprenante, mais être dans la peau de Mandy lui procurait une certaine confiance en elle. Cette fois, Christian se crispa et n'osa pas croiser son regard.

— Il est…, commença Jessica, mais elle fut interrompue par la grande main de Christian qui se plaqua sur sa bouche.

— Je t'interdis de dire quoi que ce soit ! grogna-t-il tandis qu'elle se débattait comme une tigresse.

Tout le monde rigola, sauf Jessica, qui toisait Christian avec colère.

— Alors, dis-le-lui ! s'écria-t-elle. Oh, et puis merde ! Venez, on rentre…

— Pourquoi ? s'inquiéta Martin en se levant pour la prendre dans ses bras.

Ils échangèrent un baiser langoureux et Charline en profita pour rejoindre les genoux de Lisandro.

— Oui, rentrons, minauda-t-elle en lui entourant le cou de ses bras. Il fait nuit de toute façon…

— OK…, lâcha Lisandro en regardant les autres, sans savoir quel parti prendre.

Christian se leva, furieux que Jessica lui fasse un coup pareil.

— Hors de question ! On vient juste de s'installer et…

— Est-ce que tu pourrais le ramener ? le coupa Jessica en s'adressant à Éloïse.

Éloïse examina brièvement son patron, qui avait ouvert la bouche sans réussir à parler et qui regardait alternativement Jessica et elle. Il avait l'air très anxieux.

— Oui…, affirma Éloïse sans conviction.

Déterminée, Jessica se tourna avec aplomb vers Christian, la paume de sa main ouverte vers le ciel.

— Donne-moi tes clés et ne me remercie pas.

Il ferma la bouche et fronça les sourcils avec humeur. Malgré sa colère face au comportement de Jessica, il prit sur lui et lui remit les clés de sa voiture. En d'autres circonstances, il n'aurait jamais autorisé qui que ce soit à conduire sa voiture, mais la garce sans cœur savait qu'il ne pourrait pas lui dire non.

— Ne la cabosse pas, grommela-t-il.

— T'en fais pas, rétorqua Jessica avec un sourire malicieux avant de s'approcher discrètement de son oreille.

— J'ai glissé un préservatif dans ton portefeuille.

Christian serra les dents, excédé, mais avant qu'il ne trouve quelque chose à répliquer, elle s'était déjà enfuie vers la sortie avec les autres.

— Eh bien, on dirait qu'elle est pire en dehors du bureau, rigola Éloïse, sans réussir à garder son sérieux.

Christian se détendit instantanément et lui sourit en se rasseyant sur sa chaise.

— Oui… Elle est terrible. Mais on finit par l'apprécier pour ça, justement, cette peste…

— En fait… je n'ai pas osé dire non, mais je n'ai pas de voiture, grimaça-t-elle. Je ne pourrais pas vous ramener.

Christian pinça les lèvres, contrarié.

— Est-ce que vous m'en voulez ? s'inquiéta Éloïse.

Il souffla et but une autre gorgée de son verre.

— Non… J'appellerai un taxi… ou je harcèlerai Jessica jusqu'à ce qu'elle revienne ici. Oui, je vais sûrement faire ça, ria-t-il.

Son rire fut contagieux et Éloïse explosa littéralement en pouffant.

— Rappelez-moi de ne jamais vous mettre en colère, s'esclaffa-t-elle.

Christian sourit de plus belle.

— Aucune crainte que ça vous arrive. Jessica détient la palme des emmerdeuses.

— C'est ce que j'ai cru comprendre, en effet.

Ils se sourirent avec chaleur et un silence confortable s'installa entre eux pendant quelques secondes. Leurs regards semblaient hypnotisés l'un par l'autre, comme s'ils étaient dans une bulle. Sentant le moment venu, Éloïse se pencha un peu en avant et pinça les lèvres avant de se lancer.

— En fait… j'aimerais savoir… ça fait quelque temps que je me demande pourquoi vous m'avez embrassée, ce fameux soir, juste devant ma chambre d'hôtel…

Elle baissa les yeux, incapable de soutenir son regard tant son cœur battait vite. Elle sentit le rouge lui monter aux joues et son ventre se nouer.

Christian déglutit. Voilà, le moment où il devait lui dire la vérité et se dévoiler était enfin arrivé. Avec anxiété, il se redressa, frôlant encore une fois les jambes d'Éloïse au passage, ce qui accéléra leur cœur à tous les deux. Il serra les dents et tira de nouveau sur le col de son T-shirt noir.

— Il faut que je vous avoue quelque chose…, commença-t-il avec hésitation.

Il lui jeta un coup d'œil furtif pour vérifier son expression. Comme elle semblait concentrée sur ses paroles, il se lança en fixant son verre presque vide.

— Je n'ai jamais été attiré par une femme, avant…
— Oh, vous êtes gay ? le coupa Éloïse, inquiète.

Il releva la tête vers elle, dérouté.

— Non, je… ce n'est pas ce que je voulais dire…

Mais pourquoi tout le monde pensait qu'il était gay, bon sang ?!

Il ferma les yeux une seconde et s'adossa à sa chaise en laissant sa tête basculer vers l'arrière. Après un faible soupire, il se ressaisit et la fixa de nouveau. Elle l'observait toujours, en quête d'explications.

— D'habitude, je ne m'intéresse pas aux femmes. Enfin, je n'ai pas le temps pour ça, disons… mais quand je vous ai vue la première fois… c'est comme si… vous aviez réveillé quelque chose en moi.

— Oh…, balbutia Éloïse, surprise.

Pourtant, la chaleur qui se répandit dans sa poitrine lui arracha un grand sourire.

— Je sais que ce n'est pas déontologique et que je ne devrais pas vous dire tout ça, mais j'ai essayé de faire abstraction de ce que je ressentais et… je n'y arrive pas…

Christian semblait tellement désemparé qu'Éloïse attrapa doucement sa main. Il la dévisagea et son cœur se mit à battre beaucoup plus fort.

— J'aimerais juste savoir ce qui se passera pour mon emploi si ça ne fonctionne pas ? demanda-t-elle en sentant une volée de papillons dans son ventre.

Il fronça les sourcils, car il avait du mal à rassembler ses esprits.

— Est-ce que je serai virée ? continua-t-elle.

Les doigts de Christian s'entrelacèrent soudain à ceux d'Éloïse et il se redressa brusquement. Cela lui provoqua un délicieux frisson.

— Bien sûr que non ! s'exclama-t-il, choqué par ses propos.

Elle hocha la tête.

— D'accord. Dans ce cas, on pourrait peut-être commencer à se tutoyer ?

Il afficha un lent sourire, sans cesser de l'observer.

— Est-ce que Jessica a fait exprès d'être insupportable pour qu'on soit tous les deux ? suspecta ensuite Éloïse.

Christian afficha une moue embarrassée.

— Il y a de ça, oui…

Contre toute attente, Éloïse explosa de rire et Christian se remit à sourire en la voyant si joyeuse. Puis, lorsqu'elle se calma enfin, la tension entre eux devint étouffante et lourde. Christian ne pouvait s'empêcher de tirer sur le col de son T-shirt en dévorant Éloïse des yeux. D'ailleurs, son débardeur si fin et si décolleté ne l'aidait pas du tout.

De son côté, Éloïse ressentait exactement la même chose et ne cessait de parcourir le corps musculeux de Christian, retenant presque un gémissement dès qu'il la frôlait avec ses grandes jambes. Leurs doigts étaient toujours entrelacés.

— On devrait…, balbutia Christian, sans réussir à prononcer les mots.

— Oui, j'ai une petite chambre d'hôtel à quelques minutes à pied.

Christian hocha la tête en sentant son cœur sur le point d'exploser. Il se leva brusquement, sans cesser de tenir la main d'Éloïse, puis tira doucement sur son bras pour qu'elle le suive. Elle ne se fit pas prier. Son corps fébrile lui permit à peine de marcher, tant elle avait envie de sauter sur Christian. Si la plage avait été déserte, elle l'aurait certainement amené là-bas, mais la soirée qui faisait rage un peu plus loin avait rameuté beaucoup trop de monde.

Sans attendre, Christian glissa un bras autour de sa taille pour la presser contre lui tout en marchant. Elle en eut le souffle coupé. Sa chaleur et son parfum étaient terriblement excitants. Alors, elle se blottit contre lui, en posant sa tête contre sa poitrine, même si ce n'était vraiment pas pratique pour avancer. Elle déposa un baiser humide dans son cou et Christian tressaillit. Pendant des semaines, elle avait nié ce qu'elle ressentait pour lui, enfermant la moindre pensée déplacée dans un coin de sa tête pour ne plus y songer, mais ce soir… C'était comme si tout ce qu'elle avait refoulé lui explosait à la figure.

— C'est encore loin ? demanda Christian, le corps tendu à l'extrême.

— Quelques minutes…, murmura-t-elle.

— Alors, ne faites pas ça…, grogna-t-il.

Elle se redressa et s'écarta de lui, mais il lui saisit la main avec fermeté et douceur pour ne pas qu'elle s'enfuie.

— Je croyais qu'on devait se tutoyer, releva-t-elle en le dévisageant.

— Oui, acquiesça-t-il, les dents serrées. Ne fais pas ça ou je ne réponds plus de rien…

Avec soulagement, Éloïse afficha un sourire coquin.

— Mais tu sens tellement bon, se plaignit-elle en s'agrippant de nouveau à sa taille.

Christian se détendit un peu sous cet aveu, mais son excitation était toujours à son maximum.

— Si je t'embrasse maintenant, je ne pourrais plus m'arrêter, confessa-t-il en passant un bras autour de ses épaules.

Éloïse en profita pour caresser son torse sans vergogne, appréciant les reliefs durs de ses muscles, et il grogna encore, ce qui la fit pouffer.

La nuit était belle, la température plutôt douce et les quelques personnes qu'ils croisaient les regardaient avec tendresse. Ils arrivèrent enfin devant un petit hôtel qui ne présageait rien de bon selon les critères de Christian. Néanmoins, il ne dit rien et s'engouffra dans le hall avec Éloïse.

Elle l'entraîna dans un couloir au rez-de-chaussée et ils atteignirent sa chambre. Juste devant la porte, elle se tourna vers lui, anxieuse.

— C'est un peu le bordel…

En temps normal, Christian aurait certainement redouté d'entrer dans une pièce en désordre mais, ce soir, il s'en fichait royalement.

— Je ne regarderai pas, dit-il en attrapant doucement le visage d'Éloïse entre ses mains.

Sans attendre, il se pencha pour l'embrasser. Dès que leurs lèvres se touchèrent, il y eut comme une explosion d'émotions au creux du ventre de Christian et il ne réussit pas à se maîtriser. Il approfondit son baiser, plongea sa langue dans la bouche d'Éloïse et lâcha un grognement lorsqu'elle gémit en s'accrochant à son cou.

Puis, elle tâtonna maladroitement derrière elle pour ouvrir la porte et ils entrèrent dans sa chambre, manquant de peu de s'effondrer au sol.

— Désolé…, murmura Christian contre ses lèvres.

Elle lui sourit avec fièvre et l'entraîna jusqu'au lit en recommençant à l'embrasser. Christian se laissa faire lorsque Éloïse le poussa sur le matelas pour s'allonger sur lui. Il était dans un état d'excitation qu'il n'avait jamais ressenti. Ses mains glissaient partout sur le corps d'Éloïse, appréciant ses formes fines et bien dessinées, sans vraiment oser s'aventurer sur ses fesses ni ses seins.

Pourtant, lorsque Éloïse se frotta langoureusement contre son membre dur et gonflé, il faillit perdre pied. Il agrippa sa nuque avec force et approfondit encore leur baiser. Éloïse haletait contre sa bouche, sans cesser ses délicieuses caresses. Rapidement, elle glissa ses mains sous son T-shirt pour apprécier la chaleur de Christian.

Malgré son excitation grandissante, Christian ne voulait pas que leur relation se résume à un coup d'un soir. Au moment où il s'apprêtait à la repousser pour calmer le jeu, Éloïse déboutonna son pantalon pour glisser une main dans son boxer. Inconsciemment, il imprima un coup de reins dans la main qui enserrait son membre palpitant. Ses pensées étaient brouillées par le désir et son cœur était sur le point d'exploser.

— Je n'avais pas prévu de faire des galipettes, ce soir, confessa Éloïse en s'approchant de l'oreille de Christian.

Le souffle de ce dernier devint de plus en plus court à mesure qu'elle bougeait sa main et cela le fit presque perdre pied. Il agrippa de nouveau la nuque d'Éloïse pour essayer de l'embrasser encore une fois, mais elle résista et lui sourit.

— Je n'ai pas de préservatif, s'excusa-t-elle avec une moue contrite.

Christian mit du temps à comprendre ses paroles, tant les sensations qu'il ressentait le mettaient en transe.

— J'en ai, dit-il soudain, alors qu'Éloïse refaisait un lent va-et-vient sur son membre.

Ses yeux convulsèrent et il ravala l'air qui s'était bloqué dans sa gorge avant de continuer.

— Dans mon portefeuille…, haleta-t-il. Jessica en a mis un avant de partir…

Éloïse relâcha sa prise sur son membre et Christian attrapa son portefeuille dans la poche arrière de son jean pour en sortir un petit carré en aluminium.

Pendant ce temps, elle se déshabilla entièrement et Christian n'en perdit pas une miette. Son sexe palpitait et la vue du corps sculpté de la femme qui faisait battre son cœur depuis de longues semaines accentuait encore son envie d'elle.

— À toi, maintenant, dit-elle en rigolant, sous le regard intense de Christian.

Il s'anima de nouveau et retira précipitamment son pantalon, son boxer et son T-shirt, faisant jouer ses muscles à chaque mouvement.

Puis, il déchira maladroitement l'emballage du préservatif et essaya de se rappeler comment on enfilait ce truc.

— Tu n'en as jamais mis ? le questionna Éloïse en voyant qu'il ne savait pas comment s'y prendre. Donne, je vais le faire.

Elle lui prit la capote des mains et la déroula sur son membre, faisant abstraction de toutes les questions que cela suscitait.

Dès qu'elle eut fini, Éloïse lui sauta de nouveau dessus, en couvrant son corps brûlant du sien. Elle l'embrassa sauvagement, ce qui empêcha Christian de se demander si elle le trouvait à son goût. Au lieu de ça, il lui rendit son baiser et agrippa ses fesses à pleines mains. Elle lâcha un soupir tremblant avant de positionner le bout du membre de Christian à l'entrée de son sexe.

— Vas-y, murmura-t-elle contre son oreille.

Ces simples mots lui provoquèrent un nouveau frisson d'excitation et il s'exécuta, tenant toujours fermement les fesses d'Éloïse avec ses grandes mains brûlantes. Avec retenue, il plongea doucement en elle, ce qui lui arracha un râle, suivi d'un grognement lorsqu'il se retira tout aussi lentement. Elle embrassa son cou et il recommença à bouger, faisant plusieurs va-et-vient sur le même rythme. Il se retenait de toutes ses forces pour ne pas être trop brusque, malgré la fièvre qui le consumait.

— Plus vite, gémit Éloïse en s'abandonnant entre ses bras.

Elle bougea soudain et lui imposa un rythme plus rapide et plus profond qui fit monter une pression incontrôlable en lui. C'était tellement bon qu'il se laissa aller. Il suivit son instinct et retourna brusquement Éloïse sur le matelas. Elle lâcha un cri de surprise, tandis que Christian fondait sur sa bouche en lui imprimant de profonds coups de reins. Il était en transe et avait totalement perdu le contrôle, mais les gémissements constants d'Éloïse l'encourageaient à continuer. Puis d'un seul coup, il la sentit trembler entre ses bras et pousser un long gémissement qui l'excita encore plus. Il continua à lui imprimer un rythme soutenu en la maintenant fermement contre le matelas, sans toutefois l'écraser. Il sentait que quelque chose était en train d'arriver, que c'était divin et qu'il était à deux doigts d'exploser.

Lorsqu'il atteignit enfin l'orgasme, une vague de plaisir éclata au creux de ses reins et lui coupa le souffle tant c'était extraordinaire. Il perdit toute notion du temps, de son environnement. La seule chose qui comptait était cette sensation divine qui parcourait son ventre et faisait battre son cœur à cent à l'heure. Puis il s'écroula, exténué, les yeux toujours fermés.

Éloïse caressa langoureusement le dos de Christian, aux anges. Elle avait rarement ressenti ça lorsqu'elle couchait avec quelqu'un. Avec Léo, c'était sympa et elle avait passé d'agréables moments, mais ça n'avait pas été aussi bon qu'avec Christian. Elle sourit malgré elle, alors qu'il l'écrasait un peu en la tenant entre ses bras dans une solide étreinte, comme s'il avait peur qu'elle s'envole.

— Ça va ? murmura-t-elle.

Christian émergea de la brume de plaisir dans laquelle il se trouvait. Il releva la tête pour croiser le regard d'Éloïse et elle lui sourit.

— Oui, et toi ? dit-il en lui rendant son sourire, un peu niaisement.

— Oui, mais tu devrais te retirer, maintenant. Sinon, on risque d'avoir des problèmes…, grimaça-t-elle.

— Oh, oui, pardon, paniqua-t-il en se redressant d'un bond.

L'expression qu'afficha ensuite Christian l'inquiéta un peu.

— Il y a un problème ? demanda-t-elle en bougeant et en sentant quelque chose toujours en elle.

— Je crois… qu'il est resté à l'intérieur, lâcha Christian avec embarras.

— Putain de merde ! s'écria Éloïse en retirant le préservatif du mieux qu'elle le put pour ne pas s'en mettre partout.

Et pour éviter tout accident. Elle pria pour ne pas tomber enceinte.

— Je suis clean, répliqua Christian pour essayer de l'apaiser.

Sans vraiment l'écouter, Éloïse se précipita dans la salle de bain pour se laver, laissant Christian seul dans le lit. Pris au dépourvu, il ne sut pas quoi faire d'autre que se rhabiller.

S'il avait pu, il serait rentré dans sa chambre d'hôtel, mais vu l'heure tardive, il doutait de réussir à avoir un taxi. Alors, il s'assit au bord du lit et prit sa tête entre ses mains, dépité. Quelques minutes plus tard, Éloïse réapparut devant lui, une serviette de bain enroulée autour d'elle.

— Je suis clean, répéta Christian avec fatalité.

Il ne voulait pas qu'elle le quitte à cause d'une si petite erreur. En raison de son manque d'expérience, il n'avait pas pensé que le préservatif pouvait glisser s'il débandait.

— Je ne prends pas la pilule, lâcha Éloïse en s'avançant vers lui.

Ils se dévisagèrent un moment. Christian ne savait plus quoi dire et Éloïse avait le cerveau qui moulinait à cent à l'heure en s'imaginant le pire. Voyant sa détresse, Christian lui attrapa doucement la main et l'attira jusqu'à lui. Elle se retrouva entre ses jambes. Dans cette position, Christian était un peu plus petit qu'elle et lui arrivait au niveau de la poitrine.

— Je suis sûr que tout ira bien, la rassura-t-il en adoptant son attitude de PDG.

Contre toute attente, Éloïse réalisa ce qu'elle avait fait et qu'elle ne pourrait plus revenir en arrière. Elle venait de coucher avec le boss de sa boîte et il y avait une probabilité non négligeable pour qu'elle tombe enceinte de lui...

La panique l'envahit de plus belle et Christian l'attira contre lui pour l'enlacer. Il ne savait pas quoi faire d'autre.

Pourquoi avait-il fallu qu'il la voie dans son rôle de DJ ? Dans ces moments-là, elle changeait complètement et ne se souciait pas des conséquences de ses actes, car elle faisait tomber ses barrières pour profiter pleinement de l'instant présent. Mais Christian savait qui elle était en réalité et cela la terrorisait.

Chapitre 19

— Et si je tombe enceinte ? murmura Éloïse contre ses cheveux.

Christian n'avait jamais pensé qu'il aurait des enfants un jour et cela le prit au dépourvu. Toutefois, il donna la réponse qui semblait la mieux adaptée dans cette situation.

— On fera comme tu voudras…

— On se connaît à peine, soupira-t-elle, dépitée.

Son corps se ramollit entre les bras de Christian et il la serra plus fort.

— On devrait dormir un peu. Il est tard et la nuit porte conseil. Demain, je t'accompagnerai à la pharmacie, si tu veux.

Après un instant de flottement, elle hocha simplement la tête et se détacha de Christian. C'est à cet instant qu'elle remarqua qu'il était de nouveau habillé.

— Tu comptais partir sans me le dire ? s'inquiéta-t-elle.

La surprise se peignit sur le visage de son patron.

— Bien sûr que non…

Elle plissa les yeux.

— Tu comptais dormir ici, au moins ?

— Oui. Si tu es d'accord, bien sûr.

Elle hocha la tête et retira la serviette, qui enroulait son corps encore humide, pour se glisser sous la couette. Christian déglutit avant d'enlever son pantalon, gardant son T-shirt et son boxer pour faire une barrière approximative entre eux.

— Je ne sais pas si c'est une bonne idée que tu dormes toute nue, marmonna-t-il en la rejoignant sous les draps.

Sans attendre, elle se blottit contre le corps chaud de Christian et enroula une jambe autour de lui.

— Pourquoi ? demanda Éloïse qui ne pensait plus qu'à ce regrettable accident.

— Parce que je n'avais qu'un préservatif...

Le silence s'étira quelques secondes. Puis Éloïse osa poser la question qui la travaillait.

— Pourquoi tu étais si maladroit avec cette capote, d'ailleurs ?

Christian serra les dents, son bras se crispant autour de la taille d'Éloïse, tandis qu'elle caressait affectueusement son torse par-dessus son T-shirt noir.

— Je ne sais pas si je peux te parler de ça... Presque personne n'est au courant...

Elle se redressa juste assez pour le dévisager, les sourcils froncés.

— Je ne dirais rien. C'est promis.

Christian ferma les yeux et soupira en posant son avant-bras libre sur ses paupières.

— Tu vas me regarder autrement si je te dis pourquoi...

Contre toute attente, Éloïse déposa un doux baiser sur ses lèvres pour l'encourager. C'était un geste tellement tendre que Christian rouvrit les yeux pour la dévisager. Il ne savait pas où tout ça allait les mener, mais il voulait que ça compte plus qu'une simple nuit.

— Ça ne changera rien, le rassura-t-elle avec bienveillance. Ça ne peut pas être pire que ta crise d'angoisse dans l'avion.

Elle lui sourit tandis qu'il affichait une moue contrariée.

— Tu as tort, c'est probablement pire. En tout cas, Jessica semblait estomaquée...

— Jessica est une garce sans cœur, répliqua Éloïse.

Christian soupira et reposa son avant-bras sur son visage. Il avait tellement honte qu'il préférait ne pas voir l'expression d'Éloïse quand il lui dirait la vérité.

— Avant ce soir, j'étais pratiquement vierge…, murmura-t-il dans un souffle.

Un long silence lui répondit et il osa jeter un œil vers Éloïse. Elle l'observait en fronçant les sourcils.

— Comment ça « pratiquement » ?

Christian soupira et fixa le plafond.

— À ma soirée d'anniversaire, j'ai un peu trop bu et… disons que j'ai jeté mon dévolu sur une blonde qui me faisait penser à toi… Le lendemain matin, elle était dans mon lit et je n'ai aucun souvenir de ce qui s'est passé. C'était ma première fois…, grimaça-t-il.

— Waouh…, lâcha Éloïse sous le choc. Je ne savais pas…

Il déglutit difficilement avant d'oser croiser son regard. Celui d'Éloïse était intense, car elle se rendait compte qu'elle lui plaisait vraiment.

— C'est probablement pour ça que tout le monde pense que je suis gay…

Contre toute attente, elle explosa de rire, ce qui contraria Christian. Il fixa de nouveau le plafond en serrant les dents.

— Qui pense que tu es gay ?

— Jessica, grogna-t-il. Elle fait une fixette parce que je n'ai jamais voulu coucher avec elle.

Le rire d'Éloïse mourut instantanément.

— Jessica t'a fait des avances ? s'inquiéta-t-elle d'une voix un peu trop aiguë à son goût.

— Ouais, mais je n'ai jamais fait attention…

— Elle ne t'intéresse pas ? questionna Éloïse qui se sentait bien moins jolie que cette garce sans cœur qui en faisait toujours des tonnes.

— Non.

— Mais pourquoi ? Enfin, elle est mille fois plus jolie que moi et...

— Elle est trop chiante ! s'agaça Christian. Et Kevin est encore dingue d'elle.

Les paupières d'Éloïse papillonnèrent.

— Kevin ?

— Oui, c'est... mon meilleur ami. C'est pour ça que j'ai embauché Jessica. C'était pour lui faire plaisir.

— Et s'il n'y avait pas Kevin ? Et si elle était moins chiante ? Tu t'intéresserais à elle ? insista Éloïse qui ne se sentait pas particulièrement à l'aise avec le fait que Jessica ait des vues sur Christian.

— J'en sais rien... Ça ne m'a jamais traversé l'esprit.

— Mmm, grogna Éloïse qui n'était pas totalement rassurée.

Elle était même paniquée à cette idée, ce qui était inattendu. Avec angoisse, elle reposa sa tête contre le torse de Christian et s'accrocha à lui le plus discrètement possible. Il sentait bon et sa chaleur avait quelque chose de réconfortant qu'elle n'avait jamais connu. C'était addictif et flippant à la fois.

— Et toi ? Si Léo était libre et habitait ici ? Tu serais toujours avec lui ?

Ses questions la prirent au dépourvu.

— Probablement... Il était gentil, dit-elle en haussant les épaules.

— Je vois, grogna Christian qui n'était pas du tout rassuré non plus.

Quelque chose au creux de son ventre se noua et il serra les dents. Il n'avait jamais ressenti cette impuissance, mêlée de rage, et c'était déstabilisant.

Toutefois, la fatigue les rattrapa vite et ils s'endormirent en s'agrippant l'un à l'autre.

Le lendemain matin, lorsque Christian se réveilla, Éloïse avait disparu. L'esprit encore un peu embrumé par le sommeil, il lui fallut quelques minutes pour comprendre ce qu'il faisait dans cette chambre miteuse. La peur et le manque le frappèrent de plein fouet. Son cœur s'accéléra subitement et son ventre se noua douloureusement alors qu'il se levait pour s'engouffrer dans la salle de bain. Éloïse n'était pas là…

Il regarda autour de lui et ne vit plus aucune de ses affaires. Elle l'avait abandonné… Ses jambes vacillèrent et il dut se rasseoir sur le lit. Il se sentait mal et la boule dans sa gorge le faisait affreusement souffrir.

Lorsque son téléphone sonna, il se jeta dessus en pensant que c'était peut-être Éloïse, mais c'était Jessica… Il décrocha mollement.

— Qu'est-ce que tu veux ? grogna-t-il.

— Tu n'es pas dans ta chambre, j'en déduis donc que tu as utilisé le préservatif ? s'enthousiasma-t-elle.

— Ne compte pas sur moi pour te parler de ma vie sexuelle, Jess.

Un petit cri lui déchira le tympan.

— Alors, ça y est ? Tu l'as fait ? s'écria-t-elle, hystérique.

— Bordel, Jessica ! Laisse-moi tranquille !

Elle se tut une seconde.

— Pourquoi tu as l'air si tendu ? Tu devrais plutôt être heureux, non ? Il s'est passé quelque chose ?

— Je n'ai pas envie d'en parler…, soupira-t-il.

Jessica ne sut pas quoi dire, mais elle s'inquiéta pour lui.

— Est-ce que tu veux qu'on passe te chercher quelque part ?

— Oui. Je suis à l'hôtel près de la plage. Je t'envoie l'adresse.

— OK. J'arrive dans dix minutes.

— Merci…, murmura-t-il.

— T'en fais pas, Christian. Quoi qu'il se soit passé, je suis sûre que ce n'est pas si grave, tenta-t-elle avec compassion.

Mais Christian ne répondit pas et se contenta de raccrocher. Il se laissa tomber sur le lit et fixa le plafond. Lorsque son téléphone sonna de nouveau, il se redressa d'un bond, avec l'infime espoir que ce soit Éloïse, cette fois. Mais c'était encore Jessica. Son texto lui indiquait qu'elle l'attendait devant l'hôtel. Il récupéra son jean à la quatrième vitesse et s'habilla rapidement, avant d'attraper son portefeuille et de sortir de la chambre à regret.

Voilà… Il avait enfin fait l'amour avec la femme qui le hantait depuis des semaines et il avait tout gâché… La tristesse et la douleur, qui emplissaient son cœur et ses tripes, le mettaient au supplice. Mais il ne voulait pas montrer tout ça à ses amies. Encore moins à la garce sans cœur qui ne cesserait de lui tirer les vers du nez. Avec fatalité, il prit une grande inspiration et se composa un visage impassible, d'un froid glacial. Cette expression qu'il avait tant travaillée pour gravir les échelons dans le monde du travail.

— Salut ! s'écria-t-elle joyeusement lorsqu'il monta sur le siège passager. Tu veux conduire ?

— Non…

Il s'abîma dans la contemplation de la ville, puis de la plage à mesure que la voiture avançait, et Jessica ne sut pas trop quoi faire pour le sortir de sa mélancolie. Elle se gara enfin devant leur hôtel et il sortit de la voiture, tel un automate. Voyant qu'il s'enfuyait à grandes enjambées, elle fit le tour de la voiture et le rattrapa en lui courant après.

— Christian ! l'invectiva-t-elle. Attends-moi !

— Laisse-moi tranquille…

— Est-ce que je peux faire quelque chose ? demanda-t-elle avec inquiétude.

Il lui jeta un bref coup d'œil.

— Tu pourrais conduire pour le retour ?

Elle écarquilla les yeux de surprise.

— Heu… oui. OK…

— Bien, alors va prévenir les autres qu'on rentre. Rendez-vous dans 15 minutes à la voiture.

Elle faillit protester, mais lorsque le regard dur de Christian tomba de nouveau sur elle, elle sut qu'il ne changerait pas d'avis, alors elle accepta.

*****

Le lundi matin, lorsque Christian retourna travailler, l'angoisse le saisit. En temps normal, il n'était jamais stressé. Surtout pour le boulot. Il avait plutôt tendance à avoir confiance en lui, mais avec les filles, c'était tout l'inverse. Surtout avec Éloïse… Il redoutait de la croiser…

Bon, en réalité, il avait surtout envie de se diriger droit vers son open space.

Avec impatience, il rejoignit son bureau, saluant brièvement sa secrétaire au passage. Puis, il s'installa dans son fauteuil et alluma son ordinateur. Il tria quelques mails, mais il abandonna vite. Avec fatalité, il se leva pour retrouver Éloïse. Son cœur battait trop fort et son souffle était court. Il avait la sensation que ses jambes allaient céder sous son poids à mesure qu'il se rapprochait d'elle. L'angoisse lui donnait des bouffées de chaleur et il se retint de desserrer sa cravate, qu'il avait parfaitement ajustée quelques minutes plus tôt.

Une fois devant la porte de l'open space, il toqua avant de l'ouvrir un peu trop vivement. Les trois filles présentes sursautèrent puis le saluèrent avec respect, mais l'attention de Christian restait rivée sur le siège vide d'Éloïse. On aurait dit qu'il avait buggé.

— Éloïse n'est pas là, l'informa Kelly.

Christian sortit de sa torpeur et posa les yeux sur elle en affichant de nouveau une expression neutre.

— Dites-lui de venir dans mon bureau dès qu'elle arrivera.

Kelly acquiesça, n'osant pas le contrarier, et il repartit, toujours aussi stressé. Lorsqu'il se retrouva devant son ordinateur, il était encore plus dispersé et il ne comprenait rien aux mails qu'il lisait.

— Bordel! grogna-t-il en fermant le capot de son portable d'un coup sec.

Il avisa l'heure pour s'apercevoir qu'il était presque midi et qu'il n'avait pas avancé d'un pouce sur sa montagne de travail. Il était dépité de ne pas avoir vu Éloïse. Avec appréhension, il rouvrit son PC et voulut lui envoyer un message instantané, mais le message d'absence qui s'afficha sur le profil d'Éloïse faillit lui faire péter les plombs.

— Deux semaines ?! bougonna-t-il, agacé.

Il rangea ses affaires à la va-vite et décida de passer chez elle, puisqu'il savait où elle habitait, à défaut d'avoir son téléphone. Durant toutes ces années, Christian n'avait jamais succombé à une femme, car il n'avait pas le temps pour ça et, aussi, parce qu'il pensait ne pas les intéresser… Aujourd'hui, il regrettait d'être tombé sous le charme de cette femme qui l'empêchait de se concentrer sur son travail et qui lui faisait faire n'importe quoi ! Il savait qu'il n'aurait pas dû s'enfuir du bureau pour foncer chez elle. Il avait pris sur lui le reste du weekend pour ne pas faire ça, se disant qu'il la verrait aujourd'hui. Mais le fait qu'elle soit absente le mettait à l'agonie. Il avait besoin d'elle, de sa présence, de son odeur et de tout ce qui la définissait. C'était elle et personne d'autre, réalisa-t-il avec horreur.

Au volant de sa voiture, il lâcha un rire amer en comprenant ce que sa mère lui avait rabâché durant toute son enfance. Que l'amour était une sorte de drogue qui provoquait le chaos dans le cerveau et que, parfois, on faisait n'importe quoi malgré les conséquences.

Il ne voulait pas de ça, mais il n'avait pas le choix. Les émotions qui lui vrillaient les entrailles étaient bien plus fortes que sa volonté. Et Dieu savait que Christian n'était pas dépourvu de volonté, bien au contraire…

Il roula quelques minutes dans un état second, jusqu'à atteindre l'immeuble d'Éloïse. Son cœur martelait sa poitrine et son ventre était tellement noué qu'il avait du mal à respirer. Il se gara à moitié sur le trottoir, sans tenir compte des passants qui lui râlaient dessus. Il sortit en trombe de sa voiture pour courir jusqu'à l'interphone de l'immeuble. Après plusieurs minutes d'appels incessants, il commença à se sentir vraiment très mal.

Pourquoi elle ne répondait pas ?

Puis, une vieille femme l'aperçut à travers la double porte vitrée et l'ouvrit, sans toutefois le laisser entrer.

— Est-ce que je peux vous aider ? demanda-t-elle avec suspicion.

— Heu… oui, je… voulais voir Éloïse Goldammer.

Voyant qu'il semblait gêné et timide, la vieille femme se détendit instantanément.

— Mademoiselle Goldammer est en vacances pour deux semaines. Elle rend toujours visite à sa grand-mère avec son frère à cette période. La pauvre femme est en maison de retraite depuis des années et n'a pas pu l'élever à la mort de sa mère... encore moins lorsque leur père les a quittés...

Christian accusa le coup, mais réussit à garder son sang-froid.

— Qui êtes-vous ? demanda-t-il ensuite. Comment savez-vous tout ça ?

La vieille femme lui adressa un sourire amical.

— Je suis la concierge de l'immeuble. Je connais Éloïse depuis un moment, maintenant, et elle vient parfois m'apporter des pâtisseries que l'on partage autour d'un thé. C'est une jeune fille adorable.

— Oui, elle est adorable..., répéta Christian en se sentant de plus en plus mal.

Il retint la déferlante d'émotions, qui menaçait d'exploser, jusqu'à dire au revoir à la concierge mais, quand la porte se referma, son désespoir fut pire qu'à l'arrivée. D'un pas chancelant, il retourna vers sa voiture. Il avait l'impression qu'il était sur le point de faire une crise de nerfs et il se fit l'effet d'un enfant prêt à faire une colère parce qu'il n'obtenait pas ce qu'il voulait.

— Bordel..., marmonna-t-il en atteignant sa voiture.

Il resta planté sur son siège en fixant son volant, l'air hagard, ne sachant pas quoi faire pour apaiser ce mélange de colère et de tristesse qui bouillonnait dans son cœur. Puis il pensa à Kevin et à sa dépression, suite à sa rupture avec Jessica, quelques années auparavant, et il décida de lui rendre visite.

Par chance, Kevin bossait chez lui la plupart du temps. Il était musicien et vivait de sa passion. La journée, il composait de nouveaux morceaux et répétait quand les autres membres de son groupe étaient disponibles. Ils faisaient des concerts pratiquement tous les weekends, ce qui expliquait son rythme parfois décalé par rapport aux autres et son amour pour les grasses matinées.

Heureusement pour Christian, il n'était pas trop tôt. Comme il commençait à avoir faim, il fit un crochet par un restaurant japonais qu'il adorait. Il était sûr que Kevin n'avait encore rien avalé de la journée, tant il devait être absorbé par ses compositions. Il savait que, dès que son meilleur pote se levait, il buvait un café et se mettait immédiatement au travail. C'était l'une des raisons pour laquelle sa maison était si bordélique. Rien d'autre ne comptait pour lui à part sa passion…

Une fois devant chez Kevin, les mains chargées de plats délicieux, Christian sonna. Mais il savait que Kevin ne viendrait pas lui ouvrir, car il devait probablement être absorbé par sa musique et ne l'entendait pas. Alors, il poussa la porte, qui n'était jamais verrouillée, à son grand désarroi. Christian avait sermonné plus d'une fois son ami sur les risques de cambriolages dans le quartier, mais il ne l'écoutait pas.

— Salut ! s'écria-t-il.

Il ne reçut aucune réponse. Il s'avança dans le salon qu'il trouva complètement vide et posa ses sacs de nourriture sur un coin de la table, qui était recouverte de partitions éparpillées.

Christian soupira, faisant fi du bordel autour de lui, et se rendit au sous-sol où il trouva Kevin en train de jouer des accords de basse. Il l'observa un instant, attendant que ce dernier le remarque pour éviter de se faire incendier. En effet, Kevin détestait être dérangé en pleine créativité.

Au bout de quelques minutes, son ami releva enfin la tête et découvrit Christian devant lui. Il sursauta légèrement avant de froncer les sourcils puis reposa sa basse sur son trépied.

— J'ai apporté le déjeuner, commença Christian.

Kevin hocha la tête.

— On est bien lundi ? demanda-t-il ensuite.

— Oui…, acquiesça Christian.

— Alors, qu'est-ce que tu fous là ?

Christian avala difficilement sa salive, car ça lui coûtait de révéler la vérité à Kevin.

— J'ai besoin de conseils…

Kevin soupira en montant les escaliers pour rejoindre son salon, suivi de près par Christian.

— Si c'est à propos d'une nana, je t'ai déjà dit que ce n'était pas mon domaine.

— Je sais, mais…

— Du japonais ! le coupa Kevin, ravi, en ouvrant les sacs posés sur la table.

— Je savais que ça te ferait plaisir, répliqua Christian en attendant quelques minutes avant d'exposer ses problèmes.

Kevin poussa la tonne de papiers éparpillés et l'entassa sur l'autre moitié de sa grande table puis débarrassa les fringues qui traînaient sur les chaises, avant de s'installer. Christian en fit de même et attrapa son plat de gyoza.

— Je suis déprimé…, révéla-t-il ensuite.

Kevin l'observa en enfouissant un sushi dans sa bouche, l'invitant à développer.

— Comment tu as fait quand Jessica t'a quitté ? demanda Christian, sans savoir si cela raviverait la blessure de son ami.

Kevin se redressa pour s'appuyer contre le dossier de sa chaise.

— Si tu me demandes comment gérer une rupture, je ne suis pas la meilleure personne, non plus, Christian.

— Je ne sais pas à qui en parler et Jessica est trop impulsive. Elle serait capable d'aller chercher Éloïse et de la traîner par la peau des fesses jusqu'à mon bureau…

Quelques secondes de silence s'étirèrent entre eux avant que Kevin ne reprenne la parole.

— Il n'y a pas de recette miracle. Seul le temps permet d'aller de l'avant et de refermer la blessure. Et parfois, ça prend des années…

Kevin ressentit de la peine pour son ami en le voyant se décomposer un peu plus.

— Je ne sais pas quoi faire…, continua Christian, en mangeant machinalement.

Kevin haussa les épaules.

— Sors, rencontre d'autres personnes, trouve-toi une nouvelle passion. Il n'y a pas grand-chose d'autre à faire…

— Je n'arrive même plus à travailler…

— Je sais… ça reviendra. Prends des vacances, mec ! Et surtout, ne reste pas tout seul. Crois-moi, c'est pire.

Kevin étudia Christian une bonne minute avant de se décider à continuer.

— Bon… t'as qu'à rester ici, ce soir. On fera une petite soirée entre nous. De la bière, de la pizza et un bon film d'action.

— Merci…, dit Christian avec reconnaissance.

Puis il continua à manger machinalement les plats qu'il avait achetés, mais son appétit avait disparu depuis longtemps. Une fois qu'ils eurent terminé de déjeuner, Kevin débarrassa la table et en profita pour taper affectueusement l'épaule de Christian.

— T'en fais pas, mec, dans une semaine tu l'auras oubliée.

Christian hocha faiblement la tête en se levant pour l'aider, mais il n'était pas du tout convaincu.

Chapitre 20

Le lendemain matin, Christian fut réveillé par la sonnerie incessante de son téléphone portable. Il l'attrapa maladroitement et avisa le nom de sa secrétaire sur l'écran.

— Oui, Elizabeth ?

— Les actionnaires sont là depuis une bonne demi-heure et ils commencent à s'impatienter, paniqua-t-elle.

Christian se redressa d'un bond et s'assit sur le canapé où il avait passé la nuit. Il regarda la pièce autour de lui et se rappela qu'il avait dormi chez Kevin.

— Bordel, quelle heure est-il ? s'inquiéta-t-il soudain.

— Il est 10 h passées, Monsieur...

— Bordel de merde ! s'écria-t-il.

Puis, il se rappela qu'il n'avait rien préparé pour la réunion des actionnaires. Il n'avait pas réussi à se concentrer sur son travail et à faire les reportings et les synthèses de la semaine. Une sueur froide lui remonta le long de l'échine.

— Je ne vais pas pouvoir faire la réunion, Elizabeth...

Le silence à l'autre bout du fil ne présageait rien de bon.

— Est-ce que vous allez bien ? demanda ensuite sa secrétaire.

— Pas vraiment..., lâcha Christian en se passant une main sur le visage.

Elizabeth attendit patiemment les instructions de son patron, mais comme il ne disait toujours rien, elle s'inquiéta encore plus. Puis, un des actionnaires l'invectiva d'un ton sec et cela énerva Christian.

— Dites-leur que je ne suis pas un robot, bordel de merde ! s'écria Christian.

— Heu... très bien, couina Elizabeth. Je note.

Christian soupira et se laissa tomber contre le dossier du canapé.

— Pardon, je ne voulais pas vous crier dessus… Ne leur dites pas ça…

Il y eut quelques secondes de silence.

— Si vous êtes malade, je pourrais leur dire que vous êtes souffrant ?

— J'aurais vraiment préféré être malade, Elizabeth…

Elle ne répondit pas et attendit la suite.

— Dites-leur que j'ai eu une urgence familiale.

— Bien, Monsieur. J'espère que ce n'est rien de grave… Est-ce que je dois m'inquiéter pour les prochains jours ? Votre agenda est assez rempli jusqu'à la fin de la semaine…

Christian soupira de nouveau.

— Non, rien de grave, ne vous inquiétez pas. Et, pour les autres jours, je ne sais pas encore…

— Loin de moi l'idée de vous commander, mais ce serait peut-être le moment de prendre des vacances, Monsieur.

— Oui… vous avez sûrement raison.

Et ils raccrochèrent. Christian s'en voulut un peu de laisser Elizabeth essuyer les reproches des actionnaires, qui avaient fait une longue route pour se rendre à l'entreprise, mais, en l'état actuel des choses, il lui était impossible de faire autrement.

Durant ces deux semaines de déprime, Christian fit de son mieux pour cacher son état à Jessica, l'évitant autant que possible lorsqu'il se rendait à son bureau. Sur les conseils de Kevin, il aménagea ses horaires de travail et ne traita que les urgences. Le reste du temps, il le passait avec son ami, quand il n'était pas en train de faire de l'exercice physique pour évacuer les tensions. Malgré tous ses efforts, il n'arrivait pas à se sortir Éloïse de la tête et il était de plus en plus tendu à mesure que les jours passaient et qu'il se rapprochait du moment où elle allait rentrer de vacances.

Il ne savait pas encore comment il réagirait en la voyant. Si sa colère prendrait le dessus sur le manque, qu'il ressentait depuis cette nuit qu'ils avaient partagée, ou s'il se comporterait comme un imbécile niais dès qu'il croiserait son regard. Ne pas connaître les intentions d'Éloïse le rongeait chaque jour un peu plus. Il n'aurait jamais pensé que cette fille était le genre de personne à se contenter d'une nuit…

Pourtant, il savait qu'elle avait couché avec Léo. Ça aurait dû lui mettre la puce à l'oreille. Il aurait pu se préparer à l'inévitable…

Une partie de lui était en rage de s'être fait des films et d'avoir cru qu'ils étaient ensemble parce qu'ils avaient fait l'amour. Mais une autre se disait qu'il ne méritait sûrement pas d'être avec quelqu'un. De toute façon, il n'avait pas le temps pour ça et elle aurait certainement fini par le quitter parce qu'il ne lui aurait pas accordé suffisamment d'attention…

Le lundi tant redouté arriva enfin et Christian stressait bien plus que prévu en se rappelant que c'était le jour où Éloïse revenait de vacances. Lorsqu'il franchit le seuil de Composite Inc, il fit de son mieux pour se cloîtrer dans son bureau et ne pas céder à la tentation de courir la voir. Il avait encore plus de mal que d'habitude à se concentrer sur son travail. Au bout de quelques minutes, son téléphone sonna, le faisant sursauter, et il décrocha machinalement.

— Oui ? grogna-t-il.

— Heu… bonjour, je souhaiterais parler à Éloïse Goldammer.

Christian ressentit un léger frisson lui parcourir le ventre en entendant son nom.

— Vous vous êtes trompé de numéro, dit-il simplement.

Son interlocuteur s'excusa avant de raccrocher. Durant toute la matinée, son téléphone ne cessa de sonner. Toutes les personnes qui appelaient voulaient parler à Éloïse et cela lui fit perdre son sang-froid. Avec colère, Christian déboula comme une tornade dans l'open space du service informatique.

Il ne prit même pas la peine de frapper et entra en trombe, faisant sursauter toutes les personnes présentes. Lorsqu'il croisa les grands yeux noisette d'Éloïse, il resta stoïque un moment et perdit toute son assurance.

— Quelque chose ne va pas, Monsieur ? s'enquit Kelly.

Christian tourna lentement la tête vers elle et reprit ses esprits.

— J'aimerais savoir pourquoi toutes les personnes qui m'appellent demandent à parler à Éloïse !

Sa colère revenue, il jeta un regard furieux vers cette dernière, qui sembla se recroqueviller sur elle-même, et cela le fit un peu culpabiliser. Il pinça les lèvres et fut à deux doigts de lui présenter ses excuses lorsque Kelly reprit la parole.

— Nous venons de basculer certains numéros sur la messagerie instantanée pour supprimer les téléphones et il semble que cela entraîne des bugs…

Christian serra les dents.

— Très bien, rectifiez le problème le plus rapidement possible et tenez-moi au courant.

Kelly hocha la tête et Christian reporta son attention sur Éloïse. Ils se fixèrent plusieurs secondes, comme si une conversation silencieuse se jouait entre eux. Éloïse se mordilla les lèvres et Christian finit par secouer la tête de déception avant de s'en aller en refermant la porte derrière lui.

Il regagna son bureau d'un pas chancelant, le cœur au bord de l'explosion. Il aurait dû lui dire quelque chose, n'importe quoi, pourvu qu'ils se parlent et mettent les choses au point. Christian était dépité, il ne savait pas du tout comment gérer la situation. Il avait envie de demander conseil à quelqu'un, mais il ne voulait pas que Jessica en fasse des tonnes et s'en prenne à Éloïse. Alors, une fois sur son fauteuil, il fixa la fenêtre d'un air hagard. Les bâtiments et les voitures qui avançaient à vive allure dans la rue principale retinrent toute son attention.

Au bout d'un certain temps, Elizabeth le prévint qu'Éloïse réclamait un rendez-vous et qu'elle patientait dans le couloir. Christian se tendit d'un coup et son cœur se mit à palpiter frénétiquement. Les trois petits coups sur sa porte le firent à moitié paniquer et il se redressa sur son fauteuil.

— Entrez, dit-il d'une voix qu'il espérait ferme.

La porte s'ouvrit et Éloïse entra timidement dans le bureau, avant de refermer le battant derrière elle. Elle n'avait pas l'air en forme, chose que Christian n'avait pas remarquée tout à l'heure. Il fronça les sourcils en l'observant.

— J'aimerais qu'on discute…, commença-t-elle d'une petite voix.

Christian prit une grande inspiration et l'air se bloqua dans ses poumons, mais il fit de son mieux pour paraître impassible.

— Je vous écoute, répliqua-t-il en la vouvoyant exprès.

Elle le dévisagea et son visage se décomposa un peu plus, puis elle fit un pas en arrière, prête à s'enfuir. Éloïse s'était fait violence pour aller oser parler à Christian. Elle ne comprenait pas pourquoi il ne lui avait pas donné de nouvelles et encore moins pourquoi il semblait si en colère, tout à l'heure. Mais qu'il la vouvoie après ce qu'ils avaient vécu ensemble, c'était au-dessus de ses forces.

— Je n'aurais pas dû venir…, marmonna-t-elle en s'apprêtant à partir.

Christian se leva d'un bond.

— Éloïse, attends ! s'écria-t-il, un peu trop fort, à cause de la peur qu'il ressentait.

Elle se tourna de nouveau vers lui, confuse.

— Assieds-toi, dit-il en passant une main lasse sur son visage.

Elle s'exécuta et posa ses mains crispées sur ses genoux, le cœur battant à tout rompre.

— Pourquoi tu ne m'as pas appelée ? murmura-t-elle en fixant ses doigts.

Christian perdit tous ses moyens sous la surprise et mit un peu trop de temps à répondre. Elle releva les yeux pour lui jeter un coup d'œil et avisa son visage choqué. Elle se leva de nouveau, se sentant de plus en plus mal et Christian réagit enfin.

— Je n'avais pas ton numéro…, balbutia-t-il en la dévisageant toujours.

Elle croisa son regard d'un vert énigmatique et détourna encore les yeux.

— Je t'avais laissé un mot sur l'oreiller…

— Quoi… ? s'exclama Christian qui n'en croyait pas ses oreilles. Mais… Je n'ai rien vu…

— Dessus, il y avait mon numéro, continua-t-elle. Et j'avais aussi marqué quelques explications au sujet de mon train que je ne pouvais pas louper. J'avais prévu de rejoindre mon frère directement chez ma grand-mère…

Elle avait l'air si triste que la poitrine de Christian se comprima et que son ventre se noua.

— Bordel, grogna Christian.

Il ne résista pas et s'élança vers elle pour la prendre dans ses bras. Il la serra de toutes ses forces et agrippa sa nuque avec soulagement. Éloïse ne bougea pas, trop surprise par ce soudain revirement. Pourtant, la tension qui ne les quittait plus depuis qu'ils s'étaient séparés s'estompa enfin.

— J'ai cru… que tu regrettais ce qui s'était passé et que tu ne voulais plus me voir…, avoua Christian.

Elle relâcha l'air qu'elle n'avait pas eu conscience de retenir et lui rendit enfin son étreinte, savourant la chaleur et l'odeur si enivrante de Christian.

— Après le petit accident qu'on a eu, ça m'a traversé l'esprit, confessa-t-elle tout de même.

Christian se crispa légèrement.

— Je ne sais toujours pas comment m'excuser pour ça…

Elle ne répondit rien et se blottit plus étroitement contre lui. Le cœur de Christian battait tellement fort qu'il redoutait qu'elle s'en aperçoive. Puis, Éloïse s'écarta légèrement et lorsque leurs regards se croisèrent de nouveau, Christian ne put se retenir plus longtemps. Avec douceur, ses doigts glissèrent dans les cheveux d'Éloïse et il la tira vers lui en se penchant pour l'embrasser. Lorsque leurs lèvres se touchèrent enfin, il grogna presque et sa langue plongea dans sa bouche avec avidité, comme s'il avait besoin de sa dose après tous ces jours d'abstinence. Éloïse gémit et s'agrippa à lui en se mettant sur la pointe des pieds, ce qui excita Christian à un point inimaginable. Son cœur était sur le point d'exploser, au même titre que sa braguette qui contenait difficilement son érection douloureuse. Mais il ne pouvait tout de même pas baiser Éloïse dans son bureau, en plein milieu de la journée.

Puis, l'interphone de sa secrétaire s'alluma et sa voix les fit sursauter.

— Monsieur, votre rendez-vous de 14 h est arrivé.

Christian s'arracha à Éloïse et se précipita vers l'interphone pour répondre à sa secrétaire.

— Faites-le patienter, grogna-t-il d'une voix essoufflée.

Il reprit difficilement sa respiration et ressentit un certain malaise face à cette soudaine perte de contrôle. Il n'osait pas regarder Éloïse et il était effrayé à l'idée qu'elle remarque dans quel état il était et à quoi il pensait en ce moment même.

Bordel ! Il fallait qu'il se ressaisisse. Son rendez-vous l'attendait et il n'avait pas du tout la tête à ça.

— Je crois que je devrais y aller, murmura Éloïse, sans oser s'approcher de Christian.

Il se tourna enfin vers elle, la mâchoire tellement serrée qu'elle ne sut pas comment interpréter cela.

— Désolé d'avoir perdu le contrôle, marmonna Christian, honteux. Il vaut peut-être mieux ne pas se croiser au bureau…

— Je vois…, lâcha-t-elle, vexée.

Remarquant son air triste et contrarié, Christian revint vers elle et attrapa doucement sa main.

— J'ai des choses importantes à faire et quand je suis avec toi, je ne pense à rien d'autre qu'à… Enfin, je n'arrive pas à me concentrer, se reprit-il en faisant de son mieux pour se calmer.

Contre toute attente, Éloïse lui sourit.

— Moi aussi, j'aimerais qu'on retourne dans une chambre, là, maintenant…

— Bordel, ne dis pas ça… Mon client est juste derrière cette porte et je dois être rationnel quand je négocierai avec lui.

Il avait l'air tellement tendu qu'Éloïse se blottit contre lui en passant sa main libre sur son torse, la faisant glisser de ses pectoraux jusqu'à son ventre, parcourant ses muscles dessinés et parfaits. Christian ferma les yeux.

— Détends-toi, murmura-t-elle.

— Tu es en train de me torturer, grogna-t-il en sentant de nouveau son membre se durcir.

Cette fois, Éloïse lâcha un petit rire.

— Dis-moi qu'on se voit ce soir…, supplia-t-il ensuite, en la fixant de ses yeux d'un vert assombri par le désir.

— Je finis à 18 h, lui répondit-elle avec un sourire joyeux.

Christian hocha la tête et ils restèrent encore quelques secondes à savourer leur proximité.

— Monsieur Peterson ? appela de nouveau la voix d'Elizabeth à travers l'interphone.

Christian se crispa et se détacha d'Éloïse à regret pour aller répondre à sa secrétaire.

— Encore une minute.

Puis, il reporta son attention sur Éloïse.

— Merci d'être venue, dit-il en la fixant avec envie.

Pour toute réponse, elle lui adressa un sourire chaleureux, puis elle sortit enfin du bureau.

Lorsque Éloïse croisa le client de Christian dans le couloir et qu'il la salua, elle rougit en se rappelant ce qui avait failli arriver quelques minutes plus tôt. Son cœur battait encore trop vite et sa respiration était trop rapide pour paraître normale. Au moment où elle passa devant Elizabeth, elle n'avait toujours pas repris ses esprits et cette dernière l'interpella.

— Est-ce que tout va bien ? s'inquiéta-t-elle.

Éloïse la fixa d'un air hagard, toujours très perturbée par le baiser de Christian. Et aussi soulagée.

— Heu… oui…

Elizabeth la dévisagea un peu trop longuement en affichant une moue compatissante.

— Vous savez, il n'est pas comme ça d'habitude... Ne prenez pas sa mauvaise humeur pour vous. Christian a des problèmes familiaux en ce moment...

Éloïse fronça les sourcils sans saisir le sens des paroles d'Elizabeth.

— Pardon ? balbutia-t-elle.

— S'il vous a réprimandée, ne le prenez pas mal..., continua Elizabeth avec hésitation.

Éloïse comprit enfin la méprise de la secrétaire.

— Oh, non, vous n'y êtes pas du tout... Christian... heu... Il ne m'a pas réprimandée, bégaya-t-elle sans trop savoir si elle avait le droit de lui révéler leur relation.

— Pourtant, vous avez l'air un peu chamboulée, insista Elizabeth.

Éloïse essaya de reprendre une contenance en cachant son trouble.

— Parlez-moi de ses problèmes familiaux, tenta-t-elle.

Elizabeth se redressa d'un coup et sembla se refermer comme une huître.

— Eh bien, je ne peux rien vous dire, à part que Christian n'était pas dans son assiette ces deux dernières semaines...

— C'est vrai ? demanda Éloïse en affichant un large sourire qu'elle ne put réprimer.

— Heu, oui. Mais pourquoi cela semble vous réjouir ?

Éloïse se ressaisit immédiatement.

— Pour rien. Merci, Elizabeth.

Puis, elle la salua avant de retourner à son poste. Lorsqu'elle entra dans l'open space, tous les regards de ses collègues étaient braqués sur elle. Éloïse fit de son mieux pour ignorer toute cette attention et se glissa sur son siège le plus discrètement possible. Le silence qui pesait dans la pièce n'était pas normal. Éloïse sentait que quelqu'un allait bientôt lui poser une tonne de questions vis-à-vis de Christian. Elle avait eu le malheur de dire à ses collègues qu'elle comptait lui rendre visite suite à son problème de bug.

— Alors ? commença Évelyne, toujours à l'affût des potins. Comment ça s'est passé avec le grand patron ?

Tous les regards se tournèrent de nouveau vers Éloïse et elle sentit son cœur s'accélérer à cause du stress.

— Il a l'air moins énervé, répliqua Éloïse en fixant toujours l'écran de son ordinateur, l'air de rien.

Voyant qu'Éloïse ne rentrait pas dans son jeu, Évelyne n'insista pas et se remit au travail. Par chance, leur manager était en vacances et ne pourrait donc pas la questionner sur ses rapports avec Christian, ce qui la soulagea un peu. Une fois remise de ses émotions, Éloïse réussit à se concentrer sur son travail, malgré ses coups d'œil constants sur l'horloge de son ordinateur. Elle attendait la fin de la journée avec impatience. Mais un problème majeur lui faisait également redouter la suite. Elle n'avait pas eu envie d'en parler à Christian après leur réconciliation de tout à l'heure, car elle ne voulait pas tout gâcher entre eux, mais elle avait du retard sur ses menstruations. Elle comptait faire un test de grossesse avant de rejoindre Christian.

Chapitre 21

À l'heure de partir, Éloïse s'éclipsa discrètement et fonça à la pharmacie. Avec affolement, elle revint au bureau pour faire son test, sans que Christian s'en aperçoive. Il lui restait à peine trente minutes avant de le rejoindre et elle angoissait tellement qu'elle eut du mal à réaliser le test. Ensuite, les trois minutes interminables avant le résultat lui arrachèrent des bouffées de chaleur, mais elle se fit violence pour ne pas regarder et ne pas paniquer. Pourtant, lorsque le temps fut écoulé et qu'elle avisa les deux barres roses sur le bâtonnet, elle crut qu'elle allait s'évanouir.

— Bon sang, non…, murmura-t-elle en remballant le tout pour le jeter à la poubelle.

Elle sortit des toilettes d'un pas chancelant, les jambes en coton et le moral en berne. Plusieurs personnes passèrent devant elle et la saluèrent, mais elle n'y prêta aucune attention.

Comment allait-elle faire ? Et surtout, comment Christian allait-il prendre la nouvelle ?

Elle ne savait même pas ce qu'elle voulait. Elle n'avait pas encore réalisé…

Elle s'appuya contre le mur du couloir en essayant de se calmer et en fermant les paupières. Heureusement, il n'y avait plus personne pour l'instant. Mais des pas résonnèrent quelques minutes plus tard et s'arrêtèrent près d'elle. Lorsqu'elle ouvrit de nouveau les yeux, Christian se tenait face à elle, le visage soucieux, ce qui lui provoqua une volée de papillons dans le ventre.

— Quelque chose ne va pas ? s'inquiéta-t-il.

Pourquoi fallait-il que ce soit justement lui qui la trouve ? Elle n'avait pas encore le courage de lui dire qu'elle était enceinte, mais elle devrait s'y résoudre d'ici peu...

Elle secoua la tête, incapable de parler, et Christian pressentit qu'elle n'allait pas bien.

— Viens, lui dit-il en posant une main sur sa taille.

Ce simple geste lui arracha un frisson et son cœur s'accéléra subitement, malgré la situation.

Elle se laissa entraîner avec lui. Comme c'était l'heure où la plupart des salariés quittaient le bureau, ils croisèrent pas mal de monde, ce qui leur valut plusieurs regards interrogateurs. Malgré cela, Christian et Éloïse continuèrent leur chemin sans y prêter attention. Cette dernière était trop absorbée par le trop-plein d'émotions ainsi que toutes les pensées qui tourbillonnaient dans sa tête. Son pire cauchemar était en train d'arriver. Tandis que Christian était tendu et anxieux à l'idée qu'Éloïse ait des ennuis.

Ils passèrent enfin devant Elizabeth qui leur lança un regard suspicieux. Sans adresser un mot à sa secrétaire, Christian guida Éloïse jusqu'à son bureau. Il referma la porte derrière lui avant de poser ses mains sur la taille d'Éloïse pour l'encourager à parler.

— Qu'est-ce qui ne va pas ? demanda-t-il avec douceur.

Encore une fois, le contact de Christian lui arracha quelques frissons et son cœur s'emballa de nouveau. Elle s'écarta dans un réflexe, pour avoir les idées claires. Et puis, elle préférait éviter de le toucher tant qu'il ne saurait pas la vérité. Elle baissa les yeux et recula jusqu'à heurter le bureau.

— J'ai... Eh bien... j'ai du retard..., bégaya-t-elle sans oser le regarder.

— Qu'est-ce que tu veux dire ? répliqua Christian en la fixant avec incompréhension.

Un sentiment étrange lui comprima la poitrine lorsqu'elle releva les yeux vers lui.

— Je n'ai pas eu mes règles, ce mois-ci...

Christian la dévisagea et attendit la suite. Il n'était pas stupide au point de ne pas comprendre ce qu'elle voulait dire. Simplement, il ne pouvait pas y croire.

— J'ai fait un test, tout à l'heure...

Avec appréhension, Christian s'approcha d'un pas, mais elle le stoppa d'un geste et il comprit. Pourtant, il ne dit toujours rien et attendit, car il ne savait pas comment réagir ni ce que cela signifiait pour Éloïse.

— Il était... positif..., murmura-t-elle d'une voix cassée, au bord des larmes.

En la voyant si bouleversée, Christian sentit de nouveau sa poitrine se comprimer et il parcourut la distance qui les séparait d'une grande enjambée. Il la prit dans ses bras tandis qu'elle pleurait en silence. Il ne savait toujours pas quoi dire. En fait, il était un peu sous le choc, mais il était hors de question qu'il renonce à cette femme.

— Je ne sais pas quoi faire..., couina Éloïse contre la poitrine chaude de Christian.

Il lui caressa doucement les cheveux d'une main, tandis que l'autre la maintenait fermement contre lui, de peur qu'elle s'enfuie.

— On a quelques jours pour réfléchir... On fera comme tu voudras...

Éloïse ne répondit rien et continua de pleurer en s'agrippant à la veste de Christian avec frénésie.

— Je suis désolé, crut-il bon d'ajouter.

En entendant ces mots, Éloïse ressentit une pointe de colère, car tout ça était de la faute de Christian... Mais, après tout, ça aurait très bien pu arriver quand même sans cet accident. Alors, elle se ressaisit et réussit à calmer son chagrin.

— Tu veux qu'on aille chez moi ? proposa Christian au bout d'un moment.

Pour toute réponse, elle hocha faiblement la tête et Christian se détacha lentement d'elle pour lui attraper la main.

— Ça va aller ? Je ne suis pas sûre qu'Elizabeth soit partie…

— Elle croit que tu me cries dessus, avoua Éloïse avec une petite grimace.

— Quoi ?! s'insurgea Christian. Elle devrait savoir que la seule personne qui me fait crier c'est Jessica !

Devant sa mine contrariée, Éloïse lui adressa un faible sourire, que Christian lui rendit, sa colère s'évanouissant instantanément.

— Est-ce que je dois garder le secret pour nous ? demanda-t-elle ensuite.

Elle aurait voulu dire "relation", mais elle n'était pas sûre du terme à utiliser pour qualifier tout ça, justement.

Pour toute réponse, Christian haussa les épaules, car il n'y avait pas réfléchi. D'ailleurs, il ne savait pas ce qui serait le mieux pour eux deux. Probablement ne rien dire à personne pour éviter les rumeurs désobligeantes…

— Je pense qu'il serait préférable de ne pas s'exposer pour l'instant, dit-il ensuite, réfléchissant à voix haute. Mais on peut en parler à Elizabeth si tu veux ? Jessica et Martin sont déjà au courant, de toute façon…

Elle acquiesça et il l'entraîna avec lui vers le bureau de sa secrétaire. À la seconde où cette dernière remarqua leurs doigts entrelacés, elle lâcha un hoquet de surprise.

— Elizabeth, je compte sur vous pour votre discrétion. Et si Éloïse souhaite me voir, considérez-la comme une priorité.

— Très bien, Monsieur, bégaya-t-elle, sous le choc.

Puis, après une seconde de silence, elle s'adressa à Éloïse.

— Alors, tout à l'heure, vous étiez en train de…

Éloïse rougit instantanément quand la phrase d'Elizabeth mourut sur ses lèvres et Christian se racla la gorge pour garder une contenance, en comprenant la teneur des propos de sa secrétaire.

— Tout ça ne vous regarde pas, Elizabeth !

— Oui, bien sûr, acquiesça-t-elle. Et, en ce qui concerne votre urgence familiale, Monsieur ? Dois-je annuler vos rendez-vous de demain ?

Christian la dévisagea sans trop savoir quoi lui répondre, car il était persuadé qu'elle avait compris son mal-être des jours précédents.

— Eh bien, je crois que l'urgence est terminée…, balbutia-t-il.

— Parfait, Monsieur. Je suis ravie de l'entendre, répliqua Elizabeth, avec un grand sourire chaleureux.

Ce qui déstabilisa Christian qui ne sut plus quoi dire pendant un instant. Heureusement, Éloïse pressa ses doigts et il reprit ses esprits. Il salua sa secrétaire et conduisit Éloïse vers la sortie pour rejoindre sa voiture. Comme à chaque fois qu'ils étaient ensemble, il leur était difficile de cesser de se toucher, comme s'ils ne pouvaient plus se passer l'un de l'autre.

Ils roulèrent en silence jusqu'à l'appartement de Christian. Une fois à l'intérieur, Éloïse fut surprise de découvrir le salon immaculé ainsi que les quelques paires de chaussures parfaitement alignées à l'entrée. Elle n'osa pas dépasser le palier, de peur de tout salir.

— J'ai des chaussons pour invités, s'empressa de dire Christian en mettant les siens et en ouvrant un petit placard à côté de la porte.

Puis, il tendit une paire de pantoufles blanches en éponge à Éloïse, qui lui lança un regard perplexe. Elle les attrapa néanmoins, avant de se déchausser à son tour, disposant ses baskets à côté de celles de Christian.

— Merci…, murmura-t-elle ensuite.

Elle avança dans la pièce, inspectant chaque recoin parfaitement rangé.

— C'est… mignon, lâcha-t-elle, sans trop savoir quoi dire d'autre.

Pourtant, voir que Christian était si ordonné la fit un peu paniquer, car elle était plutôt l'inverse. Lorsqu'il lui sourit chaleureusement, elle se sentit encore plus mal à l'aise. Tout ça était nouveau pour elle et ça lui paraissait bizarre que son patron soit si intime avec elle. Bien sûr, lors de leur nuit torride, ça ne lui avait même pas traversé l'esprit. Pourtant, maintenant, alors qu'elle savait qu'elle était enceinte, la complexité de leur relation lui sauta aux yeux. À présent, elle se demandait s'il finirait par la virer pour lui éviter tout un tas de problèmes… Tout ça, accentua son angoisse.

— Tu veux manger quelque chose ? proposa Christian.

Elle croisa son regard en sortant de son tumulte de pensées.

— Oui, j'ai vraiment très faim…

Il hocha la tête et se dirigea vers le frigo pour prendre plusieurs ingrédients, avant de se mettre au travail.

— Un risotto aux champignons avec des blancs de poulet ? Elle s'approcha quand il sortit une bouteille de vin blanc.

— Je ne crois pas que ce soit une bonne idée, murmura-t-elle en avisant la bouteille, bien que le plat en lui-même la fasse saliver d'avance.

— C'est vrai, approuva Christian en pinçant les lèvres au moment où il se rappela qu'elle était enceinte. Mais il sera cuit, ça ne devrait pas poser de problème.

Éloïse acquiesça en l'aidant à préparer les champignons et ils cuisinèrent ensemble, comme s'ils avaient fait cela toute leur vie. Christian apprécia ce moment, bien plus qu'il ne l'aurait cru, et ne put s'empêcher de sourire à chaque fois qu'il croisait le regard d'Éloïse. Inconsciemment, ils calquaient leurs mouvements en fonction de l'autre, évoluant en harmonie de façon instinctive.

Lorsque tout fut prêt, le téléphone de Christian se mit à sonner. Il se crispa en se souvenant qu'il appelait sa mère tous les jours à cette heure-ci. Toutefois, il ignora son appel et rangea son portable dans sa poche, mais c'était sans compter sur l'insistance de Marie-Louise. Avec un soupir résigné, Christian reprit son téléphone, avant de s'adresser à Éloïse.

— Je dois décrocher, s'excusa-t-il. Tu peux commencer à manger, je n'en ai pas pour longtemps…

Elle hocha la tête et s'installa au bar, tandis que Christian s'éloignait dans sa chambre.

— Maman, je ne peux pas te parler ce soir…

— Ah bon ? Mais pourquoi ? J'ai appris que tu n'allais pas bien…

— Bon sang ! Qui t'a dit ça ? s'agaça Christian.

— Ta cousine m'a appelée.

Il se tut, ne sachant pas quoi répondre. C'était sûrement Kevin qui en avait parlé à Kristen et cette dernière avait clairement tout répété à Zoé.

— Je vais bien, mentit Christian.

— Raconte-moi tout, insista sa mère sur un ton compatissant et inquiet.

Sachant qu'il ne pourrait certainement pas garder sa situation secrète et que Marie-Louise le retiendrait en ligne jusqu'à ce qu'il lui réponde, il essaya de lui expliquer ce qui lui arrivait en quelques phrases rapides pour raccrocher le plus vite possible. Il ne voulait pas laisser Éloïse seule trop longtemps.

— Elle est enceinte ?! s'écria sa mère avec joie. Est-ce qu'elle est chrétienne, au moins ? Vous allez vous marier ?

— Maman..., s'étrangla Christian. Nous n'avons pas encore eu ce genre de conversation. Est-ce que tu m'écoutes quand je te parle ? C'était un accident.

— Oui, oui...

— Je dois te laisser, mon repas va refroidir. Je te rappelle demain.

Et il raccrocha, en espérant que cela suffirait à sa mère.

Lorsqu'il retourna dans son salon, Éloïse avait déjà mangé une bonne partie du risotto et une escalope de poulet entière.

— C'est délicieux, dit-elle, la bouche pleine, ce qui arracha un petit sourire à Christian.

Il se détendit enfin et se servit avant de s'installer en face d'elle. Bizarrement, la situation ne lui faisait plus peur et il commençait à se demander si Éloïse accepterait de vivre avec lui pour élever leur enfant. Peut-être même qu'il allait se marier, après tout ? C'était la première femme qui s'intéressait à lui et pour qui il éprouvait quelque chose de vraiment fort.

Tout en mangeant, il l'observait avec admiration et bonheur. Mais ce sentiment s'envola bien vite quand Éloïse s'effondra sans préambule. Elle posa ses paumes sur son visage pour cacher son chagrin.

— Qu'est-ce que je vais faire..., dit-elle entre deux sanglots.

Christian déglutit et attrapa sa main pour la réconforter.

— Je ne te laisserai pas tomber.

Elle releva ses yeux pleins de larmes vers lui.

— Après la mort de ma mère et l'abandon de mon père, je ne pensais pas avoir un enfant un jour. À vrai dire, je n'en ai jamais voulu...

Christian la dévisagea en ressentant un étrange pincement au cœur. Il lui fallut plusieurs secondes pour comprendre d'où venait ce sentiment. Puis, il se rendit compte qu'il ne voulait pas perdre cette petite chose qui grandissait dans le ventre d'Éloïse. Avant cet événement, il pensait que seules les femmes étaient en mesure de décider d'interrompre une grossesse. Mais, maintenant qu'il pouvait devenir père, il trouvait ça injuste de ne pas pouvoir choisir.

— Donc, tu ne comptes pas le garder ? demanda-t-il avec angoisse en la fixant avec attention.

Éloïse croisa son regard en sentant son ventre se nouer.

— Je ne sais pas encore...

Ils se dévisagèrent un moment, ce qui augmenta les palpitations cardiaques de Christian et le malaise d'Éloïse.

— Et si je te disais que j'aimerais le garder ? confessa-t-il sans cesser d'observer Éloïse.

— On se connaît à peine...

— Peut-être, mais on aura neuf mois pour apprendre à se connaître et pour se préparer.

— Tu ne sais pas ce que tu dis... La plupart des hommes finissent par fuir avant l'arrivée du bébé...

— Éloïse, je ne suis pas la plupart des hommes, au cas où tu ne l'aurais pas remarqué.

Cette dernière croisa son regard, stupéfaite, et ses larmes se tarirent, aussitôt remplacées par l'angoisse. Celle-ci se refléta sur son visage. Elle ne répondit rien et ils se fixèrent encore plusieurs secondes en silence. Le vert énigmatique des yeux de Christian la cloua sur place. Pourtant, elle réussit à aligner quelques mots au bout d'un moment.

— Je ne peux pas…, murmura-t-elle en fixant la table et en retirant sa main de celle de Christian.

Puis elle se leva, son attention toujours rivée au sol.

— Merci pour le repas, mais je vais rentrer…

Christian se leva d'un bond, prêt à la retenir dans une étreinte désespérée, mais Éloïse fut plus rapide et se précipita vers l'entrée pour remettre ses chaussures.

— Attends ! la supplia Christian, au bord du gouffre.

Mais elle ne l'écouta pas et s'enfuit comme une voleuse.

Chapitre 22

Une fois dans le couloir de l'immeuble, ses larmes redoublèrent et elle contacta son frère pour qu'il vienne la chercher. Elle ne savait même pas comment elle allait lui annoncer la nouvelle, mais elle ne pouvait pas la lui cacher. De toute façon, il essaierait de lui tirer les vers du nez jusqu'à ce qu'elle lui dise la vérité…

Elle attendit dans le hall, scrutant la moindre voiture qui passait devant la double porte vitrée, non sans jeter quelques regards anxieux vers les escaliers pour s'assurer que Christian ne l'avait pas suivie. Des larmes plein les yeux, elle vérifia son téléphone toutes les secondes, en quête d'un message de son frère.

Son esprit était trop chamboulé pour qu'elle soit rationnelle. Elle savait que la plupart des hommes auraient pris son désir d'avorter avec soulagement et qu'elle devait s'estimer heureuse que Christian agisse différemment. Pourtant, elle ne pouvait s'empêcher de penser qu'il faisait ça pour le bien de sa société et qu'il ne voulait pas être mal vu par ses salariés si leur histoire venait à s'ébruiter. Malgré tout, une partie d'elle sentait qu'il était sincère et, pour une raison qu'elle ignorait, cela fit redoubler ses larmes.

Enfin, le texto tant attendu arriva et elle sortit de l'immeuble pour rejoindre son frère qui s'était garé sur le trottoir, juste devant. La nuit était tombée et la visibilité n'était pas très bonne à cause du brouillard.

— Ça va ? s'inquiéta Toni en voyant sa sœur s'installer à côté de lui et en avisant son visage plein de larmes.

Elle fit non de la tête avant d'attacher sa ceinture et Toni se crispa en s'imaginant le pire. Pourtant, il resta silencieux et démarra doucement pour s'insérer dans la circulation dense. Sentant que son frère était sur le point de s'impatienter, Éloïse commença à lui expliquer les raisons de son malaise, non sans verser quelques larmes supplémentaires.

Toni fit de son mieux pour garder son calme et se concentrer sur la route. Pourtant, sa mâchoire crispée en disait long sur ce qu'il en pensait.

Une fois son histoire terminée, Éloïse fixa Toni jusqu'à ce qu'il daigne enfin parler.

— Je ne sais pas quoi te dire…

Ces simples mots firent de nouveau monter les larmes d'Éloïse. Toni serra encore une fois les dents et se gara devant leur appartement, avant de se tourner vers elle.

— Qu'est-ce que tu ressens au fond de toi ? Qu'est-ce que tu veux au plus profond de ton cœur ? la questionna-t-il ensuite, en plongeant son regard dans le sien.

— Je ne sais pas, couina-t-elle en détournant les yeux.

Toni pinça les lèvres d'impuissance et se décida à sortir de la voiture. Il fit le tour pour ouvrir à sa sœur et l'aider à rejoindre leur appartement. Une fois chez eux, Éloïse s'effondra sur le canapé d'un air hagard et Toni s'activa dans la cuisine, sans vraiment savoir ce qu'il devait faire. Quand il revint vers sa sœur, au bout de quelques minutes, avec un chocolat chaud, elle l'accueillit sans grande conviction.

— Il paraît que le chocolat est un antidépresseur naturel, commenta-t-il en haussant les épaules avec impuissance.

Éloïse enroula ses doigts autour de la tasse fumante et souffla doucement dessus, tandis que Toni s'installait à côté d'elle.

— Oui, il paraît…

— Il paraît aussi que la nuit porte conseil…

— C'est vrai…, acquiesça-t-elle avec reconnaissance.

Elle appréciait vraiment que son frère ne la juge pas. À vrai dire, il ne l'avait jamais jugée et se contentait toujours d'apporter un point de vue neutre à tous ses problèmes, avec un angle de vue différent du sien. La plupart du temps, cela l'aidait à relativiser et à prendre les bonnes décisions.

— Qu'est-ce que tu ferais à ma place ? demanda-t-elle tout de même.

Toni la dévisagea un long moment, tout en cherchant les mots justes pour lui venir en aide.

— C'est vrai qu'avoir un enfant maintenant n'est pas ce qu'il y a de mieux, mais tu as une situation stable et ton patron semble responsable. Si jamais tu décides de le garder, ce ne sera pas si terrible. Bon, on devrait probablement déménager, mais je suis sûr que Christian fera ce qu'il faut…

Cette dernière phrase la fit de nouveau pleurer. Éloïse reposa la tasse chaude sur la table basse et prit sa tête entre ses mains avec désespoir.

— Je n'ai jamais voulu d'enfant…, se plaignit-elle d'une voix suraiguë.

Son frère passa une main apaisante dans son dos, malgré l'impuissance qu'il ressentait face au chagrin d'Éloïse.

— Je sais… mais tu seras une bonne mère, Elo.

Elle releva brusquement la tête vers lui.

— Comment tu peux le savoir ?

— Parce que tu m'as en partie élevé…

Éloïse entrouvrit la bouche en le dévisageant. Elle faillit protester, mais après quelques secondes de réflexion, elle finit par acquiescer.

*****

Christian avait passé une nuit agitée et n'était vraiment pas d'humeur ce matin. S'il n'avait eu aucun espoir de voir Éloïse au boulot, il aurait pris sa journée. Mais, voilà… Il n'avait toujours pas son numéro de téléphone et il n'osait pas se pointer chez elle, de peur qu'elle se sente harcelée. En réalité, il ne savait pas du tout comment gérer cette situation. C'était tout de même un comble, la seule fois où il avait des rapports sexuels avec une femme, elle tombait enceinte…

Il devait être maudit…

Pour la première fois de sa vie, Christian arriva au bureau à moitié débraillé. En fait, ce n'était pas tout à fait exact. Pour les gens qui ne le connaissaient pas, il passerait pour un homme d'affaires lambda mais, pour les autres, c'était une autre histoire. En effet, la tenue de Christian n'était pas aussi parfaite qu'à l'accoutumée. Le nœud de sa cravate était un peu desserré, la boucle de sa ceinture n'était pas tout à fait centrée et, en plus, sa chemise présentait quelques plis, ce qui n'arrivait absolument jamais parce que Christian était toujours tiré à quatre épingles.

— Bonjour, Monsieur. Quelque chose ne va pas ? le questionna Elizabeth en le voyant passer devant son bureau.

Christian s'arrêta net et se tourna lentement vers sa secrétaire.

— Est-ce que ça se voit tant que ça ? demanda-t-il d'un air défait.

— Eh bien…, hésita sa secrétaire. Vous ne semblez pas dans votre assiette…

Christian pinça les lèvres en essayant de retenir ses paroles, mais il n'y parvint pas.

— Nous sommes un peu en froid avec Éloïse, lâcha-t-il.

Il savait que sa vie personnelle ne regardait en rien sa secrétaire, mais il n'arrivait pas à joindre Kevin depuis qu'Éloïse avait fui son appartement, et il n'avait pas envie d'entendre les remontrances de Jessica ni ses plans machiavéliques si elle décidait de se venger d'Éloïse.

— Je suis vraiment navrée pour vous, mais ce n'est peut-être qu'une petite dispute ?

Christian s'affaissa sur lui-même et passa une main lasse sur son visage.

— J'en doute, Elizabeth. Je crois que nous n'avons pas les mêmes attentes…

Sa secrétaire lui adressa une moue compatissante et attendit la suite.

— Je ne devrais pas vous raconter tout ça, grogna ensuite Christian en se ressaisissant.

Puis, il fila en trombe dans son bureau. Une fois son ordinateur portable allumé, il ouvrit la messagerie instantanée pour voir si Éloïse était connectée. Lorsqu'il vit le macaron vert à côté de son nom, son cœur fit une embardée. Pourtant, il réfléchit au meilleur moyen de la contacter. Il ne savait pas s'il était préférable de la voir en personne ou s'il valait mieux la prévenir par un message. Toutefois, il avait tellement peur qu'elle s'enfuie encore, qu'il décida de fermer son PC pour la rejoindre au plus vite.

Cette fois, lorsqu'il passa devant sa secrétaire, elle ne dit rien et fit mine de ne pas le voir, ce qui le soulagea un peu. Même s'il semblait toujours maître de lui en apparence, malgré son look légèrement débraillé comparé à d'habitude, la tornade d'émotions qui le secouait intérieurement était difficile à contenir. Il passa devant le bureau du manager du service informatique et il pesta silencieusement lorsque ce dernier l'interpella pour lui poser plusieurs questions.

Christian n'écouta pas un mot. Son cœur battait trop vite et ses jambes en coton menaçaient de ne plus le porter.

— Je n'ai pas le temps, grogna-t-il sans délicatesse, ce qui surprit son interlocuteur.

Ce dernier stoppa son monologue incessant puis ouvrit la bouche en grand, tandis que Christian prenait déjà la fuite pour rejoindre l'open space. Il toqua pour la forme avant d'entrer brusquement. La place d'Éloïse était juste en face de la porte. Lorsque leurs yeux se rencontrèrent, ils se figèrent tous deux avec émotions.

— Éloïse, dans mon bureau ! grogna-t-il sur un ton un peu trop sec à son goût.

Tout le monde la dévisagea et elle sembla encore plus mal à l'aise que d'habitude. Avec angoisse, elle se leva de son siège et rejoignit Christian d'un pas tremblant. Elle était persuadée qu'il allait la virer, malgré ses promesses de la veille… Au moins, elle n'avait pas accepté sa proposition et ne tomberait pas de haut avant l'arrivée du bébé. Si elle décidait de le garder…

Une fois dans le couloir, à l'abri des regards, Christian posa doucement sa paume au bas du dos d'Éloïse et elle retint son souffle. Bien que la situation soit compliquée, elle ne pouvait nier les sensations qu'il faisait naître en elle. Et elle se détestait pour ça…

— Je ne voulais pas être aussi brusque, murmura Christian en la guidant jusqu'à son bureau.

Mais à son grand désarroi, elle ne dit pas un mot, se contentant de le suivre docilement, comme une condamnée à mort, résignée à son sort.

Christian retint un juron et serra les dents, impatient de franchir l'intimité de son bureau. Lorsqu'ils passèrent devant Elizabeth, elle lui adressa un signe de tête encourageant.

Une fois dans le bureau de Christian, Éloïse resta stoïque et se tortilla les doigts, le cœur battant à tout rompre et l'estomac noué, tandis que Christian la dévisageait sans trop savoir par où commencer.

— Assieds-toi, lui proposa-t-il en décidant de lui laisser un peu d'espace.

Il prit place dans son confortable fauteuil en cuir et attendit qu'Éloïse s'installe en face de lui. Une fois assise, elle le dévisagea, le corps tremblant.

— C'est le moment où tu m'annonces que je suis virée ? demanda-t-elle d'une voix enrouée.

Les yeux de Christian s'écarquillèrent de stupeur.

— Bien sûr que non…, répliqua-t-il, sous le choc.

Le corps d'Éloïse se détendit légèrement.

— Alors pourquoi je suis ici ?

Christian ferma les yeux un bref instant, ne sachant toujours pas comment gérer la situation.

— J'aimerais qu'on discute… Tu es partie comme une voleuse, hier soir, et je n'ai toujours pas ton numéro de portable…

Elle le dévisagea, l'angoisse montant crescendo en elle.

— Je l'admets, je n'aurais pas dû user de mon statut pour t'obliger à me parler, mais… Je ne savais pas quoi faire d'autre…

Il appuya son front contre sa main, le coude posé sur son bureau. Il avait l'air défait, totalement perdu.

— J'ai besoin de réfléchir de mon côté, d'être un peu seule pour avoir le recul nécessaire. Je ne veux pas prendre de décision hâtive et on se connaît à peine… Tu es mon patron et…

— Je ferai n'importe quoi pour toi, la coupa Christian avec ferveur. Laisse-moi être à tes côtés pour prendre cette décision. Reste avec moi. Tu peux même emménager chez moi si tu veux, ou peut-être qu'on pourrait se marier, si c'est ce que tu veux…

Il aurait aimé se lever pour la serrer contre lui, mais il sentait la barrière qu'elle avait érigée entre eux et ça l'anéantissait. Il avait du mal à gérer les émotions qui le submergeaient. Son cœur battait trop vite, ses mains étaient moites et il avait beaucoup trop chaud. Il avait peur de la perdre…

Lorsqu'il croisa enfin le regard choqué d'Éloïse, il se rendit compte qu'il avait peut-être été un peu trop loin dans ses propos et qu'il n'aurait peut-être pas dû déblatérer autant de bêtises dans une seule réplique. Il passa une main nerveuse dans ses cheveux en détournant le regard.

— Enfin… ce sont simplement des idées… j'aimerais juste te prouver que tu peux compter sur moi.

— Pourquoi tu fais tout ça ? Tu ne me dois rien et… je ne suis qu'une simple employée…

Le regard vert intense de Christian plongea dans celui d'Éloïse et la passion qu'elle y vit lui coupa le souffle.

— Parce que… Enfin… Je ne peux pas l'expliquer…

Il ne pouvait quand même pas lui avouer ses sentiments maintenant, alors qu'ils n'avaient passé qu'une nuit ensemble et que la situation changeait un peu la donne. Et puis, il y avait une chance non négligeable qu'elle ne le croit pas et qu'elle pense qu'il faisait tout ça à cause du bébé. Si un jour il prononçait les trois mots qu'il se retenait de laisser sortir, ce serait à un moment spécial, pas maintenant alors que leur avenir était incertain.

— Je ne peux pas emménager avec toi, Christian. Mon frère vit avec moi dans notre minuscule appartement et il n'a pas les moyens de vivre seul…, dit-elle en baissant les yeux sur ses mains jointes. Et… il n'y a pas de place pour un bébé…

La panique lui vrilla les entrailles. Comme il n'avait pas pensé à ça, il se tut en essayant de trouver un autre angle d'attaque, mais la voix d'Élisabeth le sortit de ses réflexions.

— Monsieur, votre mère est là et elle ne veut pas attendre dans le couloir...

À peine eut-elle terminé de délivrer son message que la porte du bureau de Christian s'ouvrit à la volée sur Marie-Louise.

— Maman ! s'écria Christian en se levant d'un bond pour taper du plat de la main sur son bureau.

— Mon chéri ! J'ai pris le premier vol après ton appel d'hier, s'exclama-t-elle avec joie.

Puis elle se tourna vers Éloïse, prostrée sur sa chaise.

— Je suis si heureuse que tu rejoignes notre famille, s'enthousiasma Marie-Louise en se penchant pour la serrer dans ses bras, ne permettant aucune échappatoire à sa future belle fille. Celle-ci fut tellement surprise qu'elle se laissa étreindre.

— Maman ! hurla Christian en se jetant sur sa mère pour libérer Éloïse. Tu aurais pu me prévenir, bon sang ! Les choses ne sont pas aussi simples alors, s'il te plaît, arrête de te faire des films !

Marie-Louise parut outrée par les remontrances de son fils. Pourtant, elle l'ignora pour se tourner de nouveau vers Éloïse.

— Vous êtes chrétienne, j'espère ? Votre mariage doit absolument se faire à l'église, se réjouit-elle en joignant les mains et en regardant le ciel, comme si elle s'y voyait déjà.

— Bordel, Maman, arrête ça tout de suite ! Nous n'en sommes pas encore là et...

Éloïse se leva, ce qui le coupa dans son élan.

— Je dois retourner travailler, s'excusa-t-elle en évitant le regard de Christian. J'ai été ravie de vous rencontrer, madame...

Bien sûr, ce n'était pas tout à fait vrai, mais qu'aurait-elle pu dire d'autre ? Cette situation l'avait complètement chamboulée. Elle ne s'était aucunement attendue à ce que Christian lui fasse ce genre de déclaration, encore moins que sa mère débarque et prenne leur relation pour acquise. Tous ces changements étaient un peu trop pour elle. Elle avait besoin de prendre du recul et de réfléchir.

Lorsque Éloïse passa devant le bureau de son supérieur, elle toqua timidement avant d'entrer. Heureusement, Mathieu semblait disponible.

— Est-ce qu'on peut discuter ? demanda-t-elle mal à l'aise.

Mathieu acquiesça en cessant toute activité, soucieux de l'état de santé d'Éloïse, qui n'avait pas l'air pas dans son assiette.

— Assieds-toi, lui proposa-t-il gentiment.

Elle s'exécuta, le corps toujours un peu tremblant.

— J'aimerais prendre ma journée…

Mathieu la scruta quelques secondes avant d'accepter.

— Est-ce que tout va bien ?

Elle baissa les yeux sur ses mains jointes qu'elle ne cessait de triturer.

— Pas vraiment…

— Si tu as besoin d'en parler, tu peux compter sur moi, proposa Mathieu avec bienveillance.

Toutefois, cette simple pensée rebutait Éloïse. Bien que Mathieu soit un bon manager, elle ne se voyait pas déballer sa vie personnelle à son supérieur. Encore moins lui avouer que leur PDG était la cause de tous ses problèmes…

— Merci, mais ça va aller.

Elle se leva lentement.

— Je t'appelle demain pour te tenir au courant. J'aurais peut-être besoin de plusieurs jours…

— Très bien, répondit Mathieu avec une mine sombre.

Elle savait que cela mettrait son service en tension, car son équipe était déjà surchargée de travail mais, après tout, elle était humaine et elle ne pouvait pas être au top tous les jours. Sa santé était bien plus importante que ce travail, même si elle l'appréciait beaucoup.

Éloïse quitta le bureau de Mathieu pour rejoindre l'open space. Elle rassembla ses affaires en évitant le regard de ses collègues.

— Tu t'en vas ? questionna Marie, surprise.

— Oui, j'ai besoin de quelques jours de repos…

— Ça s'est mal passé avec Christian ? demanda ensuite Évelyne avec compassion.

Éloïse pinça les lèvres et retint ses larmes de désespoir.

— Non, il a été parfait…, dit-elle malgré elle.

Kelly s'approcha soudain d'elle, d'un air perspicace.

— Je ne comprends pas. Pourquoi est-ce que tu sembles si bouleversée après qu'il t'a convoquée dans son bureau ? Est-ce qu'il a menacé de te virer pour je ne sais quelle raison ?

— Bien sûr que non, sanglota Éloïse, sans réussir à se retenir plus longtemps. C'est un problème personnel… Il voulait seulement… m'aider…

— Waouh ! s'exclamèrent toutes les collègues d'Éloïse.

— Depuis quand notre PDG se soucie des problèmes des salariés ? intervint Marion. Est-ce que c'est quelque chose de grave ?

— Je n'ai pas envie d'en parler, se renferma Éloïse. Je vais être absente quelques jours, le temps de me ressourcer et tout ira mieux ensuite…

— D'accord, prends soin de toi, dit Marie en lui adressant un regard bienveillant.

Malheureusement pour Éloïse, au moment où elle s'apprêtait à partir, la porte s'ouvrit violemment, révélant Christian pour la deuxième fois de la matinée.

Chapitre 23

— Éloïse, attends ! s'écria-t-il, essoufflé et agité.

Tout le monde les observait, dans l'expectative, les yeux écarquillés de stupeur.

— Je vais rentrer…, balbutia Éloïse d'une voix tremblante.

Christian acquiesça.

— Je te raccompagne.

Toutes les collègues d'Éloïse retinrent leur souffle, tandis que cette dernière adressait un regard contrarié à Christian.

— Ce n'est pas la peine…

Mais il franchit la distance qui les séparait en quelques secondes et attrapa son manteau et son sac à main.

— Ce n'est pas négociable.

— Christian…, couina-t-elle embarrassée en regardant ses collègues d'un air coupable.

Christian avisa ses salariées qui le dévisageaient bizarrement et comprit enfin son erreur.

— Ah… oui… heu…

Il desserra le nœud de sa cravate d'un geste anxieux.

— Éloïse et moi… sortons ensemble, annonça-t-il.

— Christian ! s'offusqua Éloïse en regardant craintivement autour d'elle.

Il plongea ses yeux verts déterminés dans les siens.

— Maintenant, viens avec moi. Nous n'avons pas terminé notre conversation.

Il attrapa la main d'Éloïse et l'entraîna avec lui, sans prêter attention aux regards éberlués des autres filles de l'open space.

— Elles vont me détester…, marmonna-t-elle en suivant Christian à travers les couloirs.

— Si c'est le cas, je les mettrais toutes à la porte ! grogna-t-il, sans cesser ses grandes enjambées.

Éloïse avait du mal à suivre son rythme et elle fut vite à bout de force. Elle tira sur sa main pour se libérer, mais cela n'eut aucun autre effet que de stopper Christian. Il se tourna enfin vers elle.

— Tu vas trop vite…

Il la dévisagea en serrant les dents.

— Je sais. C'est l'un de mes nombreux défauts… J'espère que tu t'y feras…

Il semblait vulnérable, tout à coup, et cela la déstabilisa.

— Je veux dire que tu marches trop vite, rectifia-t-elle, sans cesser de l'observer.

Il se détendit légèrement et se remit à avancer en s'adaptant au rythme d'Éloïse. Une fois sur le parking, ils se dirigèrent vers sa berline noire. Christian, en bon gentleman, ouvrit la portière à Éloïse qui n'osa pas protester. À vrai dire, elle ne savait pas quoi dire. Son esprit était bien trop chamboulé par les derniers événements…

Une fois derrière le volant, Christian lui tendit son téléphone.

— Note ton numéro et appelle-toi.

Elle lui jeta un coup d'œil surpris avant de s'exécuter, puis fit sonner son propre portable.

— Où est ta mère ? demanda-t-elle ensuite, alors que Christian roulait un peu trop vite à son goût.

— Chez moi… Elle ne repartira pas tout de suite.

Il se tourna vers Éloïse pour aviser son expression.

— J'aimerais passer la nuit avec toi…

Il attrapa sa main et la serra avec délicatesse, ce qui arracha plusieurs frissons à Éloïse. Elle ne savait pas très bien ce qu'était ce sentiment qui faisait naître des papillons dans son ventre. Au lieu de lui répondre, elle resserra ses doigts fins autour de ceux de Christian.

— J'ai conscience que ma mère est difficile à vivre, mais… je pourrais louer une chambre…

Elle continua de le dévisager, sans réussir à prendre une décision.

— Je ne sais pas…, dit-elle enfin.

Christian se gara sur le trottoir devant l'immeuble d'Éloïse.

— Ne m'évite pas, s'il te plaît, supplia-t-il en plongeant ses yeux verts, emplis d'incertitude, dans les siens.

Cela l'ébranla encore plus.

— J'ai besoin de réfléchir, Christian…

— Alors, réfléchissons ensemble.

Elle détourna le regard.

— Tout ça ne nous mènera nulle part…

Les yeux verts de Christian devinrent soudain brillants et le ventre d'Éloïse se noua de culpabilité.

— Je sais que tu ne me fais pas confiance, commença-t-il. Et je ne sais pas quoi faire pour que tu me laisses une chance, mais j'aimerais vraiment qu'on réfléchisse au fait de garder ce bébé, Éloïse. Je veux dire… Je n'ai jamais envisagé de fonder une famille, je pensais même ne jamais connaître une femme de façon intime mais, maintenant que tu es enceinte, tout est différent…

Elle le scruta sans réussir à répondre.

— Je voudrais de cette vie-là, continua-t-il. J'aimerais rentrer tous les soirs en sachant que vous m'attendez tous les deux… je voudrais une famille… avec toi.

Le cœur battant à tout rompre, elle croisa son regard intense.

— Pourquoi moi ? s'obstina Éloïse. J'ai besoin de comprendre…

Il ferma les yeux et se pinça l'arête du nez en se laissant aller contre son siège.

— Parce que… j'ai eu une sorte de coup de foudre ? Écoute, je n'ai pas d'explication mais, avant toi, je ne pensais pas à ce genre de choses. Je croyais que je resterais un éternel célibataire dont personne ne voudrait… Même pour ma cousine, je suis un cas désespéré et ses copines mannequins ne me font ni chaud ni froid…

Éloïse se redressa dans son siège pour le dévisager. Ces histoires de mannequins ne lui plaisaient pas du tout et un étrange sentiment lui vrilla l'estomac.

— Mais, je ne comprends toujours pas… Je suis juste une fille quelconque, balbutia-t-elle.

— Pas pour moi, répliqua-t-il en plongeant de nouveau ses yeux dans les siens. Quoi que tu en dises, nous avons des points communs… Et j'ai adoré te voir sur scène en tant que DJ. Je suis totalement fan. Même avant ça, tu m'as ébranlé lorsque je t'ai vue la première fois dans mon bureau.

Éloïse continua de regarder Christian, en réalisant que son comportement bizarre à leur première rencontre était simplement dû au fait qu'elle le troublait. Plusieurs souvenirs lui revinrent et elle commença à comprendre qu'il disait la vérité. Pourtant, elle n'était pas encore prête à parler de ses sentiments ni à les analyser. Pour l'instant, elle avait juste peur de leur situation et ne savait toujours pas quoi décider concernant le petit être qui grandissait en elle.

— Je suis… désordonnée, s'empressa-t-elle de dire, car la maniaquerie évidente de Christian lui faisait aussi peur que le reste.

Contre toute attente, Christian afficha un lent sourire, se détendant enfin.

— Tu ne peux pas être plus bordélique que Kevin, dit-il en plaisantant.

— Kevin ? répéta-t-elle bêtement, en quête de plus d'explications.

— C'est mon meilleur ami, l'ex de Jessica. Je t'en ai parlé la dernière fois.

— D'accord..., marmonna-t-elle, confuse.

Les yeux de Christian s'écarquillèrent et son souffle se bloqua dans sa gorge.

— Tu es d'accord ?

Éloïse sentit le rouge lui monter aux joues à cause du malentendu.

— Non, ce n'est pas...

Puis elle ferma les paupières à son tour, en essayant de peser le pour et le contre, car elle ne voulait pas blesser Christian plus qu'il ne l'était déjà.

— Qu'est-ce que tu proposes ? demanda-t-elle ensuite.

Les yeux verts de Christian s'illuminèrent.

— Prends quelques affaires, je t'emmène à l'hôtel.

— En fait, je n'aime pas les hôtels...

Il y eut quelques secondes de silence, pendant lesquelles Christian réfléchit à la meilleure solution.

— Alors chez moi ? demanda-t-il avec une moue incertaine.

Éloïse acquiesça faiblement et posa la main sur la poignée, s'apprêtant à l'ouvrir. Puis, elle hésita.

— Qu'est-ce qui se passera ensuite ? Après cette nuit ?

Elle se mordilla la lèvre avec anxiété, n'osant tourner la tête vers Christian, tandis que ce dernier voyait la panique transparaître sur son visage. Il se pencha vers elle, passa sa grande main chaude sur sa nuque et l'attira contre lui du mieux qu'il le put.

— Je resterai avec toi si tu m'y autorises.

Le souffle d'Éloïse se libéra, alors qu'elle n'avait pas eu conscience de le retenir. Elle ferma les yeux dans les bras rassurants de Christian et savoura sa chaleur enivrante, ainsi que son parfum délicieux. Il caressa tendrement sa nuque et embrassa ses cheveux, ignorant son cœur palpitant et son corps fébrile. Il avait du mal à cacher le tumulte d'émotions qu'il ressentait alors qu'il avait toujours réussi à être impassible en temps normal. C'était déstabilisant et terrifiant à la fois, mais il ne voulait rien montrer à Éloïse, car il savait qu'elle-même avait du mal à gérer ses émotions et qu'il devait gagner sa confiance pour qu'elle accepte d'envisager de fonder une famille avec lui, même si c'était trop soudain pour leur relation naissante.

Au bout d'un long moment, Éloïse se détacha de Christian et lui offrit un faible sourire avant de quitter la voiture. En montant les escaliers de son immeuble, elle se demanda si elle ne faisait pas une bêtise, mais ses interrogations furent vite balayées lorsqu'elle entra dans son appartement.

Avec une certaine angoisse, Éloïse attrapa un sac de voyage et le remplit machinalement, ne sachant pas très bien de quoi elle aurait besoin. Elle aurait voulu éviter son frère, mais il n'avait pas cours ce jour-là.

— Qu'est-ce que tu fais ? Tu n'étais pas censée être au boulot, aujourd'hui ? demanda Toni qui bossait ses cours sur le canapé.

Éloïse s'arrêta une seconde et inspira profondément.

— Si... mais j'ai décidé de prendre ma journée et... Christian m'attend en bas... on va passer la journée et la nuit ensemble..., balbutia-t-elle.

— J'approuve, dit-il en souriant.

— Oui, enfin... rien n'est encore fait, mais il a tellement insisté...

Toni scruta sa sœur en affichant une moue réprobatrice.

— Elo, détends-toi et profite du moment. Je suis sûr que tout se passera bien.

Elle l'observa en se triturant les mains.

— Mais… s'il veut qu'on emménage ensemble, qu'est-ce que tu feras ?

Toni posa ses fiches de révision sur le canapé et lui accorda toute son attention.

— T'en fais pas pour ça, je trouverai bien une coloc. De toute façon, on aura le temps d'en discuter et d'y réfléchir ensemble.

— Tu es sûr ? Tu devras travailler en plus de tes cours pour payer le loyer…

Toni lâcha un faible soupir et se leva pour rejoindre sa sœur. Il posa ses deux mains sur ses épaules.

— La plupart des étudiants travaillent à côté. Ça ira.

Elle hocha mollement la tête puis se remit à préparer son sac. Après un bref au revoir à son frère, elle quitta son appartement pour rejoindre Christian. Son corps tremblait tellement qu'elle crut qu'elle allait s'effondrer avant de s'installer sur le siège passager. Son bagage sur les genoux, elle avait les doigts crispés sur les poignées en cuir, ce qui inquiéta Christian. Il passa une main nerveuse dans ses cheveux et lâcha un soupir las.

— Écoute, si tu n'en as pas envie, je ne t'y obligerais pas…

Éloïse croisa le regard de Christian, le cœur battant à tout rompre et crispa un peu plus ses doigts sur les poignées en cuir de son sac.

— C'est juste que ton appartement est tellement immaculé que j'ai peur de tout déranger et je ne pense pas être prête à passer la soirée avec ta mère, avoua-t-elle en affichant une grimace contrite.

— Ma cousine et sa copine mettent souvent le bazar chez moi et ça ne m'empêche pas de les apprécier, sourit Christian. Pour ma mère, je comprends. Elle risque d'en faire des tonnes, comme au bureau, mais elle n'est pas si terrible une fois qu'on la connaît. D'ailleurs, elle doit déjà être aux fourneaux pour nous préparer une spécialité martiniquaise.

Éloïse se mordilla encore la lèvre et regarda à travers le pare-brise.

— D'accord, allons-y…, murmura-t-elle d'une voix peu convaincue.

Christian attrapa une de ses mains glacées par l'angoisse et la recouvrit de la sienne.

— Si tu ne te sens pas à l'aise, je te raccompagnerai chez toi.

Elle tourna lentement la tête vers lui avec reconnaissance.

— Merci.

Puis, elle se détendit enfin et entrelaça ses doigts à ceux de Christian. Durant tout le trajet, il conduisit sans cesser de lui tenir la main, bien que cela soit assez acrobatique par moment.

Une fois garé dans son parking souterrain, Christian libéra Éloïse à regret, avant de faire le tour du véhicule pour lui ouvrir la portière et la délester de son sac. Dès qu'elle fut sortie, il s'empressa de capturer une de ses mains dans la sienne. Il ne pouvait tout simplement pas s'empêcher de la toucher.

Bien qu'Éloïse ait toujours du mal à faire confiance à Christian, elle appréciait ses attentions et son dévouement. Même si c'était dur à admettre, elle s'autorisa à imaginer un avenir avec son PDG. C'était totalement inattendu et c'était peut-être aussi à cause des hormones de grossesses, mais elle commençait à ressentir des choses de plus en plus fortes à l'égard de Christian.

Elle admirait son charisme et sa douceur intérieure qui la faisait fondre. Néanmoins, elle n'ignorait pas qu'il avait une autorité naturelle et qu'il savait s'imposer quand il le fallait. D'ailleurs, lorsqu'ils entrèrent dans l'appartement immaculé et qu'ils se déchaussèrent pour enfiler des chaussons, Marie-Louise s'empressa de les rejoindre et Christian fit barrage de son impressionnante silhouette.

— Je suis tellement contente de vous revoir Éloïse, s'enthousiasma Marie-Louise, bien que Christian lui bloque le passage.

Éloïse lui adressa un faible sourire et Christian attrapa sa mère par les épaules pour lui faire faire un demi-tour.

— Qu'est-ce que tu nous prépares de bon ? demanda-t-il pour détourner son attention.

Marie-Louise se perdit dans la description d'un plat de son île natale, tandis que Christian se tournait vers Éloïse pour lui adresser un clin d'œil complice. Il récupéra le sac qu'il avait posé dans l'entrée et attrapa la main d'Éloïse pour l'entraîner avec lui vers sa chambre.

— On a quelques trucs à régler avant le déjeuner, Maman. Ne nous dérange pas, s'il te plaît.

Marie-Louise leur jeta un regard réprobateur avant de retourner à son plat, ce qui soulagea un peu Éloïse. Une fois dans la chambre, elle resta stoïque en plein milieu de la pièce alors que Christian posait le sac sur un fauteuil et s'installait sur le lit face à elle.

— Assieds-toi, dit-il en tapotant la place près de lui.

Avec réticence, elle s'exécuta.

— J'ai eu le temps de me renseigner, commença-t-il. Tu devrais prendre un rendez-vous avec ton gynéco et demander à ton médecin traitant une prise de sang pour confirmer la grossesse. Je t'accompagnerai si tu le souhaites.

Elle acquiesça avec anxiété.

— En fait, j'aimerais t'accompagner, rectifia-t-il.

De nouveau, Éloïse hocha la tête et, soudain, Christian songea qu'elle ne partageait peut-être pas ses sentiments. Puis il fixa ses mains posées sur ses cuisses.

— Peut-être que je ne suis pas l'homme que tu espérais…, murmura-t-il.

En entendant ces paroles, Éloïse se sentit mal. Elle n'était pas la meilleure pour rassurer quelqu'un et la situation rendait les choses encore plus compliquées. Bien sûr que Christian l'attirait, mais de là à envisager qu'il soit le père de son enfant, c'était un peu trop précipité.

— Peut-être qu'on devrait commencer par apprendre à se connaître…, dit-elle simplement.

Il hocha la tête.

— Tu n'as pas eu le coup de foudre, répliqua-t-il avec une pointe d'amertume. Est-ce qu'au moins, je te plais ?

Éloïse fronça les sourcils.

— Oui, tu me plais. On a couché ensemble, je te rappelle… C'est juste que tout ça va trop vite pour moi. Je n'avais jamais envisagé de fonder une famille, surtout avec le PDG de ma boîte et encore moins après une nuit passée ensemble.

— C'est vrai, ça fait beaucoup…

— À taaaable ! cria soudain la voix de Marie-Louise à travers la porte.

Christian tourna enfin la tête vers Éloïse et lui tendit sa main.

— On y va ?

Elle acquiesça et glissa ses doigts dans les siens.

— Je ferai tout pour que tu sois heureuse, lui dit-il alors qu'ils sortaient de la chambre.

Les paroles de Christian lui provoquèrent une émotion inconnue qui lui fit monter les larmes aux yeux. Elle aurait voulu lui répondre qu'elle en ferait de même, mais les mots ne franchirent pas ses lèvres. Elle avait toujours eu du mal à exprimer ses émotions, alors elle se laissa guider par Christian.

Une fois à table, le silence de plomb qui régnait ne fit qu'angoisser Éloïse un peu plus. Marie-Louise essayait tant bien que mal de détendre l'atmosphère, mais ses tentatives ne prenaient pas. Éloïse était perdue dans ses pensées avec ses peurs de l'avenir, tandis que Christian l'observait pour comprendre ce qui se passait dans sa tête. Il était maussade depuis qu'il s'était rendu compte qu'elle ne partageait pas ses sentiments. Toutefois, s'il n'avait jamais été sûr de lui avec la gent féminine, il était quand même sacrément déterminé, et le fait qu'Éloïse soit enceinte de son enfant le rendait encore plus enclin à se battre pour qu'elle tombe amoureuse de lui. Chose qu'il aurait vite abandonnée si ça n'avait pas été le cas.

Pendant tout le dîner, il contempla Éloïse en réfléchissant à ce qu'il pourrait faire pour la rassurer et la charmer. Lorsque Marie-Louise débarrassa la table et apporta le dessert, il ne put s'empêcher de trouver la main d'Éloïse pour la toucher.

— Tu pourrais m'aider un peu, se plaignit Marie-Louise. Je ne t'ai pas éduqué comme ça...

— Maman..., ronchonna gentiment Christian. Je m'occuperai de la tonne de vaisselle que tu as salie en préparant tout ça.

Marie-Louise fit une moue vexée, ce qui arracha un faible sourire à Éloïse, qui n'osait pas bouger ses doigts sous la paume chaude et rassurante de Christian. Son cœur battait un peu trop vite dès qu'il la touchait, mais c'était encore prématuré pour parler de sentiments… Ce n'était qu'une réaction chimique, certainement due à la tonne d'hormones en expansion dans son corps.

Chapitre 24

Une fois leur déjeuner terminé, ils allèrent chez le médecin qu'Éloïse avait l'habitude de consulter. Elle obtint une prescription pour une prise de sang. Ils se rendirent ensuite au laboratoire le plus proche.

Dans la salle d'attente, Christian faisait les cent pas, sans réussir à canaliser son angoisse, alors qu'Éloïse était installée sur un fauteuil sans parvenir à calmer ses mains tremblantes.

— Assieds-toi, s'il te plaît, l'implora-t-elle au bout d'un moment.

— Oui, pardon, acquiesça Christian en prenant place à côté d'elle.

Comme dans un réflexe, il captura ses doigts entre les siens et laissa échapper un soupir.

— Je déteste attendre, confessa-t-il.

— Je m'en doutais, répondit Éloïse avec un faible sourire.

Quelques minutes plus tard, elle fut appelée pour réaliser sa prise de sang. Cela fut assez rapide. Elle revint vers Christian avec un certain soulagement.

— Il faudra attendre 24 h pour avoir les résultats, dit-elle.

— Une éternité en somme, grogna-t-il en passant nerveusement une main dans ses cheveux.

Ils quittèrent le laboratoire et retournèrent dans la berline de Christian.

— Qu'est-ce que tu voudrais faire, maintenant ? s'enquit-il, alors que son esprit était envahi de questions existentielles.

Il se demandait s'il serait un meilleur père que le sien et s'il arriverait à prendre soin d'Éloïse…

— J'aimerais rentrer.

Christian la dévisagea une seconde.

— Chez toi ? s'inquiéta-t-il en sentant sa poitrine se comprimer et le souffle lui manquer.

C'était fou l'effet que cette femme avait sur lui.

— Non, pas nécessairement. Je veux juste me reposer un peu.

— D'accord.

Puis, après quelques minutes de silence, elle reprit la parole.

— Est-ce que ça changera quelque chose si je ne suis pas enceinte ? Je veux dire… Est-ce que tu préfèrerais qu'on ne se voie plus ?

Christian lui jeta un regard surpris, avant de froncer les sourcils.

— De quoi est-ce que tu parles ?

Éloïse lâcha un soupir tremblant.

— Est-ce que tu fais tout ça parce que je suis enceinte ?

Il lui jeta un autre coup d'œil avant de reporter son attention sur la route.

— Éloïse, ne m'oblige pas à dire les trois mots que je retiens depuis notre première nuit ensemble… J'aimerais attendre le bon moment.

Elle le dévisagea.

— Les trois mots ? répéta-t-elle en quête d'explication.

Il croisa brièvement son regard, le cœur battant la chamade.

— Laisse tomber, soupira-t-il.

Le silence qui suivit les mit tous les deux mal à l'aise. Éloïse ne comprenait pas ce que pouvaient être les trois mots dont Christian parlait et ce dernier n'était pas encore prêt à lui avouer ce qu'il ressentait. Comme Éloïse, il trouvait tout ça prématuré, même s'il mourait d'envie de le crier sur tous les toits.

De retour chez Christian, Éloïse tomba de fatigue.

— Est-ce que tu veux t'allonger dans mon lit ? proposa Christian avec inquiétude, ignorant délibérément Marie-Louise qui était installée sur le grand canapé en cuir et regardait une série télévisée.

Éloïse acquiesça, n'ayant plus la force de réfléchir, et se laissa guider par Christian qui la soutint par la taille. Il l'aida à s'allonger dans son grand lit et ramena sa couette moelleuse sur elle.

— Repose-toi, murmura-t-il en déposant un doux baiser sur son front.

Il n'en fallut pas plus à Éloïse pour s'endormir. Lorsque Christian revint dans son salon, où sa mère l'attendait, il se demanda ce qui avait bien pu changer entre le moment où il était rentré et celui-là. Marie-Louise sortait tout juste de la chambre d'amis, habillée et prête à partir.

— Quelque chose ne va pas, Maman ?

Elle pinça les lèvres et attrapa ses bagages qu'il n'avait pas remarqués jusque-là.

— Je vais rentrer. Vous avez besoin d'intimité tous les deux.

— Merci, Maman. Est-ce que tu veux que je te dépose à l'aéroport ?

— Non, j'ai commandé un Uber. Occupe-toi bien d'Éloïse et appelle-moi quand vous aurez fixé une date de mariage.

— Maman..., grogna Christian. Ce n'est pas aussi simple...

— Appelle-moi, c'est tout, éluda-t-elle en agitant la main pour le faire taire.

Puis, après une brève embrassade, elle quitta l'appartement. Comme Christian était nerveux, il en profita pour ranger un peu. Si son intérieur était immaculé, c'était aussi parce que faire le ménage le détendait, mais il se gardait bien de le dire à sa cousine et à Kristen. Ces deux-là abusaient toujours de son hospitalité.

Au bout d'un moment, Éloïse émergea de sa chambre et le surprit en plein nettoyage. Il était en train de passer une microfibre sur ses meubles en bois ciré. Elle avait fait de son mieux pour recoiffer ses boucles dorées en désordre, mais ce n'était pas très réussi.

— Tu passes ton temps à faire ça ? dit-elle en l'observant avec admiration.

Christian se figea et se tourna lentement vers elle.

— Non, c'est juste... que ça me détend, bafouilla-t-il en cachant dans sa main la microfibre.

Elle lui sourit timidement.

— Tu te sens mieux ? demanda-t-il en rangeant le chiffon, avant de s'approcher d'elle.

Sans crier gare, il la prit dans ses bras et elle se laissa faire, appréciant la proximité et la chaleur de Christian.

— Oui, ça va. Merci... Je n'ai pas l'habitude qu'on prenne soin de moi, avoua-t-elle. Enfin, en dehors de mon frère, je veux dire.

Christian s'écarta juste assez pour croiser son regard.

— Alors, il va falloir t'y habituer, répliqua-t-il.

Puis, il caressa doucement sa joue et se pencha pour l'embrasser. Ses lèvres chaudes arrachèrent un frisson à Éloïse et ses jambes tremblèrent, tant ses sens furent submergés. Elle s'agrippa à lui lorsque leurs langues se frôlèrent, accélérant leurs respirations et leurs cœurs simultanément.

— Christian..., gémit Éloïse comme pour remettre une certaine distance entre eux.

Elle se dégagea un peu, luttant contre ses émotions, et tomba dans son regard vert intense.

— Je t'aime, lâcha-t-il comme une bombe.

Elle se figea en le dévisageant.

— Quoi ? murmura-t-elle, choquée, malgré la douce chaleur qui se répandait dans sa poitrine.

— Depuis le premier jour, à vrai dire..., continua Christian en la relâchant pour passer nerveusement une main dans ses cheveux crépus très courts.

Il n'osait plus la regarder à présent. Il fit quelques pas dans la pièce. Le silence d'Éloïse ne l'aidait pas à retrouver son calme. Au bout d'un certain temps, il lui jeta un coup d'œil furtif pour évaluer son expression, mais il ne vit rien d'autre que de la surprise.

— J'ai conscience que ce n'est pas rationnel, continua-t-il au bout d'un moment. Mais je ne sais pas comment gérer tout ça...

Enfin, Éloïse réussit à se ressaisir et à dire quelque chose.

— L'amour n'est pas quelque chose de rationnel, Christian. Ça ne se contrôle pas.

— Je sais..., marmonna-t-il en continuant de triturer ses cheveux courts.

Puis, Éloïse attrapa son poignet et l'obligea à arrêter de faire les cent pas. Il releva la tête vers elle, le cœur battant à tout rompre.

— Je ne peux pas dire que je t'aime. En tout cas, pas pour l'instant, mais j'adore être avec toi, confessa-t-elle, dans l'espoir que ça lui suffirait.

Au lieu de le réjouir, ces paroles lui donnèrent l'impression d'avoir reçu un coup de poing en pleine poitrine et il suffoqua quelques secondes en fermant les yeux pour masquer ses émotions.

— Tu n'es pas... Tu n'es pas obligée de rester ici. On n'est pas obligés de rester ensemble, si tu n'en as pas envie... J'espérais juste que tu partageais mes sentiments...

Voyant la détresse de Christian, Éloïse s'approcha encore de lui et attrapa son visage entre ses mains.

— Ce n'est pas ce que je viens de dire, Christian.

Il croisa de nouveau son regard en faisant son possible pour cacher le tumulte de sensations qui faisait rage en lui. Son cœur battait si fort qu'il avait du mal à entendre la voix d'Éloïse.

— Je ne sais pas ce que l'avenir nous réserve et je ne peux pas te garantir que ça fonctionnera. On est quand même très différents et la situation est assez inattendue, mais j'ai envie d'essayer…

— Mais tu ne m'aimes pas…, marmonna-t-il avec amertume. Je ne veux pas être dans une relation à sens unique, Éloïse.

Elle détacha ses doigts de son visage et laissa retomber ses bras en détournant les yeux.

— Je comprends… Je ferais peut-être mieux de rentrer. Je crois qu'on a besoin de réfléchir à tout ça.

Christian pinça les lèvres, se maîtrisant pour éviter de la toucher. Après tout, il ne pourrait pas la retenir contre son gré, même s'il mourait d'envie de la serrer une dernière fois dans ses bras.

— Au fait, où est ta mère ? s'enquit-elle ensuite.

— Partie… Elle voulait nous laisser de l'intimité…

— Oh…, s'exclama Éloïse, confuse.

Christian serra les dents et récupéra son chiffon pour continuer à astiquer ses meubles, tandis qu'Éloïse attrapait son sac de voyage et enfilait ses chaussures.

Puis, elle se posta devant la porte d'entrée en s'agitant nerveusement.

— Est-ce que… tu peux me ramener ?

Christian cessa son nettoyage et se tourna lentement vers elle, cachant sa tristesse par un masque impassible. Il acquiesça, rangea la microfibre et enfila ses chaussures dans un silence absolu, ce qui mit Éloïse encore plus mal à l'aise.

— Je suis désolée, crut-elle bon d'ajouter, mais il ne répondit rien et continua de l'ignorer.

Contre toute attente, cela lui comprima la poitrine sans qu'elle ne puisse se l'expliquer. Toutefois, elle ne tenta plus d'engager la conversation et se contenta de regarder le paysage défiler à travers la vitre côté passager pendant qu'il la reconduisait chez elle.

Une fois devant son immeuble, il déverrouilla la voiture, sans ajouter quoi que ce soit.

— Merci, dit-elle en sentant les larmes perler aux coins de ses yeux.

Elle ne savait pas très bien pourquoi le comportement froid de Christian la rendait si triste, c'était peut-être à cause des hormones, tout simplement. Elle agrippa son sac avec force et se fit violence pour sortir dignement de la berline. Une fois qu'elle eut refermé la portière, il redémarra aussi sec, la laissant seule sur le trottoir.

Le sentiment de vide qui l'accompagna fit couler les larmes qu'elle tentait de retenir et ce fut en reniflant bruyamment qu'elle franchit le seuil de son appartement. Elle savait qu'elle allait tomber sur son frère. Heureusement, elle réussit à se ressaisir avant de le croiser. Elle posa ses affaires dans la petite entrée, se déchaussa puis s'enferma dans la salle de bain pour sécher ses larmes et se refaire une beauté. Ou, en tout cas, retrouver une mine présentable.

Une fois calmée, elle rejoignit son frère qui révisait toujours sur le canapé.

— Tu es déjà rentrée ? Ça s'est mal passé ?

Éloïse ne savait pas vraiment comment qualifier leur journée. En soi, ça s'était plutôt bien passé. Christian avait pris soin d'elle et lui avait avoué qu'il l'aimait. Ce simple souvenir fit battre son cœur un peu plus vite.

— On a juste besoin de réfléchir à la situation. Je pense que tout sera plus clair demain, lorsque j'aurai les résultats de la prise de sang. Je ne suis peut-être pas vraiment enceinte, après tout…

Toni lui adressa une moue sceptique, avant de reporter son attention sur ses fiches de révision.

— Tu as étudié toute la journée ? s'enquit ensuite Éloïse.

— Non, j'ai fait quelques pauses et je suis sorti un peu dans l'après-midi.

Elle acquiesça et le laissa tranquille. Comme elle mourrait de faim, elle se fit un sandwich jambon beurre qu'elle dévora. Ensuite, elle tomba de fatigue et décida d'aller dans son lit. Elle ne s'était jamais couchée aussi tôt, ce qui augmenta son sentiment d'être vraiment enceinte. La panique lui tordit les entrailles, puis sa poitrine se comprima lorsqu'elle réalisa que Christian lui manquait. À cet instant, elle aurait voulu qu'il la serre contre lui pour lui donner l'impression d'être dans un cocon, en sécurité dans ses bras.

Elle attrapa son portable posé sur la table de nuit et chercha son numéro, hésitant à franchir le pas. Mais il avait été si froid avec elle, qu'elle n'osa pas lui envoyer un message.

Alors, elle s'endormit en pensant à lui et en imaginant la vie qu'ils auraient s'ils fondaient une famille ensemble.

*****

Le lendemain matin, Christian était toujours sur les nerfs. Il n'avait pas dormi de la nuit et il s'était retenu plus d'une fois d'appeler Éloïse ou de lui envoyer un message. Il avait passé des heures à rédiger quelques lignes pour les effacer aussitôt. Il ne savait plus quoi faire. Il voulait juste s'excuser d'avoir été si radical et de ne pas avoir laissé le temps à Éloïse de lui faire confiance et peut-être de développer des sentiments pour lui… Après tout, elle lui avait dit qu'elle aimait être avec lui…

Ce fut donc de mauvaise humeur qu'il arriva au boulot. Cette fois, il n'avait pas l'air débraillé, juste énervé et dépassé par les événements. Il salua brièvement Elizabeth en passant devant elle, puis s'enferma dans son bureau. Il s'installa sur son grand fauteuil en cuir et posa son ordinateur portable face à lui, en s'obligeant à retrouver son calme. Il devait laisser Éloïse revenir vers lui. Il ne pouvait pas lui courir après sans arrêt et continuer à se ridiculiser, comme il l'avait fait si souvent ces derniers temps. Il était quand même le PDG et il se devait d'avoir une certaine prestance devant ses salariés.

D'ailleurs, il se fit la réflexion que cela faisait un moment que Jessica n'était pas venue lui taper sur les nerfs. À peine cette pensée lui traversa l'esprit que la furie blonde entrait dans son bureau. Il sursauta et resta stoïque les premières secondes, avant de se lever d'un bond.

— J'étais sûre que tu déprimais ! s'exclama Jessica en croisant les bras sur sa poitrine.

— C…comment…, bafouilla Christian en perdant toute son assurance.

— Je le sais, c'est tout. Tu devrais voir ta tête, ça en dit long…

Jessica s'avança en faisant la moue et s'installa sur une chaise en face de Christian.

— Éloïse n'a pas l'air dans son assiette, non plus. C'est pour ça que je suis ici. Explique-moi ce qui a foiré.

Christian se rassit lentement et pinça les lèvres en prenant soin d'éviter de regarder Jessica.

— Elle est… enceinte…, marmonna-t-il.

— QUOI ???! s'écria Jessica, estomaquée. MAIS COMMENT C'EST ARRIVÉ ?

Christian la fusilla de ses yeux verts intenses.

— Bordel, moins fort, Jess ! Je ne veux pas que tout le monde entende cette conversation. Et c'était un accident…

Jessica se racla la gorge pour se donner une contenance.

— Et donc ? Pourquoi elle semble dépérir ? Tu lui as demandé d'avorter ?

— Bien sûr que non ! s'agaça Christian. Pour qui est-ce que tu me prends ? Bon sang !

— Alors quoi ? Tu l'as demandée en mariage, peut-être ? se moqua-t-elle.

Voyant la mine embarrassée de son patron, Jessica continua sur sa lancée.

— Bordel, Christian, mais dans quel monde tu vis ? Vous vous connaissez à peine et on est au 21ème siècle. On ne se marie plus à cause d'un bébé…

— Alors qu'est-ce que j'aurais dû faire ? se plaignit-il désemparé.

— J'en sais rien… lui proposer d'être là pour elle et commencer par emménager ensemble… ce genre de choses…

Christian la dévisagea.

— C'est exactement ce que j'ai fait, mais ça n'avait pas l'air de la convaincre…

— Alors tu as grillé les étapes, résuma-t-elle en lui adressant un regard réprobateur.

Christian ne répondit pas et prit sa tête entre ses mains, dépité.

— J'ai tout fait foirer… Je lui ai même dit que je l'aimais…

— Aïe, renchérit Jessica, en pouffant.

Christian releva brusquement la tête vers elle.

— Je t'interdis de te foutre de moi ! s'énerva-t-il.

Jessica leva les mains en signe de reddition.

— Très bien, je n'aurais pas dû rigoler. Mais tu devrais essayer de rattraper le coup.

— Sans blague... J'attends les résultats de sa prise de sang avant de faire quoi que ce soit.

— OK. Fais-moi signe quand tu les auras et je verrai ce que je peux faire pour toi, répliqua-t-elle.

— Comme si tu pouvais m'aider, soupira Christian.

Jessica le toisa quelques secondes, mais choisit de ne pas relever.

— Bon, sinon, concernant notre client d'Écosse, tout est enfin réglé. La production va pouvoir commencer.

Christian essaya de retrouver une contenance.

— Super, c'est bon à savoir. Bon boulot, Jess.

— Bon boulot ? s'offusqua-t-elle en se levant. Tu pourrais au moins dire que je suis la meilleure...

Il lui jeta un coup d'œil blasé.

— Ferme la porte en partant.

Avec mauvaise grâce, elle s'exécuta sans le titiller davantage, car elle savait qu'il n'était pas d'humeur.

Chapitre 25

En début d'après-midi, lorsque Éloïse reçut les résultats de sa prise de sang, elle tremblait comme une feuille. Elle se connecta au site du laboratoire avec une angoisse saisissante. Dans quelques secondes, elle découvrirait si sa vie allait être chamboulée ou non…

Elle prit une grande inspiration avant de cliquer sur les résultats puis ses yeux se posèrent sur le mot "positif" et elle fondit en larmes.

— Quelque chose ne va pas ? s'inquiéta Marie qui se trouvait juste à côté d'elle.

Éloïse aurait voulu garder ce secret pour elle, mais elle avait besoin d'en parler et elle faisait confiance à Marie.

— Je suis enceinte, chuchota-t-elle avant de mettre un doigt devant sa bouche pour lui signifier de ne le dire à personne.

— De Christian ? murmura sa collègue avec surprise.

Éloïse hocha la tête en affichant une moue embarrassée.

— Viens avec moi, on va faire une pause, continua Marie avec bienveillance.

Éloïse ne se fit pas prier pour la suivre. Elles prirent un café et s'isolèrent sur le parking, loin du coin fumeurs. La tasse que tenait Éloïse lui rappela la fois où elle avait goûté le délicieux café de Christian avec Jessica. Cela lui provoqua un pincement au cœur inhabituel.

— Est-ce que c'est sérieux entre vous ? questionna Marie.

Éloïse haussa les épaules, sans trop savoir quoi répondre.

— J'en sais rien… on a couché une fois ensemble et ensuite, je me suis retrouvée enceinte…

— Oh…, souffla Marie.

— Depuis, il n'arrête pas d'être attentionné avec moi, mais... Je ne suis pas sûre que ce soit une bonne idée...

Ce fut à cet instant que Christian sortit sur le parking et se dirigea vers sa berline, qui se trouvait près d'elles. Lorsque Éloïse croisa le regard de son PDG, son cœur s'emballa frénétiquement et elle ne put s'empêcher de l'intercepter avant qu'il ne rejoigne sa voiture, laissant sa collègue en plan sans s'en rendre compte.

— Salut... Est-ce qu'on peut discuter ? Je viens d'avoir les résultats de ma prise de sang.

Christian affichait toujours son air froid et distant, mais il s'arrêta néanmoins lorsqu'elle se planta devant lui. Intérieurement, ses émotions étaient en vrac et son cœur était déchaîné. Il ne savait plus comment réagir face à Éloïse.

— Monte, dit-il simplement avant de déverrouiller sa voiture et de s'installer à bord.

Elle ne se fit pas prier et se précipita vers la place côté passager.

— Où est-ce qu'on va ? demanda-t-elle tout de même.

— J'en sais rien. J'avais besoin de prendre l'air...

Elle se rencogna dans son siège, n'osant pas en dire plus. Il démarra et attendit d'être sorti du parking avant de lui poser la question qui le tenaillait depuis la veille.

— Alors, quels sont les résultats ?

— Positif, couina Éloïse en se triturant les doigts.

— D'accord... Bien..., dit-il de façon laconique sans cesser de fixer la route.

Sa mâchoire était crispée et Éloïse ne sut pas très bien comment interpréter cette réaction.

— Tu aurais préféré qu'il soit négatif ? Parce qu'il existe toujours une autre solution...

Christian freina brusquement et se gara sur le bas-côté en mettant ses warnings. Puis il se tourna enfin vers Éloïse. Il semblait encore plus furieux et cela fit perdre à Éloïse tous ses moyens.

— Ne dis plus jamais une chose pareille, bon sang !
— D'accord... pardon...

En entendant sa voix paniquée, Christian ferma les yeux, souffla bruyamment et s'enfonça de nouveau dans son siège. Il garda le silence quelques minutes, le temps de se ressaisir.

— Qu'est-ce que tu veux faire ? Pour le bébé..., demanda-t-il ensuite d'un ton plus doux.

Elle mit quelques secondes avant de lui répondre.

— Je ne sais pas...

Un autre moment de silence s'éternisa.

— Pourquoi es-tu si distant depuis hier ? murmura Éloïse avec tristesse.

Le ventre de Christian se serra et un petit espoir naquit au creux de son cœur.

— Parce que je ne sais pas comment réagir avec toi, lâcha-t-il sans oser la regarder.

Puis, l'émotion la submergea et elle n'arriva pas à retenir ses larmes.

— Je voulais... être avec toi, hier soir... mais tu m'as pratiquement mise à la porte et je ne savais plus quoi penser..., gémit-elle.

Christian la dévisagea avec stupeur et ne put s'empêcher de l'attirer contre lui, malgré l'habitacle inconfortable de la voiture.

Il soupira dans ses cheveux, le corps tremblant d'appréhension.

— J'ai passé la nuit à t'écrire puis à effacer les messages que je voulais t'envoyer, confessa-t-il.

Elle s'écarta de lui, le visage baigné de larmes en le scrutant attentivement.

— C'est vrai ? demanda-t-elle avec espoir.

— Je n'ai pas dormi de la nuit…

— Je n'ai pas osé t'appeler, dit-elle ensuite en baissant le regard.

Il glissa ses doigts sous son menton pour croiser de nouveau ses yeux noisette brillants de larmes.

— Est-ce que je t'ai manqué ? demanda-t-il d'une voix sourde, pleine d'appréhension.

Son cœur fit une nouvelle embardée en attendant la réponse d'Éloïse.

— Oui…, murmura-t-elle en baissant de nouveau les paupières.

— Bordel ! C'est vrai ? s'enthousiasma Christian en l'attirant plus près de lui.

Elle hocha la tête et il attrapa son visage pour pouvoir l'embrasser. Dès que leurs lèvres se touchèrent, un désir fulgurant s'éveilla en eux. Leur baiser fut aussi fougueux que langoureux. Ils n'arrivaient pas à se détacher l'un de l'autre, malgré la position inconfortable dans laquelle ils étaient. C'était comme si leurs langues avaient quelque chose de tellement addictif qu'ils ne pouvaient plus s'arrêter de s'embrasser. Les gémissements d'Éloïse et le souffle haletant de Christian n'arrangeaient rien. S'il n'y avait pas eu des klaxons à répétition, ils auraient bien pu faire l'amour dans cette voiture. Avec un terrible effort, Éloïse se détacha de Christian qui eut du mal à la laisser rompre leur baiser. Il la fixa avec fièvre et tenta de reprendre possession de sa bouche, mais elle l'en empêcha d'une main plaquée contre son torse.

— On devrait peut-être aller chez toi…, proposa-t-elle dans un murmure.

Il la dévisagea, luttant contre ce besoin impérieux de l'embrasser de nouveau. Il n'avait encore jamais ressenti ça et c'était aussi perturbant qu'angoissant.

Un peu hagard, Christian retira ses warnings et reprit son chemin vers nulle part. Enfin, maintenant, il savait qu'elle voulait aller chez lui…

Son esprit et son corps étaient complètement chamboulés et il avait encore du mal à gérer toutes ces émotions. Malgré tout, il fit de son mieux pour se rappeler le chemin de son appartement.

— Est-ce que ça va ? demanda Éloïse au bout d'un moment.
— Oui.

Elle l'observa pendant qu'il conduisait.

— Pourquoi tu as l'air si bizarre, tout à coup ?

Il lui jeta un coup d'œil avant de reporter son attention sur la route.

— C'est juste que je ne sais pas comment me comporter avec toi.

— Pourquoi ? questionna-t-elle encore.

Il la dévisagea une seconde avant de regarder de nouveau devant lui.

— J'ai tout le temps envie de t'embrasser, marmonna-t-il, gêné.

Contre toute attente, elle lui sourit et cela décrispa quelque chose dans son ventre, alors il continua.

— Et aussi… je ne sais pas ce que tu veux par rapport au bébé… Et Jessica m'a dit que le mariage était obsolète, en gros…, grimaça-t-il.

Éloïse ne put se retenir de pouffer.

— J'ai toujours rêvé de me marier. C'est le rêve de princesse de toutes les petites filles... C'est juste que tout ça est allé un peu trop vite...

Avec soulagement, Christian se tourna de nouveau vers elle et lui adressa un sourire timide.

— Donc tu veux bien qu'on se marie ?

— Je ne suis pas contre, en tout cas... Mais, j'aimerais qu'on apprenne à se connaître avant.

Il reporta son attention sur la route.

— En fait, Jessica a toujours détesté les mariages...

— Jessica est une garce sans cœur, répliqua Éloïse, bien qu'elle l'apprécie un peu plus qu'au début.

— C'est une emmerdeuse, mais elle a du cœur, tu sais. C'est juste qu'elle a sa propre façon de régler un problème et ce n'est pas toujours la meilleure, même si c'est efficace...

— Tu l'aimes vraiment bien, hein ? s'étonna Éloïse.

Christian fit la moue.

— Eh bien, elle bosse plutôt bien. Elle est excellente, même. Et... Je pense que c'est une bonne amie, bien qu'elle dépasse souvent les bornes. La plupart du temps, elle croit bien faire...

Il y eut un instant de silence avant qu'il continue.

— Et... sans elle, je n'aurais jamais osé t'adresser la parole...

Éloïse le dévisagea.

— Pourquoi ?

Christian serra les dents en se concentrant sur la route. Certes, ils étaient en train de se confier l'un à l'autre, mais révéler à Éloïse tout ce que Jessica avait manigancé pour qu'ils sortent ensemble le mettait mal à l'aise.

— Disons que, dans l'ensemble, elle m'a plutôt bien conseillé, éluda-t-il.

Quelques minutes plus tard, il se garait dans son parking souterrain. Avec galanterie, il fit le tour de sa voiture pour ouvrir à Éloïse. Elle le suivit docilement, avide de continuer leur étreinte avortée par des klaxons intempestifs. Les doigts entrelacés, ils marchèrent jusque chez Christian dans un silence empli d'impatience.

Comme à chaque fois qu'il arrivait chez lui, Christian rangea soigneusement ses chaussures et enfila ses pantoufles avant d'en tendre une paire à Éloïse, qui commençait à se familiariser avec ce rituel.

— Merci, murmura-t-elle en le dévisageant.

Christian la fixa en se faisant violence pour ne pas la brusquer, mais il avait tellement envie de toucher Éloïse qu'il ne parvint pas à se retenir. Un battement de cil plus tard, il était tout proche d'elle, ses yeux ancrés dans la profondeur noisette de ceux d'Éloïse. La seconde suivante, il fondait sur sa bouche avec frénésie et glissait ses mains autour de sa nuque. La chaleur qui irradiait son ventre était impérieuse et lui faisait perdre le contrôle. Il sentit son corps réagir à tout ça et l'envie de lui faire l'amour contre la porte lui traversa l'esprit, mais il fit de son mieux pour l'entraîner avec lui dans sa chambre, tandis qu'elle gémissait et haletait contre ses lèvres.

Éloïse chercha les boutons de la chemise de Christian tout en marchant et en l'embrassant frénétiquement. Dès que leurs langues se frôlaient, son corps s'enflammait un peu plus et elle perdait tout son self-control. Elle déboutonna maladroitement la chemise de Christian pour caresser sa peau brûlante, empreinte de reliefs délicieux.

Ils arrivèrent enfin dans la chambre. Christian la poussa jusqu'au lit et la fit tomber sur le dos, avant de retirer sa chemise, son pantalon et tout le reste, ce qui hypnotisa Éloïse.

— Waouh…, murmura-t-elle, sans le quitter des yeux.

Il croisa son regard avec étonnement, puis un lent sourire se dessina sur son visage.

— Alors, je te plais vraiment ? questionna-t-il en s'avançant vers elle.

Éloïse baissa les yeux pour admirer son énorme érection. Le rouge qu'elle arborait aux joues en disait assez pour que Christian soit rassuré. Il grimpa sur le lit en contemplant chaque partie du corps d'Éloïse. Il la trouvait magnifique, parfaite pour lui.

Il l'embrassa de nouveau, attisant encore cette attirance et ce besoin impérieux qui les rendaient fous de désir l'un pour l'autre.

Malgré le fait qu'il essaie d'être doux, ses gestes étaient un peu brusques à cause de toutes les émotions qui saturaient son cerveau. Il se contrôlait difficilement, mais il ne voulait pas lui faire mal. Pourtant, Éloïse était aussi enfiévrée que lui et se tortillait contre son corps à mesure qu'il la déshabillait. Elle faisait de son mieux pour l'aider, mais elle ne pouvait empêcher ses mains de vagabonder sur son dos et ses fesses.

Lorsqu'elle fut enfin nue, Christian eut un bref sursaut de conscience et se figea alors que son sexe était à l'entrée de celui d'Éloïse. Elle était tellement trempée qu'il faillit en perdre la raison.

Il se redressa pour la dévisager alors que son corps tremblait de plonger enfin en elle. Elle poussa vers lui et il plaqua une main contre la hanche d'Éloïse pour l'immobiliser, tout en fermant les yeux sous le frisson délicieux qui lui léchait les entrailles.

— Je n'ai pas… de préservatif…, grogna-t-il dans un souffle.

Éloïse gémit en agrippant ses fesses pour qu'il s'enfonce de quelques millimètres en elle.

— On ne risque plus grand-chose maintenant, couina-t-elle. Je n'ai couché avec personne depuis des lustres et je me protège tout le temps…

— Bordel ! jura Christian.

Son corps tremblait tellement qu'il allait devenir fou s'il ne s'enfonçait pas en elle tout de suite, mais il savait que ce n'était pas sérieux. Il s'était toujours dit qu'il ne ferait jamais une chose inconsidérée comme celle-ci.

— Tu ne me fais pas confiance ? s'inquiéta Éloïse.

Ils se dévisageaient avec fièvre. Leurs corps étaient dans un supplice sans nom, mais Christian avait du mal à lâcher prise.

— C'est juste que je suis quelqu'un de prudent et…

Elle poussa son bassin vers lui en le prenant par surprise et ça leur coupa le souffle à tous les deux. Christian trembla, ferma les yeux et serra les dents tout en pesant le pour et le contre. Il avait toujours été comme ça, c'était plus fort que lui. Il détestait prendre des risques, même infimes soient-ils.

Puis, Éloïse recommença à bouger, engloutissant son sexe de quelques millimètres supplémentaires et cela lui fit perdre pied. D'une profonde poussée, il s'enfonça complètement et chercha sa bouche pour l'embrasser avec fougue. Son corps tremblait, son cœur était sur le point d'exploser et un plaisir inouï lui léchait le ventre.

Dès qu'il bougeait, les sensations augmentaient tellement que ça le rendait fou. Alors, il lâcha prise et laissa libre cours à son envie de prendre Éloïse. Il adopta un rythme d'abord doux avec des mouvements amples qui la mirent au supplice. Les ongles d'Éloïse s'enfoncèrent dans les fesses de Christian et il accéléra la cadence.

À présent, ses coups de hanche étaient plus brusques et plus profonds, titillant un point sensible qui fit monter le plaisir d'Éloïse à une vitesse folle. Elle explosa dans ses bras, s'agrippant avec force à ses fesses. Il la suivit quelques secondes plus tard. L'extase le transporta longtemps et lui fit vivre une expérience extraordinaire qu'il n'avait jamais connue.

Puis, il s'écroula sur elle, complètement vidé de son énergie, apaisé, heureux. Seules les mains d'Éloïse glissant doucement sur son dos existaient. Cette dernière était d'ailleurs dans le même état de béatitude. La respiration calme et profonde de Christian dans son cou l'apaisait et lui donnait l'impression d'être dans un cocon, en sécurité.

Son cœur battait encore trop vite et elle ne savait toujours pas ce qu'elle ressentait pour lui, mais pendant les deux fois où ils avaient couché ensemble, elle avait éprouvé quelque chose de fort et d'intense. Quelque chose qui lui donnait envie de recommencer et d'être auprès de Christian. Malheureusement, les récents événements l'avaient poussée à refouler ses sentiments pour réfléchir de façon rationnelle.

Elle ne pouvait tout de même pas fonder une famille avec lui sur un coup de tête. Elle ne le connaissait pas assez et il semblait tellement différent d'elle que cela l'angoissait. Peut-être ne la supporterait-il pas ? Ou bien c'était peut-être elle qui aurait du mal à s'adapter à lui ? Le fait qu'il soit si maniaque lui donnait des sueurs froides. Elle s'imaginait déjà leurs sujets de désaccord.

Mais, comme le lui répétait souvent son frère, tous les couples n'étaient pas comme leurs parents. Il était vrai que ses parents se disputaient pour un rien, avant que sa mère ne succombe à cette foutue maladie, et cela l'avait toujours fait appréhender les relations avec les hommes.

— À quoi tu penses ? demanda soudain Christian, la tirant de ses réflexions.

Ses doigts arrêtèrent leurs caresses sur le dos de Christian.

— À nous…, murmura-t-elle. À mes parents qui se disputaient tout le temps.

Il se redressa juste assez pour la dévisager.

— On ne se disputera pas, je te le promets.

Elle lui adressa une moue sceptique en détournant les yeux.

— Tu ne peux pas me promettre ce genre de choses. À moins que tu sois voyant, mais j'en doute…

Christian bougea pour entourer le visage d'Éloïse de ses grandes mains.

— Je te le promets, insista-t-il. On discutera de nos problèmes, s'il y en a, et on trouvera des compromis.

— Et si… tu ne supportes pas mon bazar… Je ne suis pas aussi maniaque que toi…

— Je ne suis pas maniaque, se défendit-il en fronçant les sourcils.

— Christian…, soupira-t-elle avec tristesse.

— On apprendra à vivre ensemble. En fait, j'adore ranger et faire le ménage, ça me détend. Mais ne le dis surtout pas à Kristen et à ma cousine, dit-il en souriant.

Elle hocha faiblement la tête.

— Alors, tu acceptes d'emménager ici ? demanda-t-il ensuite avec un visage rayonnant.

— Je dois d'abord en parler avec Toni…

Christian ferma les yeux et se crispa avant de rouler sur le côté pour cacher son expression à Éloïse.

— Je pourrais payer son loyer et ça ne changerait presque rien pour lui…, lâcha Christian, désespéré.

Éloïse se redressa d'un bond pour le toiser.

— Il n'en est pas question ! Je dois discuter avec lui pour qu'on se mette d'accord sur une date. On a déjà parlé de la possibilité que je vienne habiter chez toi…

Le visage de Christian s'illumina soudain et il referma ses grands bras autour d'Éloïse pour la tirer sur lui, ce qui lui arracha un cri de surprise.

— Alors tu es d'accord pour qu'on garde le bébé ? demanda-t-il en la serrant contre lui.

— Peut-être…, murmura-t-elle sans oser donner sa réponse.

Avec une moue contrariée, Christian la repoussa pour croiser son regard.

— Comment ça "peut-être" ? J'ai besoin d'une vraie réponse, Éloïse.

— Tu ne peux pas me demander ça alors que nous sommes tous les deux nus dans ton lit…

Il lui sourit, car entendre cette confession lui fit chaud au cœur.

— Et pourquoi ça ?

— Tu le sais très bien ! s'exclama-t-elle en se reculant pour lui jeter un oreiller à la figure.

— Aïe !

Sans crier gare, Christian se rua sur Éloïse pour la plaquer sur le lit et l'emprisonner dans une prise sans faille.

— Réponds à ma question. Est-ce que tu veux garder le bébé et fonder une famille avec moi ?

Malgré l'appréhension et l'angoisse qu'il ressentait, sa voix était pleine d'assurance, ce qui arracha quelques frissons délicieux à Éloïse.

— Seulement si on passe les trois semaines à venir sans s'entretuer.

Un lent sourire naquit sur le visage de Christian et il se pencha pour l'embrasser fougueusement.

— Tu ne le regretteras pas, dit-il ensuite en la serrant contre lui.

Épilogue

Durant ses trois premières semaines chez Christian, Éloïse avait eu quelques difficultés à trouver ses marques. Christian avait fait beaucoup d'efforts pour l'aider à s'installer. Il lui avait réservé des endroits bien à elle pour ranger ses affaires. Il avait même placé son matériel de mixage en évidence dans son salon, comme s'il s'agissait d'œuvres d'art. D'ailleurs, c'est comme cela qu'il le voyait et ça lui faisait toujours quelque chose quand il posait les yeux dessus.

Un soir, il avait demandé à Éloïse de lui faire une démonstration. Bien sûr, il l'avait déjà vue mixer lors du festival sur la plage, mais rien ne valait l'intimité d'un appartement. Malgré sa timidité, Éloïse avait fini par accepter et avait poussé le son à fond en enchaînant plusieurs morceaux de hard style. Christian s'était senti vraiment heureux en dansant juste derrière elle, la frôlant langoureusement sur le rythme des basses profondes tout en déposant quelques baisers dans son cou de temps en temps. Ils avaient passé une soirée inoubliable à savourer leur passion commune pour la musique électro. Et elle n'avait plus jamais quitté l'appartement de Christian…

Après ces trois premières semaines idylliques, Éloïse avait décidé d'accepter de garder leur enfant, en dépit de toutes les angoisses que cela engendrait. Christian était prévenant et facile à vivre, malgré son besoin de tout contrôler et sa passion pour le rangement. Avant l'arrivée du bébé, ils avaient passé plus d'une soirée à s'éclater au rythme de la musique. Après quelques mois, Éloïse ressentait d'ailleurs beaucoup d'agitation dans son ventre dès qu'elle commençait à mixer.

Christian avait insisté pour aménager sa chambre d'amis en chambre d'enfant. N'en déplaise à sa cousine qui débarquait souvent sans prévenir. Il restait toujours le canapé du salon...

Lorsque leur fils, Louis, arriva enfin, Éloïse et Christian furent comblés de joie. Bien sûr, les premières nuits furent difficiles et la fatigue des premiers mois leur donna une mine affreuse, comme la plupart des parents. Mais leur bonheur n'avait pas de prix. Ils s'étaient enfin trouvés et ils s'aimaient à la folie.

Au boulot, les gens avaient plutôt bien pris la nouvelle. Peut-être aussi que Jessica les avait tous menacés de leur faire la peau s'ils s'avisaient d'inventer des rumeurs à leur encontre... ça ils ne le sauraient jamais...

Comme Marie-Louise n'était pas du genre à abandonner, elle insista pour qu'Éloïse se convertisse à leur religion pour qu'ils puissent enfin se marier et élever Louis dans de bonnes conditions. Bien qu'Éloïse croie en un Dieu universel, n'étant pas très fan des religions, elle fit un effort pour apaiser les inquiétudes de sa belle-mère. Et Christian en fut soulagé.

Ils se marièrent quelques mois plus tard en se promettant un amour éternel, sous le regard de leurs amis et de leurs familles. Louis aussi était de la partie, même s'il ne comprenait pas encore ce qu'il se passait.

Après leur mariage, ils déménagèrent dans une très belle maison avec un immense jardin. Et ils organisèrent souvent des soirées électro avec Martin, Jessica, Charline et Lisandro, ainsi que Kristen, Zoé, Toni et sa petite amie.

Christian et Éloïse avaient fait la paix avec leurs blessures du passé et se sentaient enfin libres et heureux.

Remerciements

J'espère que vous avez passé un agréable moment de lecture.

Je remercie June Cilgrino qui m'a beaucoup aidée pour la finalisation de ce roman <3

<u>Si vous avez aimé ce roman, pensez à mettre un commentaire sur les plateformes en ligne, sites de lecture et les réseaux sociaux pour m'aider à me faire connaître</u> 😊 **<u>(J'ai vraiment besoin de vous <3)</u>**

Retrouvez toutes les informations sur les prochaines sorties sur mon site internet : https://oliviasunway.com

Et si vous souhaitez papoter de vos lectures dans une ambiance conviviale, rejoignez mon groupe Facebook : Groupe de lecture et papotage (romance fantastique et contemporaine)